Berlin Rosalie

Frank Ewald

- 1963 in Greifswald geboren,
- kam 1982 nach Berlin, studierte an der Humboldt Universität
- und lebt heute in Prenzlauer Berg.

Bücher:
- 2000 „Spreu und Weizen" – Erzählung einer Jugend in der DDR
- 2006 „Monopoly in Prenzlauer Berg" – Ein Häuserkampf der anderen Art
- 2018 „Volkes" – Roman von der Suche, den eigenen Weg zu finden
- 2021 „Berlin Rosalie" – Vom Untergang eines Edelbordells in Kreuzberg

Frank Ewald

Berlin Rosalie

Roman

Engelsdorfer Verlag
Leipzig
2021

Bibliografische Information durch die
Deutsche Nationalbibliothek:
Die Deutsche Nationalbibliothek verzeichnet diese Publikation in
der Deutschen Nationalbibliografie; detaillierte bibliografische
Daten sind im Internet über https://dnb.de abrufbar.

ISBN 978-3-96940-269-6

Lektorat:
Dr. Gregor Ohlerich (Lektor)
Dr. Frank Krüger (Rechtsanwalt)

Coverfoto © Stefan Weis [Adobe Stock]
Autorenfoto: Mirko Nagel

Hergestellt in Leipzig, Germany (EU)
www.engelsdorfer-verlag.de

15,80 Euro (DE)

U-Bahnhof Alexanderplatz, früh am Morgen. Christin haderte. Sie musste nach Hause in den Prenzlauer Berg zurück, denn sie hatte Julia versprochen, pünktlich zu sein. Aber da war dieser Mann hinter ihr. Die ganze Zeit schon. Und Einbildung war es nicht. Sie hatte extra eine Bahn gewechselt, doch der Typ war immer noch da. Nun war sie spät dran. Sie musste sich entscheiden. Jetzt! Die Masse hatte bereits die Richtung geändert. Sie quoll nicht mehr aus der Bahn heraus, sie quoll schon wieder hinein. Der Mann wurde näher in Christins Richtung geschoben, sie hatte ihn fest im Seitenblick. Sie hatte Angst. Diese Unruhe in ihr, dieses Weglaufen wollen.

Dann startete sie mitten in das Gedränge hinein. Widerstände rissen ihr die Schultern zurück. Ihre Füße wurden getreten. Kein Nachgeben von keiner Seite, nur Gemecker und raues Benehmen. Scheiß Berliner!

Ein Summen und ein rotes Leuchten und die Türhälften knallten gelb ineinander. Christin eilte die Treppen hinunter, laufen ging nicht, alles viel zu voll. Nur auf das Gemecker war Verlass. Von überall her. Zeit zum Umsehen blieb ihr nicht. Sie spürte, dass sie noch immer zu langsam war, sie fühlte sich verfolgt, ohne den Mann zu erkennen. Die Gänge schienen ihr endlos lang zu sein, begrenzt mit Wänden aus hellgrünen Fliesen. Das Neonlicht brummte kalt von den Decken. Aber Christin kam jetzt schneller voran. Unauffällig äugte sie in alle Richtungen, doch ringsum nur

Menschengewimmel. Das Labyrinth aus Gängen wollte kein Ende nehmen. Rolltreppen rauf, Rolltreppen runter. Dann endlich! S-Bahnhof Alexanderplatz. Menschenmassen auf dem Bahnsteig. Die Anonymität, soweit das Auge reichte. Christin sah sich um, aber den Typen konnte sie nicht sehen. Sie atmete tief durch. Erleichterung. Ein kühler Schauer über dem Rücken, als würde das Schwitzen von ihr gehen. Alle um sie herum starten auf die Handys – wie hypnotisiert.

Dunkel konnte sie sich an den Mann erinnern. Es war ein paar Monate her, zum Jahreswechsel vielleicht. Oder ein, zwei Wochen vorher, Weihnachten 2013. Sie hatte diesen Mann abgelehnt. Zum ersten Mal eine Ablehnung und sie war erstaunt gewesen, wie empfindlich die Chefin darauf reagiert hatte. Von wegen Herauspicken der Rosinen und so. Aber dieser Bärtige mit dunklem Haar hatte sie so brutal aus seinen schwarzen Augen angeschaut, da hatte sie nicht anders gekonnt. Da war nur Verachtung in seinem Blick gewesen, kein Respekt gegenüber Frauen. Das Mindeste also, was Christin erwartete.

Dann hatte er totales Theater gemacht. Es war Christin gewesen, die er gewollt hatte, keine andere. Er war schon dabei gewesen, die Stühle in der Lounge umzuschmeißen, bis er letztlich von der Chefin und den Hausdamen rausgeschmissen worden war.

Eine S-Bahn fuhr ein. Die Masse begann wieder zu drängeln. Christin aber glaubte sich jetzt sicher. Sie nahm die Rolltreppe zur U-Bahn zurück und blickte über eine schier endlose Menge von Menschenköpfen hinweg.

Das konnte alles nicht sein! Wie hatte er sie finden können? Sie fühlte sich beobachtet. Das Zwei-Welten-Leben sollte ihr doch Sicherheit geben. Davon war sie fest überzeugt. Einen Mann zwischen den Welten konnte, nein, durfte es nicht geben. Vielleicht wusste er sogar, dass sie wieder zurück zur U-Bahn musste?

Als die Rolltreppe fast unten war, stand er genau dort und wartete auf sie. Reflexartig wollte sie die Rolltreppe rückwärts wieder hinaufgehen, aber das ging nicht. Wie eine Wand, die dort war. Eine Wand aus Menschen. Sie musterte die Rolltreppe der Gegenrichtung. Doch die war zu weit weg. Ein Hinüberkrabbeln undenkbar. Christin zitterte am ganzen Körper. Wenn er sie anfasste, würde sie aus vollem Halse schreien, da war sie sich sicher.

Plötzlich, in allerletzter Sekunde, bevor sie mit den anderen Menschen wieder auf gleicher Höhe war, entdeckte sie eine Streife aus zwei Polizisten. Ziemlich nahe sogar, gar nicht weit von der Treppe entfernt.

Schon schnappte der Mann zu und bekam sie am Oberarm zu greifen. Zum Glück nur den Mantel. Schreien konnte sie nicht, obwohl er ihr die halbe Schulter freigerissen hatte. Erste Leute drehten sich um. Sein Griff ließ kurz los und Christin flüchtete den zwei Polizisten entgegen. Sie rückte sich den Mantel zurecht, versuchte, ruhiger zu werden, aber sie war schon da und die Polizisten lächelten sie freundlich an. Christin stand vor ihnen und überlegte. Was sollte sie sagen? Ihnen von den zwei Welten erzählen? Nein! Sie fragte höflich nach dem Weg.

Dann ging sie weiter, ganz gelassen in Richtung U-Bahn. Den Mann war sie los. Das wusste sie und setzte sich in die nächste Bahn Richtung Prenzlauer Berg.

Die U-Bahn fuhr an und der Verfolger war schnell vergessen, denn Christin musste ständig an den feinen Herrn denken, den sie oft am frühen Morgen sah, wenn sie auf dem Weg nach Hause war und er zum Park hinüberging. Die Straßen waren dann mit Leere gefüllt und außer den beiden weit und breit kein Mensch in Sicht. Es war etwas an ihm, das sie mochte, auch wenn sie ihn nicht kannte und er schon deutlich älter war. Doch sie wünschte sich so sehr einen Freund, eben nicht nur einen Mann, sondern einen

richtigen Freund, hier, im großen, anonymen Berlin, das sie zwar mit Freiheit beschenkte, um sich dafür aber teuer mit Einsamkeit bezahlen zu lassen. Da war auch der Wunsch nach Schutz. Die Stadt war ein hartes Pflaster, auf dem sich das bunte Leben tummelte, sich aber in jeder dunklen Ecke die Gewalt zu verstecken suchte. Und vielleicht war da auch der Wunsch nach einem Vater, einem guten Vater, einen, wie ihn sich Christin vorstellte.

All das wollte sie in dem älteren Herrn sehen. Was sich gut anfühlte, auch wenn es nur ein Wunsch, eine Vorstellung war.

Natürlich war Christin von Anfang an klar gewesen, dass sie dafür etwas tun musste, sollte ihr Wunsch in Erfüllung gehen. Und das tat sie. Immer wieder kehrte sie an den Ort zurück, wo alles begonnen hatte, immer wieder nahm sie sich vor, den feinen Herrn anzusprechen. Denn es war gleich an ihrem ersten Tag in Berlin gewesen, als sie ihm begegnet war. Sie war durch diesen Park gelaufen, der gestrotzt hatte mit seiner Pracht, und der grüner nicht hätte sein können. Mal von roten, dann von grauen Wegen durchzogen. Alles noch ganz neu, die Bäume erst im Wachsen.

Die ganze Nacht hatte Christin damals im Zug gesessen. Der Zug in die Freiheit. Befreit aus diesem Kaff, das einst ihre Heimat war. Eingegrenzt und ohne Leben. Tag ein, Tag aus. Die Mutter spießig das Tagwerk verrichtend, dem Vater devot zu Füßen liegend, der aber nie zu Hause war. Stets war er unterwegs, ganz ein Mann von Welt. Schlimmer noch, die Leute munkelten, er hätte in jedem Hafen eine andere. Nur die Mutter hörte weg, igelte sich ein, flüchtete sich über Stunden an das Klavier.

Das ärgerte Christin, ja, es machte sie wütend. Ihre Mutter war eine sehr schöne Frau. Einen solchen Mann hatte sie nicht verdient, soviel stand fest. Noch mehr ärgerte sie, dass ihre Mutter sich nicht gegen den Vater wehrte. Sie sich alles gefallen ließ. Warum nur?

8

Vielleicht, weil die Mutter nicht erkannte, dass alles nur ein Schauspiel war? Ja, mit Sicherheit, der Vater war gar kein Vater, er war Schauspieler. Nichts, das echt war, das er ernst meinte. Sie fühlte sich nicht wie eine Tochter. Sie war ein schönes Ding, dass er vorzeigen konnte. Und auch die Mutter war ein schönes Ding. Er nutzte sie beide, um in ihrem Licht erstrahlen zu können. Denn eigentlich ging es immer nur um den Vater, der keinen so sehr liebte wie sich selbst, und von allen anderen erwartete, dass sie ihn auch lieben sollten.

Christins Vater war ein schlanker, großgewachsener Mann, der immer die besten Kleider trug und schon deshalb im Dorf auffiel. Denn darum drehte sich alles, um Aufmerksamkeit. Was nicht wirklich schwer war in einem Ort mit kaum einhundert Häusern, mitten in den Feldern der brandenburgischen Mark gelegen.

Obwohl sie auch etwas Schönes hatte, diese Abgeschiedenheit, diese Ruhe, das Warten auf den Hahnenschrei am Morgen, ganz ohne Hektik. Diese endlos scheinende Natur mit ihren abendlichen Nebelschleiern über Wiesen und Bächen.

Im Sommer kam der Duft hinzu. Es roch nach frisch geschnittenem Gras, nach gedroschenem Stroh. Das versetzte die Leute in Feierlaune. Jeder brüstete sich damit, ein Dorffest machen zu können. Die Feuerwehr, der Schützenverein, die Landwirte, die Obstbauern.

Damit kam die Zeit des Vaters. War er als Vertreter das ganze Jahr kaum da, aber die Dorffeste verpasste er nie. Und natürlich hatte er seine Tochter an der Seite. Straßen gab es ja nicht viele, eigentlich nur eine einzige. Und auch die bloß aus holprigen Pflastersteinen gebaut.

Christin lief bei ihrem Vater eingehakt, der stolzierte kerzengerade die Straße entlang. Zu beiden Seiten lehnten die Alten aus den geöffneten Fenstern ihrer einstöckigen Ziegelhäuschen. Die Arme

auf Kissen gebettet, oft mit Kätzchen oder Hündchen in den Händen haltend. Der Vater nahm seinen Hut ab und nickte beständig. Die Jungen – einige allein, andere mit Frau – kamen aus den Eingängen und schlossen sich den zweien an.

An der Kirche vorbei über den Dorfplatz mit der Eiche ging es auf die Festwiese. Die Feuerwehrkapelle stampfte Marschmusik von der Tribüne. Weiße Zeltbahnen überspannten unzählige Bankreihen mit Tischen davor. Das Sonnenlicht abgeschirmt, aber doch warm. Etwas Feuchte in der Luft und ein leicht chemischer Geruch. Von überall her das Scheppern aneinanderschlagender Biergläser, übertönt von einem Gewirr aus Stimmen und Wellen von Gelächter.

Der Vater war in seinem Element. Er wusste gar nicht, wen er zuerst begrüßen sollte. Und immer wieder Christin, vorgestellt wie ein Ausstellungsstück, einem Püppchen gleich, mit langen, blonden Haaren, großen, blauen Augen und einer Traumfigur dazu. Ja, der Vater platzte fast vor Stolz.

So saßen die beiden vor zwei Gläsern Bier. Der Vater erzählte tolle Geschichten aus der fernen Welt und die Leute am Tisch hörten ihm zu.

„Was meinst du, Ortsvorsteher, ist sie nicht eine Schönheit, meine Große hier?"

Der Ortsvorsteher mit Doppelkinn und dickem Bauch griente, auf dass seine Zähne blitzten.

„Oh ja, das ist sie. Und was für eine."

„Sag' ich doch. Bald schon ist sie bereit für die Welt. Und ich habe Großes mit ihr vor, ganz Großes."

„Ach, Papa, bleib auf dem Teppich, bitte!"

Christin nahm einen Schluck Bier.

„Wieso denn? Du willst doch nicht allen Ernstes Friseuse werden?"

Um sie herum lachten alle.

„Du bist meine Tochter. Und meine Tochter schneidet nicht anderen Leuten die Haare. Das ist Weiberkram, aber du bist eine Dame. Nein, meine Liebe, auf die Bühne musst du, zum Theater, zum Film oder auf den Laufsteg. Da gehörst du hin."

Der Vater streichelte Christin in einer Art, die mehr als nur väterlich war. Sie wurde verlegen und griff zum Bier.

„Mensch, Papa, ich habe unser Dorf doch noch nie verlassen! Hier gibt's keine Bühnen."

Alle lachten sie wieder.

„Na ja, mit dem Schulbus in die Kreisstadt fährst du schon, oder?"

Alle lachten sie noch lauter. Der Ortsvorsteher schlug sich auf seine fetten Oberschenkel. Er hatte Lachtränen in den Augen.

„Ich sage dir doch, mein Kind. Ich hol' dich hier raus. Du kannst deinem alten Herrn schon vertrauen. Glaub mir!"

Die Kellnerin unterbrach, brachte neue Gläser.

„Und der nächste Tanz mit deiner Tochter gehört mir", rief der Ortsvorsteher dem Vater entgegen.

Christin rollte mit den Augen.

„Welcher Tanz? Es ist gar keine Musik da. Zu diesem Geschepper kann doch kein Mensch tanzen."

Schon wieder machte ein Gelächter die Runde.

„Ganz schön wild, deine Kleine, das mag ich."

Der Ortsvorsteher grinste ihr siegessicher entgegen, er hatte einen lüsternen Blick.

Nein, getanzt hatte Christin nicht. Es war ihr nicht danach zumute. Umschlungen war sie aber trotzdem. Der Vater taumelte den Rückweg entlang und sie mühte sich, ihn aufrecht zu halten.

Den ganzen Abend über hatten sie Christin angehimmelt und auf Händen getragen, die aus großen Worten bestanden. Nach jedem Bier waren es mehr geworden. Die Realität aber trug sie nun auf

ihren Schultern. Es war immer das Gleiche, Fest für Fest, und der Vater liebte es.

Die Mutter schwieg dazu. Doch Christin wusste, wie sehr sie sich innerlich grämte. Gemeinsam schaffen sie den Alten ins Bett, was mühsam genug war. Mutter bat noch, etwas Klavier spielen zu dürfen, Christin nickte und schwieg dann auch. Sie kuschelte sich so in die Decke ein, dass ihr freier Blick auf einen Vorhang fiel. Sie hatte Bindfäden an die Rückseite einiger Klaviertasten gespannt, und immer, wenn die Mutter eine dieser Tasten drückte, öffnete sich der Vorhang ein Stück weit und gab für einen Moment die Sicht auf das wunderschöne Gesicht ihrer Mutter frei. Christin mochte das. Es war wie Wärme, Geborgenheit, und sie schlief darüber ein.

Dann ein Knall wie vom zerplatzten Luftballon. Der Vater musste arbeiten, raus in die weite Welt. Christin ließ er zurück, abgestellt wie ein Spielzeug, das nicht mehr gefragt war. Er stand in der Tür, einen Koffer in den Händen. Sie blickte ihn mit großen Augen an und wartete, aber es passierte nichts. Der Vater verstand nicht, was sie von ihm wollte. Ihr war, als hätte es die Stunden der letzten Nächte nie gegeben, keines seiner Worte war wahr gewesen: Die Welt da draußen wäre noch zu groß für Christin. Niemand wolle sie dort haben. Vielleicht beim nächsten Mal, dass er sie mitnehmen werde.

Und so ging der Vorhang weiter auf und zu, gab für einen Augenblick lang das wunderschöne Gesicht ihrer Mutter frei. War diese Welt auch winzig, es war immerhin eine Welt. Eine kleine. Christins Welt.

Wieder stieg die Wärme in ihr auf. Die Lider wurden schwerer. Es war schön in Mutters Heim, und doch war Christin unendlich traurig, denn sie wusste nicht, was sie davon halten sollte. Sie fühlte sich zerrissen, wie ein Puzzle in zu viele Teile zerlegt.

Was war real? Wer war ihr Vater wirklich?

Die Antwort war der Vater ihr schuldig geblieben. Doch Christin hätte es gerne gewusst, sie hatte Orientierung gesucht, um zu wissen, wo sie langgehen musste. Und sie hatte nichts weiter gehabt, als diesen Blick des Vaters, den sie zu verstehen suchte.

Und eben diesen Blick hatte auch der feine Herr im Park. Das konnte nur ein gutes Omen sein.

Christin glaubte an so etwas, also an Omen und Vorhersehung. Deshalb meinte sie, sich mit dem Herrn anfreunden zu können. Wenn er wie ein Vater wäre, würde sie bei ihm vielleicht die Antworten finden, die sie suchte. Und ein väterlicher Freund in der fremden Stadt schien ihr ein sicherer Hafen zu sein, wie Klaviermusik vor dem Einschlafen, die sie sanft und friedlich werden ließ. Nein, abwegig fand sie das nicht. Warum auch? Schließlich hatten sich die Männer in ihrem Kaff nach ihr umgedreht, ihrer Schönheit wegen. Christin war fest davon überzeugt, dass alle Dinge wahr werden konnten, wenn man sie sich nur fest genug wünschte.

Diese Wünsche hatten etwas Beruhigendes. Es lag so viel Hoffnung darin. Alles war möglich, wenn nicht heute, dann in der Zukunft. Ganz sicher.

Sie wollte nichts, das endete, das ein Ziel hatte. Nur auf dem Weg dorthin lag die Herrlichkeit in all ihrer bunten Vielfalt. Aber es lag auch Ängstlichkeit darin. Erfüllte sich ein Wunsch nicht, stand am Ende die schnöde Gewissheit und alle Hoffnung war begraben. Ein Widerspruch, der sie bis an den Rand der Raserei brachte.

Das kannte Christin schon, seit sie ein Kind war. Immer wieder hatte sie damals vom Kurfürstendamm geträumt, auch wenn ihr dieser nur aus dem Fernsehen bekannt gewesen war. Seine Lautstärke, das Getümmel, die schier endlosen Ströme aus roten und weißen Lichtern, wenn sich der Tag neigte. Die Masse von Menschen auf den breiten Gehsteigen. Das Leuchten der Schaufenster

an den Seiten, darin der pure, glitzernde Luxus. Ja, das war sie, die große Welt. Allein schon, wenn dieser Gedanke durch ihren Kopf ging, spürte sie es: das Leben.

Nein, auf den Kurfürstendamm zog es sie heute nicht mehr. Sie lief lieber nach ihrer Arbeit im Rosalie durch halb Kreuzberg, immer am Halleschen Ufer entlang, bis sie den Park am Gleisdreieck erreichte. Das hatte etwas von Beständigkeit, zu der sie sich zwingen musste, weil sie die hasste, weil Beständigkeit sich anfühlte wie ein Gaul im Kreis an der Leine. Immer dasselbe um sie herum. Das war ihr unerträglich. Ob sie dem feinen Herrn nun begegnete oder nicht, aber die Mühe, also der Weg dorthin, gab ihr die Möglichkeit, das Leben zu spüren, die Weite, die Veränderung in sich aufzunehmen.

Und Mühen scheute Christin keine. Dafür sorgte schon ihre Erinnerung, besonders nachts, wenn sie nicht schlafen konnte. Dann quälten sie ihre Alpträume.

Da waren die Lachtränen des dicken Ortsvorstehers. Dieses Beben ungezügelter Lust. Sie spürte noch immer die zittrigen Finger auf ihren Schenkeln, sah sein Gesicht, seinen gierigen Blick. Der Vater wusste genau, was unter dem Tisch passierte. Aber es war, als blicke er durch sie hindurch. Sie wollte fortlaufen, traute sich aber nicht, schaute ihren Vater bittend an. Die Griffe des Ortsvorstehers wurden unbeherrscht. Christin kniff mit ihren Nägeln in seine wurstigen Finger, aber das störte ihn nicht. Seine Macht war unbezwingbar. Gegen den Ortsvorsteher hatte sie keine Chance. Und Christin wusste das.

Immer an dieser Stelle schreckte sie aus dem Schlaf empor. Sie hatte das fette Doppelkinn vor Augen. An den Mundwinkeln sammelte sich der Sabber. So war es gewesen, als das Mauerwerk ihr kalt in den Rücken drückte, weil er ihr aufgelauert und an die Wand gedrängt hatte, als Christin auf dem Weg zurück von der

Toilette gewesen war. Um sie herum nur Dunkelheit, und das Festzelt weit entfernt. Kräftig war er, der Herr Ortsvorsteher. Hemmungslos in seiner Grobheit. Bartstoppel kratzten ihr den Hals. Die feuchte Wärme seiner Lippen fühlte sich kühl an auf der Haut.

„Was soll das, Christin?", zischte er.

Eine Hand direkt in den Ausschnitt gleitend betatschte er ihr die Brust.

„Tu nicht so scheinheilig! Du brauchst das doch auch. Und wie du es brauchst. Es steht dir direkt in den Augen geschrieben, meine Kleine."

„Lassen Sie das – bitte – bitte!"

Christin krümmte sich zusammen. Der Ortsvorsteher hatte Schwierigkeiten, ihren Bewegungen zu folgen.

„Stell dich nicht so an, du Biest!", wurde er laut.

Ungeduld ließ ihn wütend werden. Mit der einen Hand schnappte er sie bei den Armen und riss ihr diese über den Kopf. Das tat weh und Christin jammerte. Die Haut ihrer Handrücken schabte am Mauerwerk entlang. Sie stand nun kerzengerade, hechelte mehr, als dass sie atmen konnte. Sie spürte seine andere Hand unter dem Kleid, die rieb wie wild an ihrem Höschen. Dazu das Lecken seiner Zunge in ihrem Gesicht. Angewidert drehte sie ihren Kopf zur Seite. Es roch nach Zement. Der Putz rieselte ihr ins Haar.

„Na, geht doch, mein Schatz. Ganz ruhig!", schnaufte der Ortsvorsteher ihr ins Ohr.

Für einen Moment dann wirklich Ruhe. Der Ortsvorsteher beruhigte sich. Sein Atem ging langsamer, war nicht mehr so getrieben, als hätte ein Läufer sein Ziel erreicht. Dazu das Rufen eines Käuzchens in der Ferne. Seine Hand hielt an, aber sie zitterte, nein, sie glich eher einem Wackeln, das in ihr Höschen drang. Mit einem Finger bohrte er immer tiefer in sie hinein. Es brannte. Christin liefen Tränen aus den Augen, und doch stand sie still, wie ange-

wachsen, und er drückte mit seiner ganzen Masse gegen ihren Körper, die jede Bewegung unmöglich, weil schmerzhaft machte. Erst jetzt schien er sich sicher zu fühlen und schob ihr das Höschen runter in den Schritt. Dann ging es schnell. Er wurde noch zittriger, hektischer, knöpfte mit der freien Hand seine Jeans auf, schnappte nach seinem Ding, drückte es auf ihre Oberschenkel.

Und wieder zuckte sie im Halbschlaf. Um sie herum die Tiefe der Nacht und ein schneller Atem, der ihr eigener war. Ein Traum, ja, aber da war dieses Gelächter. Nur, dass es diesmal die Rettung war. Stimmen von Leuten. Sie eilten von der Toilette kommend dem Festzelt entgegen. Sofort ließ er sie los. Kein Gewicht mehr, keine Pranken umklammerten ihre Handgelenke. Der Ortsvorsteher bekam seine Hose gar nicht schnell genug zu und verschwand. Christin aber stand still und atmete schwer. Kälte um sie herum. Angst hatte sie keine. Selbst die Triebhaftigkeit der Manneslust hatte sie nicht geschreckt, wusste sie doch längst, dass die Männer darin nur schwer zu bremsen waren. Nein, das alles war nicht der Schrecken gewesen. Der war aus der Machtlosigkeit entstanden, dem Ortsvorsteher ausgeliefert zu sein. Und eben nicht nur körperlich. Er hatte sie wie ein Tier gequält und sie hatte es über sich ergehen lassen müssen. Hatte nichts dagegen tun können. Einfach nur, weil sie eine Frau war. Ein Objekt der Begierde, ein Püppchen, mit dem jeder Mann spielen konnte, wenn er denn wollte.

Und da war sie plötzlich wieder, diese Raserei. Christin kochte vor Wut! Sie dachte an ihren Vater, schüttelte sich den Putz aus dem Haar und ging zum Festzelt zurück. Noch immer der Ruf des Käuzchens in der Ferne.

Der Vater saß am Tisch und grinste vor sich hin. Ein Bierglas in den Händen haltend, bis zur Besinnungslosigkeit berauscht. Christin nahm seine Hand und streichelte sie. Der Vater verstand nichts.

Er blickte weiterhin durch sie hindurch, ohne sie zu erkennen. Und doch hatte er ihr leid getan. Er war ihr Vater.

U-Bahnhof Senefelderplatz. Christin schleppte sich aus der Bahn. Ihre Glieder waren steif und müde. Schnellen Schrittes eilte sie dem Kollwitzplatz entgegen. Die Idee schien ihr perfekt: Auf einer Parkbank zu sitzen, mitten auf dem Platz. Eine bessere Übersicht konnte es nicht geben. Niemand, der sich dort zu verstecken vermochte. Gewiss, die Polizeistreife hatte den Kerl bestimmt vertrieben, dennoch wollte sie ganz sicher sein, dass sie nicht mehr verfolgt wurde.

Sie betrachtete die Häuserfassaden in der Ferne. Es waren wunderschöne Häuser, selbst wenn Christin und ihre Freundin nur im Hinterhaus wohnten, staunten sie immer wieder. Mächtiges Mauerwerk, alt, aber stark und solide. Und angenehm kühl natürlich, wenn es Sommer war. Dazu die viele Zierde. Sie verstand nicht, wieviel Zeit sich die Menschen früher genommen hatten, um ihre Häuser schön zu bauen. Selbst im Hinterhaus fehlte der Stuck nicht. Auch die Ausstattung der Zimmer war toll, der Fußboden auf Hochglanz lackierte Dielen.

Eine Mutti mit Kinderwagen eilte vorbei und riss Christin aus ihren Gedanken. Es war kalt. Sie schlug ihren Mantelkragen hoch und ging weiter.

Endlich zu Hause. Verfolgt hatte sie der Typ nicht mehr. Christin blickte durch das Küchenfenster in den Hof hinein, Bienen umschwirrten die Blumenkübel am Müllhäuschen, Spatzen stritten sich unter lautem Gepiepe um ein Stückchen Brot. Es war ein herrlicher Morgen im Mai. Doch waren die Jahreszeiten vom Hof aus nur schwer schätzbar, als wäre er eine von der Natur abgeriegelte Welt. Gestern hatten sie im Radio gesagt, es gäbe immer weniger Vögel und Bienen, aber ausgerechnet im Moloch Berlin seien davon noch reichlich da.

Christin schüttelte den Kopf und lächelte. Sie war müde. Die Welt war schon ein bisschen verdreht – verrückt. Sie betrachtete ihr Spiegelbild in der Scheibe. Feines, blondes Haar fiel ihr bis über die Schultern, ihre Augen strahlten blau und der Mund leuchtete rot. Ja, sie achtete auf ihren Körper. Das war doch nicht verkehrt, oder? Die Männer ließen sich von Schönheit verführen. Das war eine Tatsache! Die Männer machten alles für Sex, kostete es, was es wolle. Was also sollte verkehrt daran sein, das für sich zu nutzen?

Sie wandte sich vom Küchenfenster ab und ging hinüber in den Flur. Durch den Türspalt sah sie Julia auf dem Sofa im Wohnzimmer liegen. Sie sah so friedlich aus, jetzt, wo sie schlief. Dabei hatte es heute Nacht einen heftigen Streit zwischen den beiden gegeben. Wieder einmal.

Es mochte sein, dass Julia es ernst meinte mit der Natürlichkeit. Aber dass sie sie deshalb als aufgedonnert bezeichnet hatte, war nichts weiter als Neid gewesen. Denn die Männer mochten das so. Wieder eine Tatsache! Und zwar eine, an die Christin sich halten musste, jawohl, musste, wenn sie im Geschäft bestehen wollte. Schließlich ging es hier um Geld, um die blanke Existenz. Keine Frage, Julia war in Ordnung, aber das allein reichte für das Geschäft nicht aus. Unterm Strich zählte nur, wie viel Geld am nächsten Morgen auf dem Küchentisch zusammenkam und ob es reichte, um Miete und Lebenshaltungskosten zu bezahlen. Was nutzte da die Natürlichkeit, wenn die Männer lieber aufgestyltes Frischfleisch in den Händen halten wollten, das in allen Formen stimmte? Aber für die richtigen Formen tat Julia rein gar nichts. Bloß keine Bewegung zu viel. Schlimmer noch, sie machte eh nur das, was sie wollte. Wohingegen Christin alles gab, sich im Fitnessstudio quälte. Und, ja, auch die Früchte dafür erntete. Julia hatte doch nicht allen Ernstes erwartet, dass Christin mit ihr teilen und freiwillig auf Männer verzichten würde. Nein, so naiv konnte kein

Mensch sein! Sie verdiente mehr als Julia. Richtig! Aber mit Christin gingen auch mehr Männer aufs Zimmer. Das hatte nichts mit Natürlichkeit zu tun, sondern mit Schönheit. Und geteilt wurde die Miete für die gemeinsame Wohnung, sonst nichts. Wer mehr Geld hatte, konnte sich bessere Klamotten leisten, sich besser zurecht machen, um mehr Männer abzukriegen. Ein einfacher Kreislauf mit einfachen Regeln.

Schließlich war es doch Julia gewesen, die unbedingt eine Wohnung im trendigen Prenzlauer Berg haben wollte. Aber zwanzig Euro netto-kalt pro Quadratmeter für eine Hinterhauswohnung; siebzig Quadratmeter, parterre gelegen, mit Blick in den Hof, bedeuteten eine Menge von Christins monatlichen Einnahmen, sodass es ihr nur logisch schien, sich die Wohnung mit Julia zu teilen.

Dennoch! So hatte sie sich das nicht gedacht. Julia lag schlafend in süßen Träumen und sie musste bis zum Morgengrauen arbeiten, weil sie sich vor Kunden nicht retten konnte. Überhaupt, was hatte Julia geschwärmt: Der Prenzlauer Berg sollte die Szene sein. Aber das war er nicht. Sie fühlte sich wie in einem Spielzeugland. Alles erschien ihr geleckt und unecht. Die Szene in die Kulturbrauerei und auf den Pfefferberg verbannt, dazwischen gähnende Langeweile der gutbürgerlichen Art. Und das alles ganz leise, jedes Kinderlachen war schon zu viel. Das einzig Echte blieben die Preise, ausgeufert wie der ganze Stadtbezirk, zu Tode gentrifiziert.

Christin schob die Tür auf und schimpfte.

„Julia! Komm endlich aus den Federn! Einkaufen warst du wieder nicht, der Kühlschrank ist gähnend leer. Und wie schlampig es hier aussieht, verdammt noch mal!"

„Na super, meckerst du wieder? Der Tag fängt ja toll an."

Gerade hatte Julia noch vom Zirkus geträumt. Das tat sie oft. Es war eine schöne Zeit gewesen, damals. Sie hatte auf dem Gelände

einen eigenen Stand gehabt und Mandeln gebraten. Das Geschäft war gut am Laufen gewesen, auch wenn die Arbeit hart und das Geld wenig war. Der wahre Lohn war die Freiheit gewesen. Sie hatte selber bestimmen gekonnt.

„Ich meckere nicht, ich stelle fest."

„Nee, nee, du meckerst gar nicht. Wie komm' ich bloß darauf? Jeden Tag muss ich mir deine scheiß Leier von Eltern und Provinz anhören, den Mief einer Familie, und du glaubst, dass ich nicht häuslich wäre. Es geht immer nur um dich und dein blödes Kaff. Ich kann diese Kacke nicht mehr hören. Hat's dich schon mal interessiert, woher ich komme? Nee, noch nie! Ich wäre froh gewesen, hätte ich ein Elternhaus gehabt, so wie du, egal wo, selbst wenn es in der tiefsten Pampa gelegen hätte."

Julia griff nach dem Tabak auf dem Tisch und begann, sich eine Zigarette zu drehen.

„Und rauchst du bitte nicht in der Wohnung! Der Gestank ist ja nicht zum Aushalten."

Julia zündete sich die Zigarette an und stieß Christin den Qualm entgegen.

Dann Stille und Schweigen. Beide schienen zu müde für weitere Attacken zu sein.

„Ich bin in Berlin, in Neukölln geboren", begann Julia leise. „Wusstest du das eigentlich? Nein, wusstest du natürlich nicht. Aber ist auch egal, selbst als echte Berlinerin hat es die Sache kein bisschen besser gemacht. Du hast doch keine Ahnung, Christin, gar keine!" Julia legte die Arme um die Knie. „Ich weiß ja nicht mal, wer mein Vater ist. Rein biologisch muss ich einen haben, aber das ist schon alles, was ich über ihn weiß."

Christin versank in einem der Sessel, schloss die Augen und stöhnte.

„Ist ja gut, entschuldige. Aber diese ständige Müdigkeit bringt mich noch mal um. Du kennst doch die Chefin. Ich muss solange bleiben, wie die Kunden es wollen. Da kennt sie keine Gnade. Und es ist auch mein Ehrgeiz, weißt du, ich will ja die Kunden, ich will ihr Geld. Nur stresst es eben. Viel mehr, als ich vertragen kann."

Julia rauchte in kräftigen Zügen.

„Tja, das ist nicht mein Problem. Nicht, dass ich neidisch bin, aber toll fühlt es sich nicht an, wenn die Männer auf dich fliegen und ich sitze da, weil mich keiner haben will."

Christin öffnete ein Auge und sah Julia an.

„Ja nun, ganz so ist es doch auch nicht, oder? Dafür hast du früher Schluss und kannst schön ausschlafen. Und weißt du noch was, Julia, du könntest mehr aus dir machen. Versuch' es doch mal! Das ganze Bad steht voller Schminkzeug. Die Männer werden's dir danken. Vom Geld will ich gar nicht erst reden."

Sie schloss wieder die Augen. Julia rauchte.

„Und deine Mutter?", fragte Christin nach einer Weile.

„Ach, mit der habe ich auch kein Glück gehabt. Dunkel kann ich mich an sie erinnern, aber vielleicht auch nicht, nicht wirklich. Vielleicht wünsche ich es mir nur, mich erinnern zu können, weil man meine Mutter in eine Nervenheilanstalt gebracht hat, als ich noch ganz klein war. In dieser Anstalt ist sie dann gestorben. Also bin ich bei meinen Großeltern aufgewachsen. Meine Omi ist gut zu mir gewesen, die Einzige, die je gut zu mir war, solange ich klein war.

Mein Opa jedoch war merkwürdig. Immer roch er nach Schnaps und hat mich so komisch angeguckt. Als ich einmal allein mit ihm war, hat er mir das Kleidchen ausgezogen und mich überall angefasst. Ich habe noch nicht verstanden, was das sollte, und habe der Omi davon erzählt. Danach hat sie darauf aufgepasst, dass ich mich von ihm fernhielt, zumindest, wenn sie nicht dabei war. Das

ist mir auch nicht schwergefallen, da er sowieso nie zu Hause war, immer geschäftlich unterwegs. Omi hatte vorausgesagt, dass diese Geschäfte ihn noch mal ins Gefängnis bringen würden, ohne dass ich je erfuhr, was das für Geschäfte waren. Aber genauso ist es gekommen. Er landete eines Tages im Gefängnis und ist da gestorben."

„Echt jetzt? Das hast du wirklich noch nie erzählt. Du erzählst überhaupt wenig von früher", rief Christin überrascht.

„Warum auch. Ich war von klein an auf mich gestellt, da gibt's nichts zu erzählen. Es mag schon sein, dass ich deshalb zur Kratzbürste geworden bin, die sich von niemandem etwas sagen lässt. Und ich weiß, dass mein Eigensinn schon in der Schulzeit nicht gut angekommen ist. Später, in der Lehre zur Bäckerin, hat sich das dann noch verschlimmert. Ja, richtig gehört, ich bin Bäckerin. Da guckst du, was? Ich Unhäusliche backe zehn Mal besseren Kuchen als du.

Aber letztlich war mir das zu doof. Ich habe die Lehre abgebrochen und bin beim Zirkus gelandet. Ich liebte meinen Mandelstand, habe endlich alles so machen können, wie ich es wollte."

Christin öffnete wieder ihre Augen und drehte sich Julia zu.

„Das kannst du immer noch", begann sie, „das liegt ganz bei dir. Du musst die Männer nur richtig zu nehmen wissen, dann fressen sie die aus der Hand, glaub mir."

Julia ging ins Bad unter die Dusche. Sie hatte Gewissensbisse, fühlte sich schuldig, sich übernommen zu haben. Ohne Christins Hilfe würde sie das alles nicht schaffen. Dabei war es doch Christin gewesen, die gesagt hatte, dass das Geldverdienen im Rosalie die einfachste Sache der Welt wäre. Aber für Julia war sie das nicht. Es war harte Arbeit im Schichtsystem, die ihr nur selten Spaß machte. Doch damit konnte sie bei Christin nicht landen. Die war aus anderem Holz gemacht. Sie empfand die Arbeit nicht als hart und

Spaß machte sie ihr auch. Schließlich verkaufte sie nur ihren Körper, aber ihre Seele verkaufte Christin nie. Und sie fand Gefallen an diesem Rollenspiel. Es war wie Schauspielerei, wie im Film, und sie hatte die Hauptrolle, war der Star.

Julia beobachtete die Wassertropfen, die auf ihrer Haut herunterliefen. Nein, dick war sie nicht. Nicht einmal mollig. Nur war sie halt deutlich kleiner als Christin, hatte nicht die endlos langen Beine, war nicht so athletisch durchtrainiert. Und ja, sie mochte all die Schminke und das Glitzerzeug nicht leiden. Sie war eher eine unauffällige Brünette mit einem sehr schön gezeichneten Gesicht. Die vielen Streitereien mit Christin machten ihr zu schaffen. Es fühlte sich wie Wettstreit an. Einen Wettstreit, den sie nicht wollte, der aber da war. Immer brachte sie weniger Geld nach Hause. Immer fühlte sie sich wie eine Verliererin. Das war unfair. Nicht jedes Mädchen konnte so schön wie Christin sein. Und von den Männern war das auch unfair. Immer wollten sie lieber Christin haben.

Julia hüllte sich in das Badehandtuch ein, als ein Lächeln über ihr Gesicht glitt. Es stimmte wirklich, das Bad wurde vom Schminkzeug regelrecht geflutet, egal, wohin der Blick auch fiel. Das hatte sie so noch nie bemerkt.

Christin war inzwischen im Sessel eingeschlafen, ohne sich auszuziehen. Julia deckte sie zu und ging in die Küche. Oh ja, der Kühlschrank war gähnend leer. Kaffee und Müsli mussten reichen. Vor dem Küchenfenster stritten die Spatzen noch immer um ein Stückchen Brot. Die hatten wenigstens welches.

Im Tagtraum versunken dachte sie bei qualmender Zigarette an den Zirkus. Sicher, dort war die Arbeit noch härter gewesen als im Rosalie. Die ganze Romantik, diese gespielte Märchenwelt, alles war nur Show. Selbst wenn Julia das damals oft nicht hatte wahrhaben wollen, weil sie ihren Job geliebt hatte. Aber die Arbeit der

Zirkusleute war in Wahrheit eine brutale. Jeden Tag trainieren und nochmals trainieren. Am Abend dann der Auftritt. Die Tiere mussten rund um die Uhr versorgt werden. Einen Sonnabend oder Sonntag gab es da nicht. Dazu dann noch das viele Rumgereise, wenn der Zirkus auf Tournee war. Da hatte sich Julia so manches Mal heimatlos gefühlt. Ein Leben aus dem Koffer heraus, keine wirkliche Bleibe, mit einem Idealismus ohne Gleichen, sogar bis in den Tod hinein. Einem Dompteur hatten sie den Arm abnehmen müssen, weil er von einem Löwen gebissen worden war. Und dann war da noch die Heidi. Die schöne Heidi! Eine Meisterin am Trapez. Bei einer kleinen Routineübung ohne Sicherung war sie abgestürzt, das Aufschlagen im Sand der Manege fast lautlos. Schlimm hatte es nicht ausgesehen, nur ihr Kopf war so seltsam nach hinten verdreht. Sie hatte sich das Genick gebrochen.

Und doch gab es das Publikum. Die leuchtenden Kinderaugen, für die allein all die vielen Mühen wert waren. Die Freude der Eltern, ihren Kleinen etwas Großes zu bieten. Die feinen Herrschaften. Wohlhabende Herren mit feinen Damen an der Hand, die sich etwas Besonderes gönnen wollten. Julia hingegen hatte am Herd gestanden, um gebrannte Mandeln zu verkaufen, und sich dabei wie auf der falschen Seite gefühlt. Das alles war der Zirkus, das alles war die Show.

Selbst heute noch fühlte sie sich, als stünde sie auf der falschen Seite. Das Rosalie jedenfalls konnte ihr nicht helfen. Auch dort war alles nur Show, auch dort gab es die reichen Herren, aber Julia schaffte es wieder nicht, auf deren Seite zu sein, obwohl sie doch zusammen das Bett teilten. Dabei hatte sie sich das so sehr gewünscht. Stundenlang hatte sie damals dagestanden, zum Zirkuszelt hinübergeschaut und die gleichen Gedanken im Kopf gehabt: von einem Mann schick ausgeführt zu werden, stets genügend

Geld zu haben, immer auszuschlafen. Doch diese Wünsche hatten sich nie erfüllt.

Plötzlich, eines schönen Tages hatte Christin vor ihr gestanden, um gebratene Mandeln zu kaufen. Viel los war an diesem Abend nicht, sodass die beiden ins Gespräch kamen. Julia hatte in einer Ecke ihres Mandelstandes etwas Schampus kühl gestellt, für besondere Gäste, die sich tatsächlich ab und an vom Zirkus begeistern ließen.

Christin war pausenlos am Erzählen, über das Zittern in ihren Beinen, so stark, bis die Füße wund und der Schmerz in den Knien und dem Rücken nicht mehr auszuhalten war. Was für eine Quälerei! Was für eine miese Bezahlung in diesem Haarstudio, weswegen sie extra nach Berlin gekommen war. Das Trinkgeld der Kunden immer weniger werdend.

Aber auch Julia hatte nur noch klagen können, weil Aufwand und Nutzen ihrer Arbeit völlig ungleich waren. Ach ja, und die Kerle könne man sowieso vergessen, auf die wäre eh kein Verlass. Besser, man würde sein eigenes Ding machen, waren sich die beiden schnell einig. Etwas später, als sie schon einen ziemlichen Schwips hatten, nahm Christin all ihren Mut zusammen und drückte ihr eine Zeitungsanzeige in die Hand.

„Weißt du, was das ist?"

„Rosalie", las Julia das Großgedruckte laut vor.

„Ja, das Rosalie. Das ist ein feines Edelbordell in Kreuzberg!"

„Nee, nee, nee, du spinnst doch! Das ist nicht dein Ernst, oder?"

„Und wie es das ist! Ich habe keinen Bock mehr auf diese Quälerei. Das ist doch alles Scheiße. Du schuftest tagein, tagaus. Und für was? Für die paar Kröten? Machst du keinen Sex, Julia?"

Christin legte ihr Smartphone zur Seite, um Julia direkt in die Augen zu sehen.

„Klar mache ich Sex. Aber doch nicht so."

„Was soll das heißen, nicht so? Mir ist das egal, ob so oder so. Sex mache ich sowieso. Und wenn ich dafür noch Geld kriege! Warum nicht? Wenn der eine oder andere Kerl dann auch noch okay ist, macht das Ganze sogar Spaß."

Julia wurde unsicher und blickte verlegen auf ihr Sektglas.

„Und schön bin ich außerdem. Also, wo ist das Problem?" setzte Christin nach.

Julia war hin- und hergerissen, es klang verlockend.

„Trotzdem, Christin, Sex gegen Geld. Wenn das einer mitkriegt. Die Freunde und so, weißt du?"

Christin drückte ihren Rücken gegen die Stuhllehne und atmete lang aus.

„Daran habe ich auch schon gedacht. Meine Alten würden einen Herzinfarkt kriegen, würden sie davon erfahren."

Julia zündete sich eine Zigarette an.

„Du rauchst? Warum tust du das? Das macht die Schönheit kaputt."

„Quatsch! Lass mich doch rauchen. Was du immer mit deiner Schönheit hast. Die Männer mögen das Natürliche viel mehr."

„Ach, die Männer! Die können doch das Natürliche vom Schönen gar nicht unterscheiden. Die haben nur Sex im Kopf." Christin nahm einen kräftigen Schluck Schampus. „Und wenn wir es heimlich machen? Das Zwei-Welten-Leben, sozusagen? Das Rosalie ist die eine Welt und draußen ist die andere Welt. Das muss kein Mensch mitkriegen. Sieh her!"

Sie hielt Julia das Handy unter die Nase.

„Die haben eine Seite im Netz und dort steht, dass jede Bewerberin individuell beraten wird. Die wissen schon, wie das geht, glaub mir. Hey, das ist das älteste Gewerbe der Welt. Wir werden da nicht die ersten sein."

Als Julia an jenem Abend ihren Mandelstand abschloss, stand für sie fest: Sie würde so etwas niemals machen. Christin solle das erst einmal alleine ausprobieren. Doch gleichzeitig war da auch Bewunderung, über Christins Mut, über diese Entschlossenheit. Dazu der Gedanke, endlich mal ordentlich Geld zu haben, ohne Stress und Quälerei. Dennoch erschien es ihr unmöglich. Zu stark die Angst, für immer ausgestoßen, das Schmuddelkind unter den Menschen zu sein.

Aber dann passierte es, der Zirkus ging pleite und Julia verlor ihren Mandelstand. In dieser Situation dachte sie an Christin. Die war längst ein Rosalie-Girl geworden und schwärmte davon. Das Zwei-Welten-Leben war am Laufen. Alles ohne Probleme, Schampus in Strömen, die besten Klamotten am Leibe und reichlich Geld. Es hatte alles so leicht gewirkt, so einfach ausgesehen.

Plötzlich Ruhe. Die Spatzen vor dem Küchenfenster hatten ihren Streit beendet. Julia drückte die Kippe in den Aschenbecher und machte sich zum Einkaufen bereit.

Sie trat vor die Tür und sofort war es wieder da, dieses elende Gefühl, nicht zu wissen, wo man hingehörte, weil es so viele Möglichkeiten gab. Der Prenzlauer Berg jedenfalls war die falsche Entscheidung gewesen, das wusste Julia inzwischen. Ein Ort, der nicht ihren Verhältnissen entsprach.

Gewiss, der Prenzlauer Berg war schön. Er hatte sich etwas vom alten Glanz Berlins bewahrt. Oft noch völlig ungestört, denn ohne die Moderne wirkte er heil und ganz. Manchmal, wenn kaum Menschen in den Nebenstraßen waren, fühlte sie sich wie in eine vergangene Welt versetzt. Sie bekam Gänsehaut, so sehr, dass sie unsicher wurde, nicht aus der Zeit gefallen zu sein. Dennoch war es ein gutes Gefühl, das ihr gefiel, ja, das etwas von Freiheit hatte, oder vom Fliegen, oder vom Reisen durch die Zeit. Wuchtige Häuserreihen zu beiden Seiten. Der kühle Wind roch nach altem Ge-

mäuer. Der Duft von zu Boden gefallenen Kastanienblüten. Hunde schnupperten daran und hoben ihre Beine. Dazu ein Stimmengewirr in den Straßenschluchten, immer lauter werdend. Und mit einem Mal die Weite der Schönhauser Allee und das blaue Leuchten mit weißer Schrift: „Senefelderplatz". Nun ja, auch das war Prenzlauer Berg, alt wie neu. Unterirdische Tunnel aus der Jahrhundertwende um 1900, von futuristischen U-Bahnen durchfahren. Die Bäckerei war wie immer voll. Aber das war es nicht, was Julia nervte. Im Laden wurde sie vom Schwäbischen erschlagen und das konnte sie als Ur-Berlinerin nur schwer ertragen. Es wurden jetzt Brezeln verkauft, aber von Schrippen war nichts mehr zu hören. Fast alle Mieter ihrer Hausgemeinschaft kamen aus Baden-Württemberg. In den Supermärkten stapelten sich die Kisten der einheimischen Biere aus dem Süden. Die absolute Krönung war gewesen, als sie eines Tages das über die gesamte Hausfassade gespürte Graffiti sah, auf dem gestanden hatte: „Der PrenzlBerg bleibt süddeutsch!"

Plötzlich der Schock! Sie erstarrte. Ein Kunde, also nein, ein Freier! Julia war sich sicher. Oder doch nicht? Das konnte irgendwie nicht sein. Prenzlauer- und Kreuzberg lagen Lichtjahre voneinander entfernt. Was machte der Idiot hier? Was hatte der hier zu suchen? Röte schoss Julia ins Gesicht. Ihr wurde heiß. Ein Zittern in den Knien. Sie machte sich hinter den anderen Leuten klein, starrte sinnlos auf die Torten in der Auslage. Kurz dachte sie an Flucht, doch das wäre ein Fehler gewesen. Sie hätte den Freier erst recht auf sich aufmerksam gemacht.

Ja, die Christin, die würde ihm jetzt noch zulächeln und nicken. Aber Julia hasste diese Situation. Sie hatte beständig Angst davor. Unfassbar der Gedanke, jemand könne sie erkennen und mit dem Rosalie in Verbindung bringen.

Erst neulich, vor vierzehn Tagen oder so, war sie einer alten Schulfreundin begegnet. Eigentlich hatten sie nur belangloses Zeug miteinander bequatscht. Dennoch hatte Julia die ganze Zeit über das Gefühl gehabt, dass man ihr etwas anmerken könnte, oder dass sie sich durch falsche Worte verraten würde. Denn natürlich war es vor allem darum gegangen, was aus ihnen beiden geworden war. Dieses ganze Herumgeeiere hatte sie völlig fertig gemacht, sodass ihr danach regelrecht schlecht gewesen war. Und sie hatte über sich selbst gestaunt, welch ein Unsinn ihr auf die Schnelle eingefallen war.

Zum Glück war der Typ schon mit dem Bezahlen beschäftigt und nahm von den Leuten um sich herum keine Notiz. Julias Gesicht klebte förmlich an der Scheibe der Auslage und es dauerte nicht lange, bis sie ihn im unscharfen Seitenblick verschwinden sah.

Erleichtert kaufte sie ihre Schrippen und lief nach Hause. Das war noch mal gutgegangen. Sie kam fröhlich daher, freute sich schon auf die nächsten freien Tage. Dann würde es sie und Christin wieder zum Tanzen in den Friedrichshain an die Warschauer Straße ziehen. Da war sie sich sicher. Denn dort war das Feiern noch möglich, unbefangen und frei. Ein Club reihte sich an den nächsten. Dazu das alte Fabrikgelände, riesig. Als noch der Osten gewesen war, waren im RAW ganze Eisenbahnwagen ausgebessert und gewartet worden. Nur eines fand Julia zum Kotzen, überall die Drogen, verpackt in kleine, bunte Glitzertütchen. Die sahen richtig schick und verführerisch aus. Doch keiner konnte ihr sagen, was da drin war.

Einmal hatte Julia mitbekommen, wie eine junge Frau aus Jux und Tollerei das Zeug genommen hatte. Wenig später war die Frau an einer Fabrikwand abgelegt worden und hatte dabei unwillkürlich mit allen Körperteilen gezuckt. Viele waren stehen geblieben und hatten geglotzt. Wirklich zu helfen hatte sich aber niemand get-

raut. Auch Julia nicht. Bis die Sanitäter da gewesen waren, hatte es eine gefühlte Ewigkeit gedauert. Doch die Party ringsum war davon unbeeindruckt geblieben. Auch die Glitzertütchen waren weiter vertickert worden.

Christin lag noch immer angezogen im Sessel und schlief. Julia räumte in der Küche hin und her. Sie war bester Laune, denn heute Abend würde die Neue kommen! Endlich einmal Einigkeit zwischen Christin und Julia. Der Plan war, die Neue bei sich aufzunehmen. Die Wohnung war schließlich groß genug und die Miete würde sich dritteln. Das stimmte selbst Christin friedlich.

Dabei hatte die Chefin lange um die Neue kämpfen müssen. Ja, ja, die Chefin war streng und launisch, aber gerecht und fair war sie auch. Sie hasste die Zwangsprostitution aufs Tiefste. Und sie tat alles, um Mädchen daraus zu befreien.

Die Neue sollte aus Hamburg kommen. Dorthin hatte man sie aus dem Osten gelockt. Aus Ungarn oder Bulgarien. Oder war es doch Tschechien gewesen? Julia konnte sich nicht mehr genau erinnern. Offenbar hatte sie in Hamburg nicht die versprochene Hotelarbeit bekommen. Nun ja, Hotelarbeit in einem ganz anderen Sinne vielleicht.

Die Chefin meinte immer, dass die Zuhälter nicht zimperlich seien, ohne dass sie Genaueres darüber erzählte. Aber die Chefin war auch nicht zimperlich und legte sich mit jedem Kerl an, da kannte sie keine Gnade. Das Besondere war, dass sie grundsätzlich mit Vater Staat Hand in Hand arbeitete und sich so eines gewissen Schutzes sicher sein konnte. Das glaubte sie jedenfalls und gestand dem Staat Loyalität zu. Was allerdings von fast allen Mädchen im Rosalie bezweifelt wurde. Aber die Meinung der Chefin wurde respektiert, selbst von den Luden, die so gar keinen Bock auf Staat und Polizei hatten.

Jedenfalls hatte sie mit denen einen Deal gemacht, um die Neue von Hamburg nach Berlin zu holen. Etwas Konkreteres hatte sie nicht verraten, aber das Ganze sorgte für gute Laune im Rosalie. Es hatte schon etwas von Familie, von füreinander da sein. Bei aller Konkurrenz, die zwischen den Mädchen herrschte.

Und jetzt war es soweit. Die Neue befand sich auf dem Weg von Hamburg nach Berlin. Und sie war wieder ein freier Mensch. Sie hätte gehen gekonnt, aber das wollte sie nicht. Stattdessen wollte sie sich den Laden der Chefin einmal genau ansehen. Da kamen Christin und Julia ins Spiel, die der Neuen gleich eine Wohnung anboten. Der Plan schien genial zu sein.

Eigentlich hatten sie den ganzen Tag Zeit, sich in Ruhe auf den Abend vorzubereiten. Dennoch war es immer das Gleiche. Julia hatte Mühe, Christin wachzukriegen, und kurz vor dem Losgehen brach Hektik aus, weil Christin ewig vor dem Spiegel stand und nicht wusste, was sie anziehen sollte. Schließlich bekam Julia ausgerechnet jetzt Hunger und konnte sich nicht vom Kühlschrank lösen ...

U-Bahnhof Moritzplatz. Christin und Julia waren spät dran. Die Chefin achtete auf Pünktlichkeit. Aber es waren nur ein paar Straßenzüge die Kreuzberger Prinzenstraße entlang, um in eine kleine Seitenstraße abzubiegen.

Dann lag es vor ihnen: Das Rosalie – die andere Welt. Ein Fabrikgebäude aus alter Zeit. Mit roten Ziegeln erbaut, von dunkelgrünen Ornamenten aufgelockert. Dazu aufwendig verzierte Fenster. Edel! Das Ganze vier Etagen hoch, mit Fahrstuhl natürlich und fünf separaten Treppenaufgängen, um im vierten Stock jeden der siebenhundertdreißig Quadratmeter des Rosalie erreichen zu können. Alles war von der Chefin mit Bedacht ausgesucht worden, nicht nur wegen des quirligen Treibens, das von den nahen Springer Ver-

lagsgebäuden und dem Medien Center herkam, nein, mehr noch wegen des Labyrinths aus Treppen, die es nahezu unmöglich machten, dass sich ein Freier als solcher erkennen ließ. Es hätte jeder andere Mensch der Welt sein können. Der Rest war Spekulation.

Chefin Gisela öffnete persönlich. Sie sagte nichts, aber ihr Blick sagte alles: Höchste Zeit, Mädels!

Oft dirigierte Gisela nur mit Blicken. Schließlich hatte sie selbst mal klein in diesem Gewerbe angefangen und erkannte die Stimmung ihrer Mädchen genau. Jetzt, wo sie um die fünfundvierzig Jahre alt sein mochte, gab es nichts, das ihr entging. Sie war erfahren, routiniert und strotze nur so vor Selbstbewusstsein. Dazu der kurze Schnitt ihrer blonden Haare, die schwarz geränderte Brille, das Knallrot auf den Lippen, das akkurat sitzende Kostüm und das feste Auftreten jeder ihrer Schritte. Alles ließ erst gar keine Zweifel aufkommen: Sie war die Chefin!

Christin und Julia beeilten sich, in den Aufenthaltsraum zu kommen. Auch der war kein gewöhnlicher Raum, er war genauso luxuriös wie das ganze Rosalie überhaupt. Selbst Fitnessgeräte und Sonnenbank fehlten nicht. Klar, dass Christin gleich am Schminktisch Platz nahm. Julia brauchte den nicht. Der Geruch überall war einzigartig. Das Rosalie roch lieblich, wie frischer Lippenstift.

Die Hausdame platzte herein.

„Bist du fertig, Lilu? Dein erster Kunde wartet."

„Wie – ohne Vorstellung?"

„Opa Hans."

„Ach, Opa Hans. Ich komme sofort."

Eine andere Welt war eben eine andere Welt. Und Lilu war Christins Name in dieser anderen Welt. Das hatte ihr von Anfang an die wenigsten Probleme bereitet.

Lilu war hier Lilu und nicht Christin. Eine ganz einfache Sache eigentlich, die beruhigte. Und dennoch! Christin tauchte wieder ab in die Schauspielerei, betrachtete sich von außen, einen Film, den sie sich ansah. Und sie konnte die Filmrollen wechseln, zu jeder Zeit, ganz wie sie wollte. Es war, als hätte das alles nichts mit ihr, mit Christin zu tun. Denn es war ja nur Lilu, eine Figur, in eine Rolle verbannt.

Als sie das erste Mal von der Hausdame zur Vorstellung in die Lounge geführt worden war, hatte ihr vor Angst das Herz in den Schläfen gepocht. Sie hatte das Gefühl gehabt, mal ganz dringend Pipi gehen zu müssen. Ihr war nach Weglaufen und das Stöckeln in den in den High Heels wackelig gewesen. Unsicher. Um sie herum die anderen Frauen. Konkurrenz lag in der Luft. Der Flur schien kein Ende zu nehmen. Das Licht dunkel gedimmtes Rot.

Und dann hatte da Opa Hans auf dem Sofa gesessen, zwischen all den Nacktfotos junger Mädchen an den Wänden. Christin war, als wäre sie vom Blitz getroffen worden: Ein Opa? Ja gut, er trug einen feinen Anzug und machte einen ordentlichen Eindruck. Aber trotzdem!

Gisela persönlich stellte ihm die Mädchen vor. Jede einzelne. Christin fühlte sich dabei, als würde sie gemustert werden, wie ein Modell im Schaukasten.

Opa Hans mietete von den sechzehn Zimmern immer das Mittelalter-Zimmer. Es war ja auch echt romantisch. Mit Ritterrüstung in der Ecke und einem Kamin, in dem das Feuer knisterte, und selbstverständlich einem Himmelbett. Das alles bei Kerzenlicht.

Seine Wahl fiel auf Christin. Als sie mit ihm das Zimmer betrat, war sie bis zum Zerreißen angespannt und zu jeder Schweinerei bereit. Sie trug bordeauxrote Dessous, sehr knapp gehalten und fast durchsichtig. Opa Hans war bereitwillig am Bezahlen. Für klassischen Sex. Christins Hände zittrig. Sie spürte seine Routine

und bemerkte ihre Unsicherheit. Schließlich beruhigte sie sich, dachte immer wieder an ihre Rolle im Film und brachte schnellen Schrittes das Geld vor zu Gisela. Ab dann war sie mit Opa Hans allein, eine Stunde lang.

„Wie heißt du, Kindchen?"

„Christ... Lilu. Mein Name ist Lilu."

„Ich bin der Hans, Opa Hans. So nennen mich hier alle. Tust du mir bitte einen Gefallen und ziehst dir einen Morgenrock über? Du erkältest dich noch. Und dann möchte ich einen Tee trinken, schwarzen Tee mit Zucker und Zitrone."

Christin blieb wie angewurzelt stehen und wiederholte leise: „Schwarzen Tee mit Zucker und Zitrone."

Sie mochte überhaupt keinen schwarzen Tee, weder mit Zucker noch mit Zitrone. Aber egal, sie bereitete Opa Hans den Tee zu und trank brav ein Tässchen mit. Danach setzten sie sich auf das Himmelbett, Christin im Morgenrock und Opa Hans mit freiem Oberkörper. Die Anzughose ließ er an. Er legte seinen Kopf in ihren Schoß und sie streichelte seinen Oberkörper.

„Weißt du, Lilu, was das Schlimmste am Leben ist? Das Altwerden! Etwas Schlimmeres gibt es nicht. Ich war mal Sportler, Leistungssportler im Turnen, danach war ich Trainer. Jetzt bin ich ein alter Mann. Ich muss zusehen, wie ich nach und nach zerfalle. Jeden Tag ein Stückchen mehr. Und ich kann nichts dagegen tun. Ich kriege es bei vollem Bewusstsein mit. Weggucken geht nicht.

Meine Frau ist vor ein paar Jahren gestorben. Krebs. Meine Tochter, ihr Mann und die Enkelin hatten ein halbes Jahr später einen Autounfall, keiner hat überlebt. Alle habe ich sie begraben. Denn Weggucken ging nicht.

Jetzt sitze ich alleine in einer viel zu großen Wohnung und sehe mir Bilder aus der vergangenen Zeit an. Dabei habe ich eine Brille

auf der Nase mit Gläsern dick wie Lupen. Glaube mir, Lilu, das Altern ist grausam."

Nachdem die Zeit um war, machte sich Opa Hans wieder fein, gab ihr ein Küsschen auf die Wange und ordentliches Trinkgeld. Für die „Extras", die gar nicht stattgefunden hatten.

Wieder im Aufenthaltsraum, war sie sprachlos gewesen. Nicht nur, weil alles ganz anders gekommen war, als sie gedacht hatte, nein, sie hatte nicht verstehen können, warum ein alter Mann so viel Geld auszugeben bereit war, ohne dafür Sex zu verlangen.

Der Aufenthaltsraum war von dicken Dampfwolken durchzogen. Gisela liebte alles, was modern war. Sie stand auf Veränderung. So hatte sie neuestens das Rauchen im Rosalie verboten. Es wäre ungesund, stinke und würde alles nach und nach versiffen. Nur im Zimmer 11, dem Raucher-Zimmer, war es noch erlaubt. Der absolute Schrei war jetzt das Dampfen. Christin überkam das Gefühl, als hätten inzwischen alle Mädchen mindestens zwei E-Zigaretten. Eine größer und besser als die andere. Naja, ihr war das egal, eigentlich fand sie es sogar gut. Der Dampf stank nicht und war ungiftig, konnte also ihrer Schönheit nichts anhaben.

„Rosita!", das war Julias Name im Rosalie. Christin hatte ihn von der Hausdame rufen gehört, in einem schrillen Tonfall.

Das Rosalie hatte zwei Hausdamen, Lela und Maya. Sie standen in der Hierarchie an zweiter Stelle, gleich hinter der Chefin. Beide waren ziemlich eingebildet, sie glaubten tatsächlich, etwas Besseres zu sein. Dabei waren sie schon älter und somit nicht mehr im aktiven Dienst am Mann. Christin war immer wieder verdutzt. Worauf bildeten die sich etwas ein? Keine der beiden konnte sich auch nur annähernd mit ihrem Aussehen messen. Gut, Lela hatte trotz ihres Alters noch einen Top-Körper, aber ihre faltige Haut ließ sich nicht verbergen. Und Maya war einfach nur klein und fett.

Christin warf einen Blick in den Flur. Die rote Nummer über dem Klassenzimmer, auch Büroraum genannt, leuchtete und sie wusste sofort, was das bedeutete: Julia würde wieder schlechte Laune bekommen. Aber in diesem Fall stand sie auf ihrer Seite. Denn einer von Julias Freiern hatte echt einen Knall. Und leider gab es immer mehr von denen.

Die kleine Julia mit ihrem niedlichen Gesicht stand artig vor einem großen Fettsack mit dicken Fingern an den Händen, der nur noch einen weißen Schlüpfer anhatte. Sie hatte sich wie ein Schulmädchen zurechtmachen müssen, mit geflochtenen Zöpfen zu beiden Seiten und kurzem Röckchen. Aber das reichte dem Typen noch lange nicht. Unerfahren, schüchtern und naiv sollte sie sein. Er hingegen spielte den guten Onkel von nebenan. Ihm lief vor Geilheit schon die Spucke von den Mundwinkeln.

„Na, mein kleines Mädchen, warst du heute auch schön brav in der Schule?"

Julia sah zu Boden und nickte.

„Das ist fein. Du musst immer schön lieb sein. Dann hat der Onkel auch Schokolade für dich. Du magst doch Schokolade, nicht wahr?"

Sie nickte.

Tatsächlich hatte er einen Schokoriegel dabei. Mit zittrigen Händen riss er die Alufolie ein und gab ihr ein Stück. Sie schob es in den Mund, kaute langsam, war angeekelt.

„So ist's gut, mein kleiner Schatz."

Er war ihr jetzt ganz nah. Seine Haut glänzte schweißnass.

„Ganz schön warm hier. Aber du musst nicht schwitzen, Kindchen. – Ach, und was ist das? Kriegst du da schon zwei kleine Berge. Willst die dem Onkel nicht mal zeigen? Warte! Wir ziehen das T-Shirt aus. Ich helfe dir dabei."

Na wenigstens bezahlte er anständig und gab ihr reichliches Trinkgeld für seine pädophilen Spielchen. Trotzdem saß sie jetzt angewidert im Aufenthaltsraum und nuckelte an ihrer Dampfe.

Christin versuchte Julia immer damit aufzubauen, dass sie zwar eine unangenehme, aber wichtige Arbeit mache – für uns alle! Sie solle sich mal vorstellen, würde sich dieses Schwein nicht hier auslassen. Der käme doch glatt auf die Idee, tatsächlich kleinen Schulmädchen hinterherzustellen. Dort draußen, in der richtigen Welt.

Gisela hatte gerufen. Die beiden eilten vor zur Lounge. Und da saß sie nun, die Neue! Wow, und wie schön sie aussah!

Nicht nur für Julia, selbst für Christin eine echte Konkurrenz. Ja sicher, das war den zweien bekannt. Die osteuropäischen Mädchen, vor allem die Russinnen, sahen toll aus. Sie hatten alle so etwas Unschuldiges, Naives an sich. Die Männer standen da total drauf. Aber Christin war sich gar nicht so sicher, ob das echt war. Vielleicht war es eher eine Schutzhaltung, wie Julia sie anwandte, damit der pädophile Fettsack nicht noch brutaler wurde. Denn eines stand fest, die Mädchen in Osteuropa hatten unter der Vorherrschaft der Männer nichts zu melden. Konnte also gut sein, dass sie gar nicht so unschuldig und naiv waren, würden sie in der westeuropäischen Welt leben.

Die Neue hieß Olga. Im Rosalie würde man sie Olha nennen, weil es im Russischen den Buchstaben „H" nicht gäbe. Nun ja, Giselas Logik war oft seltsam.

Dabei war Olga gar keine Russin, sondern stammte aus Tschechien. Das also hatte Julia richtig in Erinnerung behalten. Aber egal, es war ja überhaupt noch nicht raus, ob sie im Rosalie bleiben und arbeiten wollte. Sicher war bisher nur, dass sie erstaunlich gut Deutsch sprach, obwohl sie erst zwei Jahre in Hamburg gelebt hatte. Was bei Christin unweigerlich die Frage aufkommen ließ, ob sie

und Julia auch so gut Tschechisch sprechen könnten, wären sie beide zwei Jahre in Prag gewesen.

Olga schaute ängstlich in die Runde. Sie wirkte, als erwartete sie jeden Moment einen Befehl. Aber der kam nicht. Im Gegenteil, Gisela zeigte sich von ihrer fürsorglichen Art. Aber Olga schien das alles nicht glauben zu können.

Sie trug keine Dessous, wie alle anderen Mädchen, stattdessen Jeans und ein weißes T-Shirt. Und doch war sie unglaublich sexy, wie von Natur aus für eine solche Arbeit gemacht. Kein Wunder also, dass sich Gisela so ins Zeug legte. Es klang auch Stolz mit, ja, Gisela war stolz auf ihren Laden und wollte zeigen, dass diese Arbeit eine ehrenwerte, weil wichtige war, die das schlechte Image nicht verdiente.

Das Rosalie jedenfalls war ein guter Beweis. Mochte die Eingangslounge auch ein bisschen an eine Hotelrezeption erinnern, so hatte sie dennoch etwas Einladendes, Flauschiges, so ganz in Rot gehalten, die Sofas gediegen und aus Leder. Dass Gisela alte Sachen genauso mochte wie alles Moderne, zeigte sich besonders in der Auswahl von edlen Stücken und nicht etwa von Plagiaten. Obwohl! Das afrikanische Zimmer fanden Christin und Julia schon etwas kitschig. Ein Löwenkopf aus Plüsch an der Wand, daneben das Bärentöter-Gewehr, vor dem Bett ein echtes Zebrafell. Und Gisela Spezialität nicht zu vergessen: Über alle Nachttischlämpchen hatte sie rot schimmernde Seidentücher gehängt. Das Edle und der Kitsch lagen dicht beieinander.

Julia betrachtete Olgas Gesicht im Schein einer Kerze. Es war ein kindliches Gesicht mit strahlend großen, blauen Augen, alles eingehüllt von langen, blonden Haaren. Sie erkannte diesen Blick. Es war nicht nur Ängstlichkeit gegenüber dem Neuen darin, nein, es war Enttäuschung. Als hätte sie Freude erwartet und wäre auf Unheil gestoßen. Sie nickte artig zu allem, oft schon, bevor die Chefin

überhaupt etwas gesagt hatte. Es war, als meine sie, dieses Nicken würde ihr Leben retten. Dabei lag überhaupt keine Gefahr in der Luft. Julia bekam Gänsehaut bei dem Gedanken, was Olga wohl schon alles erlebt hatte.

Die Männer brauchte sie im Rosalie nicht zu fürchten. Dafür konnte Julia ihre Hand ins Feuer legen, denn die Chefin ließ erst gar keine Angst aufkommen. In jedem der Zimmer gab es Panikknöpfe und die Zusammenarbeit mit dem ansässigen Wachdienst des Gewerbegeländes war professionell organisiert. Binnen Minuten wäre ein durchgedrehter Freier zur Strecke gebracht worden. Alkoholisierte Männer erhielten sowieso keinen Zutritt, dafür hatten Lela und Maya ein feines Gefühl entwickelt. Und an der Bar, im hinteren Bereich der Lounge gelegen, gab es nur Niederprozentiges im Angebot.

Aber die beiden Hausdamen gingen noch weiter. Ihr Gefühl für die Männer war so ausgeprägt, dass sie sehr genau einschätzen konnten, mit wem sie es zu tun hatten, um bestimmte Paarungen lenken zu können. Andernfalls hätte das böse ausgehen können. Einige Freier glaubten, die Mädchen wie ihr Eigentum behandeln zu müssen, da stimmte selbst die Chefin einer Ablehnung zu. Die Hausdamen sorgten dann dafür, dass es zu keinem Aufeinandertreffen kam. Es gab Männerwelten, die jeglichen Bezug zu ihrem mütterlichen Ursprung ignorierten, die sich nur noch um sich selbst drehten und für die eine Frau nichts weiter war, als ein Stück Fleisch, das ein Loch hatte. Und es gab Männer, die äußerlich stark, aber innen hohl waren. Die neigten zur Brutalität, zur Gewalt. Viel reden ließ sich mit denen nicht. Es gab aber auch das Gegenteil, schwache, fette, hässliche und alte Männer, die mit ihrem vielen Geld prahlten. Die kaufen sich einfach alles, egal, was. Und letztlich, wenn auch nicht oft, gab es die lieben Männer, bei

denen Äußerlichkeiten und Alter egal schienen. Einfach, weil es liebe Menschen waren.

Das Licht der Kerze wackelte mal zur einen, dann zur anderen Seite. Olga aber nickte beständig weiter. Es schien, als wäre sie noch nie auf liebe Männer gestoßen.

Plötzlich fiel sie wie in Schockstarre. Sie stierte vor sich hin, als könne sie ihren Ohren nicht trauen. Dabei hatten Christin und Julia ihr nur angeboten, mit in die gemeinsame Wohnung einzuziehen. Olga sagte nichts dazu. Ihr Blick hing im Flackern der Kerze fest. Kleine Tränen rollten aus ihren Augen und liefen die Wangen hinunter. Gisela steckte ihr ein Taschentuch zu. Christin legte eine Hand auf ihre Schulter und Julia dachte wieder, was die Olga wohl schon alles hatte erleben müssen.

Es war Olgas Wunsch gewesen, endlich mal auf dem Alexanderplatz zu sein. Unbedingt. Heute noch, weil es ihre erste Nacht in Berlin war. Christin und Julia wunderten sich, was da so Besonderes sein sollte. Aber Olga atmete laut und tief. Es klang wie Befreiung und sie hatte ein breites Lächeln im Gesicht. Es herrschte noch ein reges Treiben, obwohl es schon kurz vor zwölf war.

Sie ließen sich an der Kante des Springbrunnens nieder mit Blick auf das Leuchten der Weltzeituhr in der Ferne.

„Ich glaube, der heißt noch immer Brunnen der Völkerfreundschaft", meinte Christin.

„Echt?", fragte Olga. „Klingt irgendwie sozialistisch, genauso wie ich es aus Tschechien kenne."

„Habt ihr sowas in Prag nicht?"

„Ach wisst ihr, Prag ist nicht Tschechien. Ich komme aus einem Kaff östlich von Lundenburg, dicht an der Grenze zur Slowakei. Da ist es so tot, toter geht's nicht, das könnt ihr euch gar nicht vorstellen."

„Warum kannst du so gut Deutsch?", fragten Julia und Christin fast gleichzeitig.

„Das ist eine lange Geschichte, die mit meinem Opa und dem Krieg zu tun hat. Meine Eltern sprechen so und ich nun auch. Und ich Idiotin habe geglaubt, dass Deutsch mein Tor zu einer besseren Welt wäre. Ich habe es wirklich, wirklich geglaubt. Wie naiv kann ein Mensch nur sein?"

„Wieso?"

„Weil Deutschland einen guten Ruf in der Welt hat. Das weiß jeder, nur die Deutschen nicht. Es steht für Reichtum, Ordnung und Verlässlichkeit. Ein Auto muss nicht das Beste sein, aber ein deutsches sollte es schon sein."

„Das ist doch Schwachsinn, Olga!", stieß Julia aus, als hätte sie sich am Dampf verschluckt.

„Nein, das ist kein Schwachsinn. Es ist die Wahrheit. Viele Osteuropäer würden alles dafür geben, nur um ins deutsche Paradies zu kommen.

Angefangen hat das alles in unserem Kaff, im Dorfkrug, also der Kneipe. Die zwei fremden Männer waren gut gekleidet und hatten feine Manieren. Sie fuhren einen neuen, schicken Mercedes. Und Geld hatten die ohne Ende! Sie waren freundlich, zuvorkommend und ordentlich. Richtige Deutsche eben, ohne Frage. Ihnen war sofort mein gutes Deutsch aufgefallen. Abitur habe ich auch, was sie noch besser fanden, weil es in Deutschland zu wenige Arbeitskräfte gäbe. Besonders in der Altenpflege und im Hotelbereich. In der Altenpflege könnten sie nichts machen, dahin hätten sie keine Beziehungen, aber im Hotelbereich könnten sie mir einen Ausbildungsplatz besorgen. Das sei überhaupt kein Problem. Im Gegenteil. Man würde sich freuen. Da wäre die ausländische Herkunft egal, weil so etwas in Deutschland alles gesetzlich geregelt sei. Das Einzige, was zähle, wäre mein Wille. Dann bräuchte ich nicht mal

Geld, denn die Kosten für die Ausbildung würde der deutsche Staat übernehmen. Das jedenfalls erklärten sie."

„Ach du Scheiße!" Julia schien fassungslos.

„Nun ja, es hatte alles so besorgt, so verständnisvoll geklungen. Und logisch war es für mich auch. Ich wollte weg aus meiner Einöde und bei ihnen fehlte es an Leuten. Das erschien mir schlüssig und glaubwürdig."

„Hey Olga, die haben dich auf ganzer Linie verarscht! Kein Deutscher fährt in die tschechische Provinz, um da Leute anzuheuern. Wo lebst du denn?"

Julia brachte ihre Dampfe zum Glühen.

„Nun lass sie doch mal erzählen", mahnte Christin.

„Naja, viel zu erzählen gibt's da nicht. Sie sind das ganze Wochenende in unserem Kaff geblieben und wir haben viel Zeit miteinander verbracht. Selbst meine Eltern hielten das für eine gute Idee und meinten, es wären echt nette Menschen. Das waren sie auch, könnt ihr mir glauben. Schließlich haben sie mir noch angeboten, gleich im Mercedes mitzufahren, so entstünden nicht mal Fahrtkosten. Einschließlich der Rückfahrkarte, denn sie sagten: Wenn es mir in Deutschland nicht gefällt, gäbe es täglich Züge, die mich wieder zurück nach Tschechien bringen würden."

Olga hielt einen Moment inne, als wäre ihr plötzlich etwas eingefallen. „Wobei! Meine Eltern fragten öfters nach, wohin die Reise genau gehen sollte, aber da drucksten sie rum, als wüssten sie es nicht. Das hätte mir auffallen sollen."

„Oh ja, das hätte es", sagte Christin.

„Okay. Aber ich war wie im Rausch, versteht ihr das denn nicht? Es war die Gelegenheit, endlich wegzukommen.

Also bin ich eingestiegen und wir sind losgefahren, bis nach Hamburg, in ein Hotel, wie versprochen.

Sie haben mich in ein schönes, sauberes Zimmer gebracht und wollten meine Papiere, die Brieftasche und das Handy haben, damit sie sich um die Formalitäten kümmern konnten. Dann haben sie selber alle meine Sachen ausgepackt und sie in den Schrank gelegt und meinten, dass das in Deutschland Vorschrift sei. Schließlich sind die beiden gegangen und haben die Tür verschlossen, also richtig abgeschlossen."

Olga hielt wieder inne.

„Das war der Moment des Erwachens. Ein Schlag aus nackter Angst. Ich hatte solche Panik, dass ich mich nicht bewegen konnte und ganz still auf der Stelle stand. Nur meine Augen ließen sich bewegen und meinen Atem konnte ich hören. Die Fenster hatten keine Knaufe. Ich war in einem oberen Stockwerk. Es gab kein Telefon. Die Tür verriegelt. Dabei waren die Männer doch so nett gewesen."

„Wusstest du nicht, wer die waren?", wollte Julia wissen.

„Doch, doch, sie hatten sich ganz höflich meinen Eltern vorgestellt, mit allem Drum und Dran. Aber das war natürlich gelogen. Ja, heute weiß ich, wer sie waren. Aber das darf ich nicht sagen. Es ist eine Abmachung – keine Namen! Sie würden mich sonst finden und mir was antun. Und das würden sie wirklich! Da bin ich mir sicher."

Wieder eine Pause. Stille zwischen den dreien.

„Der Erste kam zurück ins Zimmer. Keinen feinen Anzug mehr, den er anhatte. Nein, Lederklamotten, ganz in schwarz. Und nett war er auch nicht mehr. Streng war er. Seine Stimme im Befehlston. Er befahl, dass ich mich ausziehen solle. Nackt! Ich fand das so absurd, dass ich nur lächeln konnte und den Kopf schüttelte. Doch augenblicklich das Brennen seiner flachen Hand in meinem Gesicht. Es ging so schnell, dass ich gar nichts gesehen habe. Aber gezwiebelt hat es, und wie! Dann meinte er, es könne alles friedlich bleiben, wenn ich das täte, was sie mir sagten. Und ob ich wirklich

geglaubt hätte, dass ich in einem Hotel arbeiten würde. Wie doof seien die Leute in Tschechien eigentlich, fragte er und wiederholte, dass ich mich ausziehen solle. Ich schüttelte den Kopf und er schlug wieder zu. Meine Mundwinkel rissen ein und bluteten. Aber ich konnte nicht mal weinen. Als nächstes hat er mich aufs Bett geschmissen, aber ich bin wieder aufgestanden. Er hat mein Haar bei den Wurzeln gegriffen und mir den Kopf nach hinten gezogen. Das tat höllisch weh. Ich stand still und auf Zehenspitzen. Mit der anderen Hand hat er mir die Jeans aufgeknöpft, sie runtergezogen und mich wieder aufs Bett geschleudert, so dolle, dass mein Kopf an die Wand schlug. Ich war wie benommen und konnte nur noch winseln, hörte das Zerreißen meines T-Shirts. Auch meinen Slip riss er mit nur einem Ruck in Fetzen. Er war so unglaublich kräftig. Wie ein Schraubstock jeder seiner Griffe. Ich hatte nicht die Spur einer Chance, dieser Stärke zu entkommen. Die Panik setzte wieder ein und ließ mich ganz ruhig werden. Unmöglich, mich zu bewegen. Jetzt lockerten sich seine Griffe und er sagte, ich würde mich an das Einreiten schon noch gewöhnen. Beim Ausziehen ließ er sich Zeit, zog das Kondom über und legte los. Das ging dann alles ganz schnell und gemerkt habe ich nichts mehr.

Als der Zweite ins Zimmer kam, habe ich noch immer bewegungslos auf dem Bett gelegen. Er war etwas friedlicher in seiner Art und nicht ganz so streng. Aber auch er war sehr stark. Wieder hatte ich keine Chance. Wieder hatte ich Panik und blieb ruhig. Ich habe ihn machen lassen, habe mich nicht gewehrt.

Danach stand ich bestimmt eine ganze Stunde unter der Dusche und schrubbte meinen Körper ab. Gekotzt habe ich auch, mitten in die Dusche hinein. Ich habe in der Duschwanne gesessen und ließ das Wasser auf mich herabregnen. Erst dann konnte ich weinen.

Ich saß in einem weißen Bademantel gehüllt auf dem Stuhl. Das Gefühl für die Zeit hatte ich verloren. Es war schon dunkel, da ka-

men die zwei wieder und brachten mir etwas Essen. Gutes Essen. Sie fragten, warum ich heulen würde. So wie ich hätte sich noch keine angestellt. Sex wäre die normalste Sache von der Welt. Ich solle glücklich sein, damit noch Geld zu verdienen, anstatt zu heulen. Sie hatten Wodka dabei. Eine ganze Flasche. Als sie gingen, sagte der eine, dass ich trinken und mich beruhigen müsse.

Ich hatte bis dahin noch nie Schnaps getrunken. Aber jetzt konnte ich die Gläschen gar nicht schnell genug runterkippen. Mir wurde schwindelig und schlecht. Wieder musste ich kotzen. Diesmal ins Klo. Danach bin ich eingeschlafen."

Christin und Julia nahmen Olga in die Mitte und legten die Arme um ihre Schultern.

„Am nächsten Morgen haben sie mich geweckt. Sie haben mir Frühstück gebracht vom Feinsten! Ich hatte Kopfschmerzen und fürchterlichen Durst. Die zwei fanden das urkomisch. Sie setzten sich zu mir und tranken Kaffee. Der strenge Typ wurde dann sauer, weil ich Schorf an den Mundwinkeln hatte, und er sagte, der würde meinen Wert ruinieren. Das käme davon, wenn ich mich so anstellen würde. Und er erwarte, dass ich das ändern werde. Andernfalls würde er es vom Geld abziehen.

Dann schnappten sie mich und warfen mich aufs Bett. Ich strampelte wie ein Tier und fing zu schreien an. Aber keine Chance. Ich hatte nur den weißen Bademantel an. Da hielt mich der eine fest und der andere steckte mir sein hartes Ding in den Mund. Also habe ich zugebissen. Und schon zwiebelten Schläge in mein Gesicht, auf dass ich das Blut an meinen Mundwinkeln spürte und sogleich wieder das Ding zwischen meinen Lippen hatte. Er stieß mir immer heftiger und schneller in den Mund, solange, bis mir eine schleimige, irgendwie salzige Masse in den Mund spritzte. Ich hustete und spuckte das Bettzeug voll. Es war ekelhaft. Ich dachte, keine Luft mehr zu kriegen, aber ich kam gar nicht zur Besinnung,

als auch der Strenge in meinen Mund wollte. Plötzlich schmeckte es nach Gummi. Ich hustete und hustete. Dann ließ er es bleiben, drückte mich von hinten auf das Bett, sodass ich Mühe hatte, meinen Kopf zur Seite zu kriegen, um nicht im Kissen zu ersticken. Er drang ein. Doch nicht in die Muschi, nein, in den Hintern. Ich schrie wie am Spieß, da stopfte der andere eine Ecke des Kissens in meinen Mund. Und mit einem Mal war es vorbei. Der Strenge stieß sich von mir ab und war angewidert. Alles voller Blut."

Christin und Julia drückten Olga noch fester.

„Den Wodka brachten sie nun jeden Tag. Und ich trank ihn jeden Tag. Anders konnte ich das nicht ertragen. Die Panik verschwand in dem Moment, als ich mir eingestand, die Schwächere zu sein. Ich war den beiden unterlegen, ob ich es wahrhaben wollte oder nicht. Mir musste etwas anderes einfallen, um da rauszukommen. Also ließ ich sie machen. Tatsächlich wurden sie friedlicher, brachten mir sogar Geld, wenn ich zärtlich zu ihnen war. Sie brachten noch mehr Geld, wenn ich mich bereit zeigte, auf ihre Wünsche einzugehen – mit dem Mund, zu dritt oder anal. Ihr mögt das nicht verstehen, aber wo ich herkomme, war das eine Unmenge an Geld, die ich vorher noch nie gesehen hatte. Einen Teil davon habe ich zu meinen Eltern geschickt. Das haben die zwei Peiniger für mich erledigt. Es war das erste Mal, dass ich mich wieder etwas gut gefühlt habe.

Was die Eltern anging, so musste ich sogar mit ihnen telefonieren. Ihnen sagen, wie toll es in Deutschland war. Das war natürlich auf einem Zettel vorbereitet worden und alles gelogen. Aber was sollte ich machen? Hätte ich etwas verraten, hätten sie mich wieder blutig geschlagen.

Es dauerte eine Weile, bis sie den ersten Kumpel mitbrachten, der mit mir seinen Spaß haben wollte. Nein, geschockt hat mich das nicht mehr, ich hatte es erwartet. Verglichen mit den beiden Bruta-

los war er sogar erträglich. Und bezahlt hat er echt gut. Den Rest könnt ihr euch denken. Die beiden hatten unendlich viele Kumpels. Sie haben dann einen Plan aufgestellt, wieviel Geld ich ihnen geben musste. Natürlich haben sie aufgepasst, dass sie dabei gut abschnitten. Es kam sogar der Tag, wo es mich nicht mehr gestört hat, also der Sex und so. Was mich wirklich gestört hat, war die Gefangenschaft, das Ausgeliefertsein, keinen eigenen Willen mehr zu haben.

Dann kreuzte Gisela auf, wie aus dem Nichts. Die beiden Brutalos erschienen mir plötzlich wie Idioten, die echten Schiss vor ihr hatten, als könne sie den zweien gefährlich werden. Dauernd beteuerten sie, wie gut es mir ginge, dass niemals Gewalt mit im Spiel gewesen wäre und dass man sich doch einigen könne, denn Ärger wolle doch keiner haben. Ich weiß ja nicht, was sie gegen die beiden in der Hand hatte, aber es musste etwas Gewaltiges sein. Zunächst wehrten sie sich noch, wollten mich auf keinen Fall freigeben. So richtig aber habe ich das alles nicht mitbekommen, weil ich in einem Nebenraum war, doch sie wurden immer kleinlauter. Jedes Mal ein bisschen mehr, wenn ich von Gisela das Wort ‚Polizei' hörte. Schließlich haben sie ihr Geld geboten. Glaube ich jedenfalls. Doch keine Chance. Sie brachte immer wieder die Polizei ins Spiel. Der Strenge wurde noch einmal laut, schlug mit den Fäusten auf den Tisch, warf Stühle um. Ich dachte schon, Gisela wäre in echter Gefahr, weil ich seine Brutalität kannte. Aber sie blieb völlig ruhig. Er jedoch rastete immer weiter aus. Und dann schabten die Tischbeine über den Boden. Es war ein grässliches Geräusch. Ich bekam eine Gänsehaut, auf dass mir die Plomben in den Zähnen wehtaten. Gesehen habe ich ja nichts, aber es hörte sich so an, als ob er Gisela auf den Tisch gestreckt und durchs Zimmer geschoben hat. Plötzlich ein Aufschrei von dem anderen, als würde er sich in die Hosen machen. Sie solle das Ding wegste-

cken. Gisela hatte eine Waffe dabei! Mehrmals fiel das Wort ‚Pistole'. Selbst der Strenge beruhigte sich mit einem Schlag. Ab dann ging alles ganz schnell. Keine Diskussionen mehr. Sie einigten sie sich auf einen Deal. Ich könne mit Gisela gehen, wenn ich zu niemanden etwas sagen würde. Und ich werde nichts sagen, ganz sicher nicht, das könnt ihr aber wissen."

„Hey, Olga, du musst auch nichts sagen. Am besten, du vergisst die ganze Scheiße", flüsterte ihr Christin ins Ohr. „Und dass Gisela eine Waffe dabeihatte, wundert mich überhaupt nicht. Sie ist ganz schön brutal in allem, was sie tut."

„Nein, nein", warf Olga ein. „Gisela ist echt in Ordnung. Ich hatte schon ganz vergessen, dass es solche Menschen gibt. Ich kann ihr vertrauen, ich kann wieder schlafen und brauche den Wodka nicht mehr. Das fühlt sich gut an. In den nächsten Tagen klappert sie mit mir die Behörden ab, damit mein Aufenthalt in Deutschland endlich legal wird."

„Oh ja", sagte Julia, „in Sachen Legalität ist die Chefin eigen, das kannst du aber glauben. Für sie ist es ein anständiger Beruf, der wertgeschätzt gehört. Und sie wird zum Urvieh, wenn ihr jemand etwas anderes einreden will."

„Mir soll es recht sein. Und wohnen kann ich ja bei euch, ganz legal mit Anmeldung."

Sie hatte wieder ihr breites Lächeln im Gesicht. Schließlich gab sie erst Christin, dann Julia ein Küsschen.

Olga war ein gefügiges Mädchen. Sie ordnete sich ein, war kaum zu spüren. Keine Aggressivität wie bei Christin, keine Bockigkeit wie bei Julia. Und sie hatte eine hohe Meinung von Gisela. Eine viel zu hohe, wie die beiden anderen sich sicher waren. Was sie jedoch nicht verwunderte, nach dem, was Olga durchgemacht und woraus sie die Chefin befreit hatte.

Bei Gisela arbeiteten inzwischen fünfundvierzig Mädchen in zwei Schichten. Zur Frühschicht von 10 bis 16 Uhr kamen um die fünfzehn von ihnen ins Rosalie, zur Spätschicht von 16 bis 22 Uhr um die dreißig. Allerdings gab es diesen Schluss nur auf der Uhr. Tatsächlich mussten einige Frauen solange arbeiten, wie die Freier für sie bezahlten. So konnten die Abende sehr lang werden! Aber die Zeiten ließen sich eh nur schwer festmachen, weil Gisela auch das Familiäre berücksichtigte, sodass einige ganz andere Zeiten wählen konnten.

Ebenso schwer war es zu sagen, ob dort nun Mädchen, Frauen oder Damen arbeiteten. Es war von allem etwas anzutreffen: junge Mädchen, reife Frauen, feine Damen; brünett, blond, rot; groß, klein, dick, dünn; Deutsche, Osteuropäerinnen, Südländerinnen, Asiatinnen und Afrikanerinnen.

Für den Internetauftritt des Rosalie hatte Gisela einen Spezialisten arrangiert. Die Kunden konnten sich so im Vorfeld über das Ambiente, die Zimmer und die Preise informieren. Jedes Rosalie-Girl hatte eine eigene Seite mit Bildern und Beschreibung. Und natürlich der Aufzählung, was sie als Grundangebot zu leisten bereit waren. Nur eines stand als unumstößliches Gesetz im Raum: die Kondompflicht! Dennoch war so ziemlich alles möglich, weil viele der Girls über das Grundangebot hinaus noch Extras anboten. Das Geld für diese Extras behielten sie selbst und vom Grundpreis musste die Hälfte an die Hausdamen abgegeben werden, als Miete sozusagen, um den Unterhalt und die Steuer für das Rosalie bezahlen zu können. Gisela und die Hausdamen lebten schließlich auch nicht von Luft und Liebe. Was aber kein wirkliches Problem für die Mädchen war, denn sie überschlugen sich förmlich in der Aufzählung der von ihnen angebotenen Extras, als ob sie sich darin gegenseitig zu übertreffen suchten, sodass der klassische Verkehr im Grundangebot wie eine Randnotiz erschien, mit dem sich eh kein

Geld verdienen ließ. Nein, dann doch lieber Blasen ohne Gummi, wechselseitiges Lecken, Analverkehr, Dildospiele, Natursekt, Analstimulation, Gesichtsbesamung, einen Dreier mit Freundin, erotische Massagen, Sex auf dem Gynstuhl, Fußerotik oder Verkehr mit mehreren Männern gleichzeitig. Das waren die Dinge, die dem Geschmack der Freier entsprachen und die sie immer weiter auszureizen versuchten. Doch die Grenze blieb die Kondompflicht, da ließ keines der Mädchen mit sich reden. Selbst dann nicht, wenn die Männer unfassbare Geldsummen boten. Geschlechtsverkehr ohne Gummi gab es nicht, ging es hierbei doch um die Gesundheit der Frauen. Die Freier konnten bei Lela und Maya anrufen oder mailen, um sich ein Rosalie-Girl zu reservieren.

Das Rosalie brummte, denn die Männer hatten die Qual der Wahl. Und Gisela wäre nicht Gisela gewesen, wären ihr nicht ständig neue Sachen eingefallen, um das Geschäft am Laufen zu halten.

Es muss 2007 gewesen sein, als sie auf die Idee gekommen war, einen Anfängerservice für Freier einzurichten, der darauf abzielte, die Schüchternen unter den Männern zu reizen. So etwas hatte es zuvor in noch keinem Bordell Berlins gegeben. Gisela hatte dafür extra einen kleinen Raum von der Lounge abtrennen lassen, darin stand nur ein Sofa. Der vom Lampenfieber geplagte Neuling nahm Platz und eines der dafür geschulten Mädchen setzte sich zu ihm. Alkohol gegen die Hemmungen gab es grundsätzlich keinen. Stattdessen verwickelte sie ihn in ein Gespräch und sie unterhielten sich über Gott und die Welt, bis sich seine Verkrampfung löste. Erst dann ging sie langsam zu Streicheleinheiten über. Sie ließ ihm viel Zeit und er konnte in aller Ruhe entscheiden, ob sie anschließend mit ihm aufs Zimmer gehen solle, oder ob er lieber wieder gehen wollte. Aber diese Frage war meist überflüssig, denn der Anfängerservice klappte hervorragend und Gisela war begeistert. Was sicher auch an den Preisen des Rosalie lag, hundertzwanzig

Euro für die Stunde oder aber sechzig für eine halbe im Grundangebot, also klassischen Verkehr, waren für ein Edelbordell wirklich nicht überzogen.

Und was die Neue anging, so war es schon merkwürdig! Denn Olga passte so gar nicht ins Rosalie. Sie war viel zu lieb und gutmütig für diesen Job. Sex gegen Geld – auf die Minute abgerechnet, das war das Geschäft. Was sie aber nicht interessierte. Sie brachte so viel Herz mit in die Sache, dass eine Konkurrenz mit den anderen Mädchen unmöglich war.

Mehr noch, sie waren froh, dass es die Olga gab. Denn da war etwas, womit es sich gutes Geld verdienen ließ und wofür die Chefin das gesamte Rosalie hatte ausbauen lassen. Aber die Wahrheit war auch, dass es Frauen gab, die damit kein Geld verdienen wollten. Zu groß waren die Berührungsängste. Olga aber kannte diese Ängste nicht, was sich wie ein Lauffeuer herumsprach.

Es klingelte an der Eingangstür. Lela öffnete. Gleich vier Pflegeschwestern stürmten in die Lounge und schoben einen Rollstuhl vor sich her. Darin saß ein dünner Mann in Decken eingehüllt. Sprechen konnte er kaum. Die Augen groß, der Mund ein Stückchen offen. Die Haut fast durchsichtig. Und er guckte grimmig.

Die Schwestern aber waren bester Laune. Voller Stolz berichteten sie, ihr privates Geld zusammengelegt zu haben, damit ihr Patient auch mal Sex machen könne. Dann fragten sie nach Olga. Olga und keine andere.

Als sie schließlich die Lounge betrat, strahlten seine Augen. Sie ging zu ihm, beugte sich vor, um ihn umarmen zu können, streichelte sein Haar und die Hände.

„Das ist Müllerchen", sagte die eine Schwester, „also, Herr Müller. Er ist voll in Ordnung, ein ganzer Guter."

Olga nickte und lächelte. Es war ein unbeschreiblich liebes Lächeln. Ein echtes!

„Wir haben ja schon so viel von Ihnen gehört", meinte eine andere Schwester aufgeregt. „Das Sie so etwas machen, finden wir ganz toll. Wer macht das schon?"

Olga sagte nichts dazu, ließ sich den Rollstuhl geben und schob los.

„Viel Spaß, Müllerchen. Und dass du dein Bestes gibst, ja? Wir warten draußen im Auto."

Ab ging es mit Müllerchen ins Badezimmer. Dort gab es eine flache Wanne mit einem Hebearm an der Wand, sodass Olga keine Schwierigkeiten hatte, ihn vom Rollstuhl ins Wasser zu heben. Das Wasser wiederum ließ die Bewegungen spürbar einfacher werden. Konnte Müllerchen auch nur schwer etwas dazu sagen, so war es überdeutlich, dass es ihm gefiel. Olga half nur dann nach, wenn es wirklich nötig war, um ihm so das Gefühl der Selbstständigkeit zu lassen.

Zurück in der Lounge strahlte Müllerchen voller Dankbarkeit. Er schien glücklich zu sein. Seine Haut war rosig. Die Schwestern umarmten Olga und reichten ihr Blumen zum Abschied.

Und noch etwas fiel auf. Seit einigen Wochen schon saß in regelmäßigen Abständen eine ältere Frau in der Lounge, um ein Mineralwasser zu trinken. Heute war sie wieder da. Ein richtiges Mütterchen, das völlig deplatziert wirkte. Sie brachte ihren autistischen Jungen zu Olga. Auch hier musste es unbedingt Olga sein.

Dabei hatte sie es mit ihm nicht leicht. Zwar strotzte er nur so vor Kraft und Beweglichkeit, aber er bekam immer wieder Wutanfälle und schlug dabei mit den Fäusten gegen die Wände und schrie, auf dass es im ganzen Rosalie zu hören war.

Doch Olga ließ sich davon nicht schrecken. Sie nahm ihn trotzdem in den Arm, bis er sich beruhigte. Ein erleichterndes Stöhnen war zu hören, gefolgt von kräftigen Atemzügen, mit leisem Weinen unterlegt. Dann führte sie ihn zum Bett und zog sich aus. Er war

jetzt ganz ruhig. Sie streichelte ihn und flüsterte, als würde sie die Zeit zum Stillstand bringen. Wenn alles ganz leise war, nichts mehr da zu sein schien, ohne Eile, ohne Druck, erst dann blickte er zu ihr auf. Ein Blick wie aus einer anderen Welt. Und sie hieß ihn willkommen, ließ ihn eintauchen wie in ein Zauberland.

Olga war noch gar nicht lange ein Rosalie-Girl und doch genoss sie allerhöchste Achtung.

Der Aufenthaltsraum war von dicken Dampfwolken eingehüllt. Julia saß wieder da und starrte vor sich hin. Ansprechen wollte sie lieber niemanden. Der pädophile Fettsack war da gewesen. Ihr war zum Kotzen schlecht. Sie hatte schon oft daran gedacht, alles hinzuschmeißen. Und sie hasste die Pornographie! Immer häufiger kamen die Freier auf die idiotische Idee, Pornofilme nachspielen zu wollen. Je perverser, desto besser. Das war doch vollkommen verrückt!

Sie hatte versucht, mit der Chefin über den Pädophilen zu reden. Aber da gab es nichts zu reden. Die Chefin hatte ihre Prinzipien. Sie war streng und launisch wie immer. Ein Herauspicken von Rosinen war verboten. Für alle Mädchen. Das Ablehnen von Kunden war nur möglich, wenn Gewalt zu befürchten war. Aber gewalttätig wurde der Pädophile nie. Und damit basta! Doch stimmte das? War es denn keine Gewalt, wenn sie sich wie ein kleines Kind zurechtmachen musste? Das war einfach nicht normal! Julia spürte dieses Unnormale bis in ihre Knochen hinein. Dieses Unbeherrschbare in ihm, das ihr noch mehr Angst machte, als wenn er grob zu ihr sein würde. Sie kannte doch all die Ungeduld der Männer, all ihre zügellosen Leidenschaften, die so manches Mal auch hart werden konnten. Aber das hier war etwas anderes. Es wich von allem ab, was sie kannte. Es fühlte sich krank an.

Julia spürte ihre Unsicherheit, weil sie nicht wusste, wie weit sie gehen konnte. Es gab durchaus Mädchen, die sich nicht alles gefallen ließen, was die Chefin von ihnen forderte. Sie lehnten ganz kategorisch Kunden ab, die sie nicht leiden mochten, solche, die stanken und unsauber waren. Das allerdings war eine direkte Kriegserklärung an Gisela. Ein Krieg, der damit enden konnte, dass die Girls entlassen wurden.

Aber Julia fehlte der Mut dafür. Eine direkte Konfrontation mit der Chefin scheute sie. Manchmal war sie etwas frech und bockig, doch ein Kampf mit Gisela kam für sie nicht infrage. Eher war sie bereit, die unangenehmen Dinge zu ertragen. Denn auch Julia kannte die Geschichte von den unsauberen Männern. Doch bisher war es nur einmal vorgekommen, dass es ihr gereicht hatte. Dieser Freier hatte dermaßen nach Schweiß gestunken, als würde es ihr das Innere der Nase wegätzen. Also hatte sie ihn gebeten, sich zu duschen, doch dazu war er nicht bereit gewesen. Erst dann hatte sie sich an die Gisela gewandt, um ihrem Ärger Luft zu machen.

Lela platzte in den Raum. Die Dampfwolken wirbelten durcheinander.

„Rosita! Ab in die Lounge! Der nächste Kunde ist da."

Zusammen mit einigen anderen Mädchen stöckelte Julia den langen Flur entlang. Angekommen in der Lounge blieb sie mit einem Ruck stehen. Sie glaubte, ihren Augen nicht zu trauen. Es war Freddy, der dort stand. Ihr alter Schulfreund Freddy. Sie waren damals für einige Monate zusammen gewesen. Gisela saß hinter dem Tresen, so war an Weglaufen nicht zu denken.

Genau das war es, was sie ständig befürchtet hatte, und über was sich Christin nie Gedanken machte. Diese Heimlichkeit war für Julia unerträglich. Und nun das!

Und überhaupt. Was machte Freddy in einem Puff? Das hatte er wirklich nicht nötig. Der doch nicht. Sie war enttäuscht.

Es war blanker Zufall, dass sie heute die pinken Dessous trug, zu denen ein großer Schlapphut mit Federband gehörte. Nachdem sich die anderen Mädchen vorgestellt hatten, kam Julia als letzte an die Reihe. Die Lounge leuchtete in rötlichem Schummerlicht und sie beugte und schob den Schlapphut in alle Richtungen, sodass Freddy ihr Gesicht kaum erkennen dürfte. Zusätzlich täuschte sie einen russischen Akzent vor, wohlwissend, wie heimatbezogen Freddy war. Aber es ging alles ganz schnell, denn er hatte sich längst entschieden, ausgerechnet für Janett, die doofe Kuh. An der war doch nichts dran, dürre wie ein Besenstiel!

Sie ging in den Flur zurück und ihr war, als hätte ihr der Schlapphut das Leben gerettet. Sie schwor sich, nie wieder ohne ihn in die Lounge zu gehen.

Im Aufenthaltsraum angekommen überlegte sie, in welchem der sechzehn Zimmer Janett und Freddy jetzt wohl sein könnten. Sicherlich in der 15, dem Zimmer der fünfziger Jahre. Freddy stand auf solch alten Scheiß. Vielleicht auch in der 11, er war Raucher. Sollte sie nachsehen? War etwas zu hören? Aber nein! Wobei: Die Vorstellung, dass Freddy gerade mit Janett rummachte, war echt schräg, der Spinner.

Natürlich, die Heimlichkeit gehörte zur Realität im Zwei-Welten-Leben. Die Lüge war sozusagen die Brücke zwischen diesen beiden. Es gab wohl kein Rosalie-Girl, das draußen in der anderen Welt erzählte, womit es wirklich sein Geld verdiente. Nein, das hätte den sicheren Untergang in dieser heuchelnden Gesellschaft bedeutet. Das wussten alle. Die Frage war nur, wie sie damit umgingen. Es gab solche wie Julia, die das schwer belastete, und es gab die, die wie Christin es einfach verdrängten. Die meisten jedoch flüchteten sich in eine dritte Welt. Sie hatten noch etwas anderes im Ärmel, irgendetwas, das sie als berufliche Tätigkeit angeben konnten, um die gesellschaftliche Norm zu erfüllen.

Leider klappte die Geheimhaltung nicht immer und überall. Da waren die Behörden, da war das Gesundheitsamt. Gisela achtete sehr darauf, dass die Untersuchungen regelmäßig stattfanden. Der Erfolg stellte sich tatsächlich ein. Das Rosalie residierte schon seit vielen Jahren unweit der Kreuzberger Prinzenstraße, aber eine Geschlechtserkrankung hatte es bisher noch keine gegeben.

Ach ja, und das Finanzamt. Das war eine Sache für sich. Denn eines schien ganz deutlich, auch wenn es unausgesprochen blieb: Den Staatsbeamten war dieses Gewerbe kein Dorn, sondern ein Balken im Auge. Aber auch das hatte Gisela fest im Blick. Sie ließ über alles genau Buch führen. Eine Aufgabe, mit der Lela und Maya viel Zeit verbrachten, denn sie mussten die Listen für die Zimmermieten schreiben sowie die Getränke abrechnen, damit das Finanzamt die Einnahmen des Rosalie jederzeit überprüfen konnte.

Doch selbst Gisela hatte nicht immer alles im Griff, so sehr sie sich auch mühte. Meist hatte das was mit Kalle zu tun, ihrem Ehemann. Kalle war eine echte Kraft. Ein großgewachsener, schon etwas älterer Mann mit grauen Haaren. Immer gut drauf und lustig war er. Irgendwie ganz anders als die Chefin. Vom Bier trank er reichlich und schöne Frauen liebte er.

Kalle war Fotograf von Beruf. Er war es, der für die vielen Bilder im Rosalie gesorgt hatte und immer wieder für neue sorgte. Naja, und er war eben der Mann der Chefin. Sich mit ihm gut zu stellen, schien so manch einem der Mädchen nur logisch zu sein, dazu dann das Bier und schon konnte der Kalle nicht anders.

Wenn Gisela davon erfuhr, brannte die Luft, aber im wahrsten Sinne des Wortes. Sie rastete völlig aus und war über Tage ungenießbar. Sie griff sofort zu ihren Prinzipien: Auf Sex mit Kalle stand die Entlassung, ohne Gnade. Egal, wie gut das Mädchen war, egal, wieviel Geld es dem Rosalie brachte, egal, wie sehr es sich eigentlich mit Gisela verstand – das Mädchen musste gehen.

Die Chefin war hart in einem harten Geschäft, was sie oft kühl wirken ließ. Ihr Mann Kalle war das Gegenteil, lieb und gutherzig, was die Mädchen immer wieder in seine Arme trieb. So konnte es sein, dass Gisela selbst ein Teil ihres eigenen Problems war.

Christin ging es wieder besser. Die Lage zu Hause hatte sich Dank Olga entspannt, nicht nur in finanzieller Hinsicht, denn die Chemie stimmte. Es war harmonischer. Olga hatte etwas Ausgleichendes an sich. Sie betrachtete die Arbeit nicht rein geschäftlich, war nicht ständig am Geld zählen. Es wurde gelacht, es wurden Witze gemacht. Und Olga konnte lecker kochen. Es stand Essen auf dem Tisch, von dem Christin und Julia noch nie etwas gehört hatten. Auch Julia ließ sich davon anstecken. Sie backte Kuchen, zum ersten Mal in der Rosalie-Zeit. Und was für einen!
So saßen die drei bei Kaffee und Kuchen am Tisch und machten Dinge, die seit ihrer Kindheit vergessen schienen: Sie spielten Würfeln, Mensch ärgere Dich nicht oder sie legten sich die Karten. Zwischen Christin und Julia herrschte Frieden. Es gab plötzlich noch etwas anderes als Männer.
Christin spürte, dass in ihrem Leben etwas fehlte. Sie selbst hatte zwar immer vom Zwei-Welten-Leben erzählt, aber sie hatte es nicht gelebt. Julia auch nicht. Beide hatten sie nur fürs Rosalie gelebt, aber die andere Welt, das Zuhause, das gab es nicht. Nicht wirklich. Was sie auch nur logisch fanden, denn das Geld fürs Leben wurde nun mal im Rosalie verdient und nicht zu Hause.
Viel Geld verdiente Olga nicht, und wenn, ging sie zur Bank, um den größten Teil ihrer Familie zu schicken, damit sich ihr Papa zum Beispiel einen neuen Rasierapparat kaufen konnte, den er so dringend brauchte. Das war etwas Konkretes, weil wichtig. Mit Luxus jedoch konnte Olga nichts anfangen. Was seltsam war, denn sie war ja lange genug in Deutschland, und doch schien sie noch

immer vom Konsumrausch der Einkaufstempel überfordert. Sie konnte damit nicht umgehen, hatte wohl das Hotel in Hamburg wirklich nie verlassen. Jetzt stand sie da und wusste nicht, was sie sich kaufen sollte, hatte nur den Rasierapparat für ihren Papa im Kopf. Olga stand mitten im Überfluss und konnte noch Dinge erkennen, sich über Kleinigkeiten freuen, die Christin und Julia gar nicht für voll nahmen.

Christin sorgte sich nicht um ihren Vater. Im Gegenteil! Die Enttäuschungen mit ihm waren einfach zu groß. Wann immer sie auf Besuch in ihre Heimat fuhr, nie kam sie ohne neue Enttäuschungen nach Berlin zurück. Sie blieb das kleine Mädchen, ein schönes Püppchen. Und ihre Mutter sagte mal wieder nichts dazu. Der Vater aber reagierte verblüfft. Mit seinem Geld konnte er nicht mehr prahlen, sein Püppchen hatte genug eigenes. Obwohl er meinte, als Haarstylistin könne das nicht sein. Wo gäbe es denn so was!

Es war kalt so früh am Morgen. Die Sommersonne ohne Kraft. Tautropfen hingen an den Grashalmen. Der Park schlief noch. Die Nacht hatte ihn in einem diesigen Schleier zurückgelassen. Christin schmeckte die Bitternis des Kaffees auf ihren Lippen. Schwarz. Sie hasste schwarzen Kaffee. Doch Milch war noch nicht da gewesen; die Zeit weit vor dem Frühstück.

Aber sie hatte keine andere Wahl gehabt, wollte sie den feinen Herrn wiedersehen, wollte sie endlich den Mut finden, ihn anzusprechen.

„Hallo", sagte sie, „mein Name ist Christin. Ich habe Sie schon oft hier gesehen und ich dachte, also, ich habe mir gewünscht, Sie anzusprechen. Es mag albern klingen, aber Sie haben da etwas, also in ihren Augen, verstehen Sie, das nur mein Vater hat."

Der Herr im feinen Anzug, großgewachsen, schlank und elegant in seinen Bewegungen blieb stehen. Er wirkte überrascht. Verwundert

sah er Christin an. Tatsächlich, an seinen Schläfen war das Haar schon grau und sein Gesicht trug ihr vertraute Züge.

„Das nur Ihr Vater hat?", fragte er erstaunt.

„Ja, nur mein Vater."

Christin blickte ihn mit großen Augen an und wartete. Der Herr hatte etwas Gutmütiges im Blick. Dennoch war es, als sehe er durch sie hindurch.

„Ich kenne noch nicht viele in Berlin, wissen Sie? Ich bin noch nicht lange in der Stadt. Aber Sie, Sie kenne ich. Sie kommen jeden Morgen den gleichen Weg entlang."

Ein leichtes Lächeln auf den Lippen des Herrn.

„So, Sie kennen mich? Sind Sie auch auf dem Weg zur Kirche hinüber?"

„Nein, zur Kirche will ich nicht. Und natürlich kenne ich Sie nicht richtig, nur vom Sehen. Aber wenn wir schon jeden Tag den gleichen Weg haben, dann können wir ihn auch gemeinsam gehen?"

Jetzt lachte er.

„Ja, gewiss, Sie könnten meine Tochter sein! Und Sie haben recht, Berlin droht, uns zu verschlingen. So viele Menschen um einen herum, und doch fühlen sich die meisten allein. Na klar können wir gemeinsam gehen. Aber haben wir denn einen gemeinsamen Weg? Sie brauchen Geld, junge Frau, nicht wahr?"

Christin erstarrte: Geld! Dieses Wort fühlte sich wie ein Zerreißen an, wie das Platzen eines Luftballons. Wieder fühlte sie sich nicht für voll genommen. Als könnte sie über Geld nicht hinausdenken.

Sie schüttelte mit dem Kopf und sah zu Boden. So klein kam sie sich vor, so nichtig. Sie wusste nicht, was sie dazu sagen sollte. Enttäuschung stieg in ihr auf. Sie wandte sich ab. Ihre Schritte wurden schneller und schneller. Sie begann zu laufen. Ließ den feinen Herrn hinter sich zurück.

Ein anderer Mann kam des Weges. Nicht elegant, viel zu jung und mit Hündchen an der Leine. Ihr brannten die Augen vor Verachtung. Keinen Blick, den sie für ihn übrighatte.

Ihre Schritte wurden wieder langsamer. Die Augen voll mit Tränen. Dann stand sie still und atmete schwer. So viel Hoffnung und so ein Reinfall.

Das Hündchen war von der Leine gelassen worden. Es rannte auf Christin zu und bellte. Der junge Mann schimpfte.

Wieder wandte sich Christin ab und ging. Sie ließ alles hinter sich zurück. Einfach so, einfach, weil sie es konnte und wollte.

Die roten und grauen Wege füllten sich. Immer mehr Menschen mit Hunden an der Leine. In der Luft lag der schwere Geruch von Hundekacke. Überall. Christin entkam ihm nicht, wohin sie ihren Kopf auch drehte. An einer Parkbank dann erste zwielichtige Gestalten. Von Heimlichkeit umgeben. Christin hielt sich auf Abstand. Sie mochte das nicht. Sie hasste die Drogen, die konnten ihrer Schönheit gefährlich werden. Die Schönheit aber war ihr höchstes Gut, da war sie sich noch immer sicher. Und sie verstand nicht, warum der feine Herr das nicht gesehen hatte.

Der U-Bahnhof Gleisdreieck hatte einen besonders starken Duft. Die alten U-Bahnhöfe von Berlin rochen unverwechselbar. Christin meinte, es müsse das alte Bitumen sein. Etwas anderes fiel ihr nicht ein.

Eine U2 in Richtung Pankow quietschte heran. Ihr leuchtendes Gelb hielt nur wenige Millimeter von Christins Füßen getrennt. Der Luftdruck aus den Bremsen platzte in die Halle hinein, einem lauten Stöhnen gleich. Menschen strömten durcheinander. Christin hatte gar nicht bemerkt, wie sie in die U-Bahn gekommen war. Es war einfach passiert. Ein Treiben, ohne dass sie etwas tun musste, tun konnte.

Wieder das Stöhnen in ihren Ohren, begleitet vom Quietschen und Wackeln. In der Ferne die Hochhäuser am Potsdamer Platz. Morgensonne orange in den Glasfassaden blinkend, zur anderen Seite der Fernsehturm in den Himmel ragend. Dann ging es hinunter in die Tiefe, schwarze Wände hinter den Fenstern mit rasenden Lichterketten, trotz eilender Augen unfassbar. Das Quietschen jetzt betäubend laut, das Wackeln erfasste den ganzen Körper.

Christin sah sich zu allen Seiten um. Die Bahn war voll. Die Menschen drängelten sich in den Gängen. Irgendwie war ihr wieder, als würde sie verfolgt. Aber alle saßen und standen nur da, stierten auf ihre Handys, niemand, der sich für sie interessierte. Christin wurde heiß. Ihr zitterten die Hände. Sie spürte die Angst in sich aufsteigen, von unten nach oben. Der Mund so trocken. Ihr Herz pochte, dass sie es hören konnte. Sie musste raus hier, sofort!

U-Bahnhof Potsdamer Platz. Christin stürmte auf den Bahnsteig. Sie wollte nur noch laufen. Einfach nur laufen. Die Treppen hoch, zwei Stufen auf einmal, und als sie endlich den Platz erreicht hatte, fing sie zu rennen an. Sie rannte und rannte. Ziellos und immer weiter, bis sie nicht mehr konnte. Erst dann hielt sie an, beugte den Oberkörper vor, die Hände in die Seiten gedrückt, und atmete tief.

Es ging ihr besser. Die Angst war nicht mehr da, aber alles fühlte sich so fern an, als wäre alles weit weg, als wäre sie allein, mitten unter den Menschen. Sie wankte einer ruhigen Ecke zwischen zwei Hochhäusern entgegen. Es zog fürchterlich, kalt war der Wind. Obwohl die Sonne nun hoch am Himmel stand. Aber nur hier war sie wirklich allein. Sie ging in die Hocke, von der Hauswand gestützt, vergrub ihr Gesicht in die Jacke, bis es schwarz wurde. Erst dann fing sie zu weinen an.

Die Zeit verstrich, doch Christin fühlte sich wie benommen. Schließlich rief sie sich ein Taxi. Es brachte sie zum Rosalie zurück.

Das Glas der Autotür fühlte sich kühl an auf der Stirn. Christins Atem ließ die Sicht durch die Scheibe trübe werden, doch wurde sie immer wieder von der Sonne geblendet; zwischen den Hochhäusern hindurch. Nun rasten all die Menschen an ihr vorbei, das beruhigte.

Sie wollte nicht nach Hause, wollte nicht, dass Julia und Olga sie so sahen. Christin wusste, dass sie in ein Loch gefallen war, aber sie wusste auch, dass sie da von allein wieder rauskommen würde. Sie wies den Taxifahrer an, schon am Moritzplatz zu halten. Auf keinen Fall wollte sie direkt vor dem Rosalie aussteigen. Die Leute in der Prinzenstraße redeten viel und Christin wusste das.

Dort angekommen, war es seltsam ruhig in der Lounge, alle Girls schwiegen. Nur aus Giselas Büro waren Stimmen zu hören. Christin ging in den Flur und wurde dabei von fragenden Blicken begleitet. Aber angesprochen wurde sie von keinem der Mädchen. Sicher fragten sie sich, was Christin hier zu suchen hatte, wo ihr Dienst doch erst am späten Nachmittag beginnen sollte.

Lela stürmte aus dem Büro, kurz danach auch Maya. Es dauerte nur einen kleinen Moment, bis beide wieder zurückeilten. Sie trugen jede Menge Papierkram vor sich her.

Christin äugte durch den Spalt der nur angelehnten Tür. Sie konnte einen Mann sehen, schlank, akkurater Anzug. Der Mann wirkte streng mit seinem militärisch kurzen Haarschnitt. Sex wollte der mit Sicherheit keinen.

Janett legte eine Hand auf ihre Schulter. Christin zuckte zusammen. Sie hatte sie nicht kommen gehört.

„Einer vom Finanzamt", flüsterte Janett. „Ein ganz scharfer Hund."

Christin nickte.

„Der will immer nur Ärger machen, dieses Arschloch. Der hasst unseren Job so sehr, das kannst du dir gar nicht vorstellen."

„Die Chefin hat nichts davon gesagt."

„Wie denn auch? Der meldet sich nicht an. Der doch nicht!"

„Aber das hat sie doch im Griff, oder?"

„Bei dem weiß ich's nicht. Vor dem hat selbst die Chefin Muffengang. Sie kann bei ihm nicht landen. Das konnte sie noch nie. Egal, wie ordentlich sie die Bücher auch führt. Der findet immer was."

Der Mann wurde lauter. Gisela, Lela, Maya, alle erklärten sie wild durcheinander. Der Mann aber wurde noch lauter.

Christin und Janett sahen sich kurz an und verschwanden von der Tür.

Wieder in der Lounge setzten sich die beiden an die Bar. Christin goss sich Selters in ein Glas. Ihre Hände zitterten.

„Wie du aussiehst, Christin! Hast du geheult? Was ist los? Du hast gar keinen Dienst. Was willst du hier?"

„Es ist nichts. Mir brennen nur die Augen und Zuhause ist dicke Luft. Mehr nicht."

„Hey, Christin, wie deine Hände zittern. Und du sagst, es ist nichts?"

Sie blickte Janett in die Augen. Es waren große, braune Augen. Aber all die blonden Löckchen drumherum wirkten etwas künstlich, verspielt.

„Weißt du, Janett, was ich nicht verstehen kann? Wir geben alles für die Männer. Sie brauchen uns. Sie kommen immer wieder. Doch gleichzeitig lehnen sie uns ab. Das ist so verletzend, weil so niederträchtig."

„Ach komm, du bist noch nicht lange genug im Geschäft. Du darfst das nicht an dich heranlassen. Wie gesagt, es ist ein Geschäft. Nichts weiter! Lass die Männer Männer sein. Vergiss sie einfach, denn das Gleiche machen sie mit dir. Wenn sie hier rausgehen, haben sie dich vergessen. Glaub mir!"

Auch Janett paffte an einer Dampfe.

„Schön wär's. Erst vor ein paar Wochen hatte ich einen am Hacken. Am Alex. Er hat mich verfolgt."

Janett stieß eine dicke Dampfwolke über die Bar.

„Ein Freier? Einer von hier?"

Christin nickte.

„Das solltest du der Chefin sagen! Unbedingt. Damit ist nicht zu scherzen. Du weißt doch, wie einige von denen drauf sind. Die hassen uns! Die wollen uns platt machen."

Wieder blickte sie direkt in Janetts Augen.

„Hast du ihn noch mal gesehen?", fragte Janett.

„Nie wieder."

„Das ist gut. Meist ist es nur so ein Aufflammen und danach ist es gut. Vielleicht, dass er hier noch mal aufkreuzt."

Christin nickte kräftiger. „Ach, hier wäre mir das egal. Ich lehne ihn ab oder die vom Wachdienst werden ihn zu Gulasch machen. Aber draußen möchte ich solchem Typen nicht begegnen, draußen bitte nicht. – Ist der da im Büro auch so'n Typ?"

„Oh ja, meine Liebe. Das ist er."

Sie musste wieder an den feinen Herrn im Park denken. Er ging ihr nicht aus dem Kopf.

„Ob man uns das ansieht?", fragte Christin.

„Was ansieht?"

„Na, dass wir dafür Geld wollen."

„Quatsch! Du bist doch keine Straßennutte. Mensch, das hier ist ein Edelbordell! Wenn du dich nicht aufdonnerst, sieht niemand etwas."

„Hast du einen Freund?", wollte Christin wissen.

„Ich bin verheiratet und habe eine Tochter."

„Du hast eine Tochter?"

„Ja, was dagegen?"

„Nein, nein, ich frag ja nur. Weiß sie, was du machst?"

Janett schüttelte ihre Locken und lachte.

„Nein, natürlich nicht. Mama geht jeden Tag ins Büro zur Arbeit. Und ich lasse ihr diesen Glauben."

„Aber geht das überhaupt, also ich meine, kann man in unserem Job verheiratet sein?"

„Ja, natürlich! Warum denn nicht?"

Christin setzte sich aufrecht und staunte.

„Dein Mann muss doch völlig ausrasten bei dem Gedanken, dass seine Frau tagtäglich mit anderen Männern rummacht. Der muss doch vor Eifersucht platzen."

„Ach Christin, Eifersucht findet im Kopf statt. Alles findet im Kopf statt. Mein Mann und ich, wir lieben uns, und daran kann kein Freier der Welt etwas ändern. Ich arbeite mit meinem Körper, verdiene Geld mit ihm, und wenn die Arbeit vorbei ist, gehe ich nach Hause und freue mich auf meinen Mann und meine Kleine.

Mein Mann arbeitet mit Autos, er repariert die Dinger. Daheim hat er seine eigene Kiste stehen, die er abgöttisch liebt. Er käme nie auf die Idee, einem Auto in seiner Werkstatt den Vorzug zu geben. Das alles funktioniert, es funktioniert sogar hervorragend, Christin. Das kannste glauben. Alles nur Kopfsache."

Christin lächelte und nahm einen Schluck aus dem Glas.

„Trotzdem, Janett, ich weiß nicht."

„So ein Problem ist das nicht. Was meinst du, wie viele Hausfrauen es in Deutschland gibt, die ganz brav eine Familie haben und sich etwas Geld dazuverdienen, weil der eine oder andere Herr sie bei der Hausarbeit besuchen kommt? Ich habe sogar gelesen, dass die Dunkelziffer bei über ..."

Die Tür schlug auf und der Mann vom Finanzamt kam mit kräftigen Schritten aus dem Büro. Mit keinem Blick wandte er sich an die Mädchen, sondern ging geradewegs zum Eingang und verschwand.

Gisela war ihm noch einige Meter gefolgt, dann aber stehen geblieben. Lela und Maya standen hinter ihr.

„Dieser Idiot lässt sich jedes Mal was anderes einfallen", wurde Gisela laut. „Ich kann das bald nicht mehr."

Sie nahm ihre Brille ab. Ihr Gesicht lag in dicken Falten.

„Selbstverständlich hat das Rosalie schon immer Umsatzsteuer abgeführt, als Betrieb, als Firma. All die vielen Jahre. Und ich habe euch auch schon immer gesagt, dass ihr Umsatzsteuer zu zahlen habt, sollte der Freibetrag überschritten werden. Eure Taktik, im Freibetrag zu bleiben, weil es für die Extras keine Belege gibt, wird noch mal in die Hose gehen. Denn der Typ hat sich heiß gelaufen, der hat Blut geleckt, der glaubt euch nicht. Der meint, jede würde selbständig arbeiten und sei nicht beim Rosalie angestellt. Außerdem würde jede viel mehr verdienen, als angegeben, habe also nicht nur das Einkommen zu versteuern, sondern müsse auch Gewerbe- und Umsatzsteuer bezahlen. Was natürlich echt hässlich wäre. Eine zusätzliche Steuer würde eure Arbeit nicht mehr lohnenswert machen."

„Ach, Gisela! Ich glaube, der ist nur sauer, weil keiner auf seine Zettel reagiert hat", unterbrach sie Maya.

„Welche Zettel?"

Gisela wirkte verwirrt.

„Na diese Flyer, wo erklärt steht, ab wann die Frauen Umsatzsteuer zu zahlen haben und dass die Extras auch abzurechnen sind. Naja, und dann ist da noch die Sache mit dem Düsseldorfer Modell."

„Sag mal, spinnst du?", wurde Gisela wieder laut. „Du verstehst doch selber nicht, was du da sagst. Wie bitteschön, soll ich das den Mädchen beibringen? Das können die nicht verstehen, selbst wenn sie es wollten. Du bist die Hausdame, Maya. Die Hausdame! Du wirst ja wohl wissen, wie viele Nationalitäten hier arbeiten. Bitte erkläre denen mal, was das Düsseldorfer Modell ist. Die kriegen

doch 'ne Macke. Mensch, Maya, die laufen dir davon. Dann müssen wir den Laden wirklich dichtmachen!"

„Ach Quatsch, Gisela, so schwer ist das nicht."

Maya kramte ein Schreiben hervor und begann, laut vorzulesen.

„Finanzamt Berlin, Steuerfahndungsstelle.

Grundsätzlich gilt: Prostituierte haben – wie jeder Gewerbetreibende auch – alle steuerlichen Erklärungs- und Mitwirkungspflichten zu erfüllen. Sie unterliegen den Bestimmungen des Einkommen-, Umsatz- und Gewerbesteuergesetzes. Der Steuersatz beträgt derzeit 19 %.

Für die Teilnahme am vereinfachten Vorauszahlungsverfahren ‚Düsseldorfer Modell' gilt Folgendes:

Die Teilnahme an diesem Verfahren ist für jeden Betreiber und jede Prostituierte freiwillig. Die Teilnahme ist an den Ort gebunden, an dem die Leistung der Prostituierten erbracht wird, und kann nur einheitlich für sämtliche dort tätigen, nicht steuerlich angemeldeten Prostituierten erfolgen.

Für jeden Anwesenheitstag wird ein pauschaler Tagessatz erhoben von zurzeit dreißig Euro.

Der Tagessatz beinhaltet die Einkommensteuer, den Solidaritätszuschlag, die Umsatz- und Gewerbesteuer. Er stellt einen pauschalisierten Betrag dar und gilt demzufolge unabhängig von der Höhe der jeweils erzielten Einnahmen. Er kann als Pauschalbetrag weder erhöht noch ermäßigt werden. Er gilt ohne Einfluss durch umsatzstarke oder umsatzschwache Tage. Die Konditionen des angebotenen Verfahrens sind ein Entgegenkommen der Finanzverwaltung und daher nicht verhandelbar."

Giesela blickte nachdenklich und tippte auf einem Taschenrechner herum.

„Dreißig Euro pro Tag bei fünfundvierzig Frauen. Na gut, lass im Durchschnitt dreißig Mädels am Tag da sein, so macht das immer

noch neunhundert Euro Steuer pro Tag. Und das nur von euch. Der Anteil des Bordellbetriebs ist noch gar nicht mitgerechnet."

Gisela strich sich mit den Fingern übers Kinn.

„Das ist ganz schön heftig", sagte sie mit einem langen Ausatmen. „Und diese Summe Tag für Tag."

„Naja", meinte Lela, „ist nur 'ne Vorauszahlung, die mit den Steuererklärungen der Mädels verrechnet wird. Viel mehr machen mir die Extras Sorgen."

Doch plötzlich fuhr ein Lächeln über Giselas Lippen. Ein trotziges Lächeln.

„Lela, Maya, noch führen wir die Bücher! Der Arsch glaubt doch nicht wirklich, dass er die Grundleistung und die Extras auseinanderhalten kann. Wie will er das machen? Wie will er das beweisen? Nicht mal wir selbst wissen, was die Mädels auf den Zimmern mit den Kerlen klarmachen."

Lela wurde auch die „Große" genannt, nicht nur, weil sie im Rosalie alle überragte und die Älteste war, nein, sie war auch die Erfahrenste.

„Nee, nee", sagte sie, „das kann er nicht beweisen. Das will er auch gar nicht. Er sucht nach einem Grund, um uns zur Strecke zu bringen. Und diese bescheuerten Flyer sollen der Grund sein. Sie haben uns gewarnt und wir haben die Warnung in den Wind geschlagen. So steht er vorm Finanzamt gut da und der Schwarze Peter liegt dort, wo er sein soll, bei uns."

„Das ist doch Quatsch, Lela", unterbrach Maya. „Die Stundenzettel sind so geschrieben, dass keines der Mädchen den Freibetrag übersteigt. Also gelten für sie die Vorschriften eines Kleinstunternehmers. Der Rest sind die Extras, über die es keine Quittungen gibt, und basta!"

„Ja, ja, Maya, die offiziellen Listen. Und was machst du mit unserer internen Abrechnung?"

„Die geht das Finanzamt einen Scheißdreck an!", zischte Maya. „Unsere interne Abrechnung hat er nicht gefunden und er wird sie auch nie finden. Das liegt ja wohl in unserer Hand, oder?"

Gisela war das Lächeln wieder vergangen. Ihr Gesicht faltig, müde. „Oh Mann, dieser Steuerscheiß treibt mich noch mal in den Wahnsinn. Da steigt doch kein Mensch durch. Das Rosalie zahlt Umsatzsteuer und Gewerbesteuer noch dazu. Die kriegen den Hals nicht voll. Ganz zu schweigen davon, dass ich immer darauf geachtet habe, dass jedes der Mädchen die Einkommensteuererklärung macht. Diese Steuer holt sich das Finanzamt außerdem. Das ist doch unverschämt!

Sie schlug mit der Faust auf den Tresen.

„Und wisst ihr, was der Hammer ist? Der will das auch noch rückwirkend geklärt haben, anderenfalls drohen Nachzahlungen in Höhen, die ihr niemals bezahlen könnt. Das Schwein will euch und meinen Laden in die Pleite treiben. So ein Arschloch!"

Gisela hielt sich eine Hand vor die Augen. Tränen rollten ihr die Wangen hinunter. So hatte Christin die Chefin noch nie gesehen. In der Lounge war es totenstill, obwohl im Hintergrund die Barmusik dudelte.

„Und wenn wir doch das Düsseldorfer Modell machen?", fragte Lela leise. „Das klingt doch gar nicht so schlecht. Die haben jedenfalls verstanden, dass sich Grundleistung und Extras sowieso nicht auseinanderhalten lassen. Sie verlangen vom Bordell dreißig Euro pro Tag und Mädchen. Damit ist alles abgegolten und es gibt keinen Stress im Nachgang. Eigentlich eine gute Sache, nicht wahr?"

„Ich weiß nicht", entgegnete Gisela. „Manche der Mädchen haben nicht so viele Freier. Aber auch für die wird die Steuer fällig, ohne den entsprechenden Gegenwert. Und, was machst du an den Tagen, wo im Rosalie Flaute herrscht? Die Steuer aber fließt weiter. Für die gibt es keine Flaute."

„Als ob im Rosalie schon mal Flaute geherrscht hätte", meinte Lela und wurde vom Klingeln an der Eingangstür unterbrochen.

„Der nächste Kunde. An die Arbeit, Mädels!", befahl Gisela.

Aber glücklicherweise war es gar kein Kunde, sondern Kalle. Und der war wie immer gut drauf. Sofort fühlte es sich wie die gute alte Zeit an, in der nichts passieren konnte. Kalle versicherte in seiner souveränen Art, dass ein einzelner Finanzbeamter so etwas gar nicht zu entscheiden hätte und dass er nicht die ergangenen Bescheide der letzten Jahre auf den Kopf stellen könne. Das wäre alles Quatsch. Wichtigtuerei!

Die Stimmung im Rosalie besserte sich binnen weniger Minuten. Erleichterung ging um. Außerdem hatte Kalle neue Bilder dabei. Seine Fotos von den Mädchen waren phänomenal. Einfach nur schön.

Einzig die Chefin ließ sich nicht aufheitern, weil sie meinte, dass immer etwas hängen bliebe, wenn man mit Dreck beworfen würde. Wenn der Typ erstmal den Stein ins Rollen brachte, wäre die Gefahr groß, dass sich andere anstecken ließen.

Christin ging in den Aufenthaltsraum. Sie hatte keinen Dienst. Dass Janett eine Tochter hatte, hatte sie völlig überrascht. Janett war noch so jung und so dünn, es war überhaupt nichts zu sehen. Außerdem war sie verheiratet. Unglaublich!

Über die Steuer hatte sie sich noch nie Gedanken gemacht. Eine grausame Vorstellung, dass ihre Lebenshaltungskosten dadurch noch höher werden sollten.

Inzwischen lag die Sommerhitze über Berlin. Die Abende waren lau und lang. Christin lief nicht mehr in den Park. Nein, das wollte sie nicht. Sie wollte den feinen Herrn nie wiedersehen. Lieber fuhr sie mit Julia und Olga nach Friedrichshain zur Warschauer Straße. Im RAW hotteten die drei bis zur Besinnungslosigkeit ab, der tota-

le Rausch. Das Zwei-Welten-Leben funktionierte endlich richtig. Und Männer gab es in der anderen Welt nicht, da waren die drei sich einig.

Nur Olga schien manchmal traurig zu sein. Ihr fehlte die Familie. Sie redete viel von Tschechien, pflegte Traditionen und Häuslichkeit. Das war schön, weil Fürsorge und Wärme mitschwangen, aber es war auch bedrückend. Denn Christin und Julia konnten das nicht verstehen. Olga hatte doch ein Leben in Berlin, von dem sie in Tschechien nur hätte träumen können. Und doch war sie traurig statt glücklich. Zunächst hatten sie gedacht, Olga käme mit der Arbeit nicht klar, was nur verständlich wäre. Aber das war es nicht. Im Gegenteil. Olga fühlte sich nicht als Prostituierte, nein, eher als eine Art von Krankenschwester. Sie war überzeugt davon, etwas Gutes, weil Wichtiges zu tun.

Das eigentliche Leben aber, das Miteinander in Deutschland, empfand sie als kühl. Es ginge überhaupt nicht um die Menschen, alles würde sich nur um Wohlstand und Besitz drehen. Wer viel hätte, der zähle was, wer nichts hätte, würde nicht einmal angeguckt. Gewiss, Tschechien war deutlich ärmer, aber der Zusammenhalt der Menschen dort ein ganz anderer. Dass Männer Geld gäben, um an Sex zu kommen, sei in Tschechien auch nicht anders, doch nirgends würde daraus solch ein Geschäft gemacht wie in Deutschland. Geradezu eine Sex-Industrie mit gigantischen Umsätzen. Allein Hamburg wäre der beste Beweis. Und der deutsche Staat schütze die Frauen nicht wirklich, nur auf dem Papier. Denn es fehle ihm an Personal dafür, die ewige deutsche Ausrede. In Wahrheit wolle er nur ein großes Stück vom Kuchen abhaben: die Steuer!

Christin war echt überrascht. Sie empfand das Zusammenleben der Deutschen nicht als kühl. Und dass Männer für Sex Geld gaben,

konnte für die Frauen auch von Vorteil sein. Darin lag doch ein gutes Geschäft.

Auch Julia hatte lange darüber nachgedacht, wie es wäre, sich als Krankenschwester zu fühlen. Olga jedenfalls kam bestens damit zurecht. Dass sie am pädophilen Fettsack eine wichtige Arbeit für sie alle leistete, reichte Julia nicht aus, um es ertragen zu können. Ihn aber als Kranken anzusehen, war eine Überlegung wert.

Aber nein, sie konnte das nicht. Körperliche Behinderungen, mit denen es Olga zu tun hatte, waren etwas anderes. Einen Mann jedoch, der sich Sex mit kleinen Kindern wünschte, empfand sie nur als pervers und nicht als krank.

Es dauerte auch nicht lange, bis er wieder ins Rosalie kam. Natürlich verlangte er nach Julia, denn nur sie war für ihn klein genug. Aber diesmal reichte es ihr. Sie lehnte ihn ab, ohne Diskussion und Widerrede. Woraufhin er sofort zur Chefin rannte, um sich zu beschweren, schließlich habe er mehr Geld bezahlt, als er gemusst hätte.

„Rosita!", schrie Gisela durch die Lounge.

Julia hatte das Rufen bis in den Flur gehört. Sie blieb stehen und zögerte. Sie spürte ihren Herzschlag in den Schläfen. Schließlich beschloss sie doch umzudrehen, und ging in die Lounge zurück.

„Was soll das?" Gisela hielt ihre Brille in der Hand. Ihr Blick war fordernd. „Das Thema hatten wir doch schon mal, Fräulein."

Julia fühlte das Zittern in ihrer Stimme, und doch sagte sie entschlossen: „Der Kerl ist pervers, Gisela, einfach nur pervers. Ich lasse an mir nicht rumfummeln, als wäre ich ein kleines Schulmädchen."

„Rosita!", empörte sich Gisela.

„Das stimmt ja gar nicht", verteidigte sich der Dicke. „Die spinnt doch."

Seine Blicke wanderten zwischen Gisela und Julia hin und her. Er schien noch nicht entschieden zu haben, ob er angreifen oder sich verteidigen sollte.

„Ich habe stets nur die Zärtlichkeit einer jungen Frau gesucht und nichts weiter."

„Du hast doch einen völligen Schuss, Mann. Du bist 'n Abartiger, 'n Pädophiler. Einer, der mit Kindern rummacht."

Er wurde schlagartig rot. Sein Doppelkinn wackelte.

„Das wird ein Nachspiel für dich haben. Für euch alle hier. Dann könnt ihr den Laden dichtmachen, das könnt ihr aber wissen, ihr blöden Nutten. Was glaubt ihr eigentlich, wer ihr seid? Zieht uns das Geld aus den Taschen, um sich dann auch noch zu beschweren. Ihr seid wohl völlig bekloppt, oder?"

Mit einer wuchtigen Drehung machte er kehrt und stampfte dem Eingang zu. Die Tür fiel mit einem lauten Krachen ins Schloss.

„Sag mal, spinnst du jetzt total, Rosita?" Gisela schien sprachlos. „Du hast gerade einen zahlungskräftigen Kunden vergrault!"

Julia blickte zu Boden, weil sie lächeln musste. Sie fühlte sich gut, irgendwie erleichtert.

„Sieh' mich gefälligst an, wenn ich mit dir rede!", wurde Gisela laut.

Julia blickte auf.

„Wenn dir das alles hier nicht passt, mein Fräulein, dann kannst du auch gehen. Oder ich ziehe es dir vom Lohn ab."

Julia wurde trotzig, aber deutlich.

„Ja, dann mach das doch. Ich habe sowieso die Schnauze voll von dieser ganzen Scheiße. Mensch, Gisela, die Kerle werden immer perverser, von Tag zu Tag mehr. Siehst du das denn nicht? Wie weit soll das noch gehen? Wie weit noch?"

„So weit, wie ich es sage. Hast du das endlich verstanden? Ich bin hier die Chefin und ich sage, was gemacht wird. Und wenn du das nicht augenblicklich kapierst, fliegst du raus. Damit das klar ist."

Christin und Janett eilten herbei. Sie stellten sich schützend vor Julia.

„Hey, Gisela, nun ist es gut", forderte Janett. „Der Typ hat doch nicht mehr alle Tassen im Schrank. Irgendwo muss es doch eine Grenze geben, oder?"

Auch Lela und Maya waren inzwischen da.

„Ich kann auch nichts machen", meinte Lela. „Er verlangt immer wieder nach Julia. Es muss Julia sein, sonst dreht der durch. Ich habe ja versucht, das zu lenken, aber der ist stur wie ein Esel."

Gisela nickte und hielt plötzlich inne. Sie wirkte betroffen. Ganz in sich gekehrt sagte sie ruhig: „Ich weiß, Mädels. Die anderen erzählen auch, dass es immer verrückter wird. Vielleicht habt ihr ja recht. Ich arbeite schon lange nicht mehr am Mann. Vielleicht macht das betriebsblind."

„Nein, Gisela, das ist die Internet-Scheiße, glaub mir", begann Julia. „Schon die kleinen Kids ziehen sich Pornos auf ihren Handys rein. Die glauben doch, das müsse so sein."

Ein leichtes Runzeln auf Giselas Stirn.

„Ja, ja ... Aber egal, Julia, es ist immer noch unser Geschäft, auch dann, wenn die Bedingungen härter geworden sind. Wir müssen lernen, damit umzugehen. Hilft ja nichts. Und nun verschwinde!"

„Ob der wirklich Ärger macht?"

„Quatsch! Was soll der denn sagen? Dass er Kinder ficken will?"

Julia war stolz auf sich. Obwohl auch etwas Ärger mitschwang. Das hätte sie schon viel früher machen sollen, nur war da die Angst vor Giselas Prinzipien gewesen. Den pädophilen Fettsack jedenfalls war sie endlich los.

Zu Hause berichtete sie euphorisch davon.

Olga hatte sofort eine Idee, wie sie sich auf die veränderten Bedingungen einstellen könnten. Was sie brauchten, war mehr Abstand

zu den Männern. Nicht nur beim privaten Feiern im RAW, nein, gerade auch bei der Arbeit.

Christin und Julia reagierten skeptisch. Wie sollte das funktionieren? Im Rosalie drehte sich schließlich alles um die Männer.

„Richtig", erklärte Olga. „Aber die Männer machen es nicht anders. Sie schaffen sich ihren Abstand. Für sie sind wir Frauen im Rosalie nur austauschbare Objekte, die sie sofort vergessen können."

„Ja, genau, das Gleiche sagt die Janett auch immer", warf Julia ein.

Olga war jetzt wieder ganz die Krankenschwester. „In der Medizin ist es auch nicht anders. Kein Arzt der Welt lässt die Patienten wirklich an sich heran. Der würde doch irre werden. Nein, für ihn sind Krankheiten wie Nummern. Und für uns im Rosalie müssen die Männer wie Vorlieben sein. Die haben sie doch alle, also Vorlieben. Der eine will es so und der andere so. Dazu bekommt dann jeder einen Spitznamen verpasst. Und schon steht nicht mehr der Mann im Mittelpunkt, sondern seine Vorliebe, die sogar einen Namen hat. Genau das verschafft uns Abstand."

„Meinst du Lippe?", fragte Julia.

„Was für 'ne Lippe?" Olga stutzte und kniff die Augen zusammen.

„Na, der Spargeldünne, dem immer die Unterlippe runterfällt, so dolle, dass du seine Zähne siehst. Je geiler er wird, desto schlimmer ist es."

Olga kicherte und hielt sich die Hand vor den Mund. „Jawohl! So einen wie den meine ich."

Jetzt schaltete sich auch Christin in das Gelächter ein. „Oder denkt nur an den Halslosen!"

„Welcher Halslose?"

„Na, ihr wisst schon, dieser kleine Muskelmann, der vor Kraft nicht laufen kann und immer nach Moschus stinkt, als hätte er darin gebadet."

„Stimmt", freute sich Julia, „bei dem haben sie den Hals vergessen. Ist mir noch nie aufgefallen. Aber jetzt, wo du es sagst. Ein richtiger Schmusekater ist das. Der hat nur das Kuscheln im Kopf. Auf Sex steht der gar nicht so."

Zwar verstanden Christin und Julia noch nicht, wie damit die Fantasien der Männer beschwichtigt werden konnten, aber lustig fanden sie es schon. Ihnen fielen sofort unzählige Vorlieben ein, aus denen sich schön doofe Spitznamen ableiten ließen. Sie lachten sich halb schief darüber, auf dass der Kaffee aus den Tassen schwappte.

Plötzlich ein Klopfen an der Tür. Stille zwischen den dreien. Christin stand auf, ging zur Tür und öffnete.

„Papa?!"

„Na, Große, war gar nicht so leicht, dich zu finden. Mit Hinterhof und so. Aber eine nette Dame hat mich vorne reingelassen. Wie schön kühl es hier ist. Ist ja auch eine Hitze draußen, mein Gott."

Christin bekam schlagartig ein flaues Gefühl im Magen, ihr wurden die Knie weich.

„Nun komm und setz' dich erst mal! Wir sind gerade beim Kaffee."

„Und ich dachte schon, keinen anzutreffen, so am Tage. Musst du nicht arbeiten?"

„Nee, Spätschicht."

„Im Haarstudio?"

„Ja."

Sie gingen in die Küche zu den anderen beiden.

„Das sind Julia und Olga. Und das ist mein Vater."

Die zwei nickten artig.

„Sie sind sicher die Kolleginnen meiner Tochter?", plauderte er los.

Die zwei nickten wieder.

„Ich bin geschäftlich in Berlin und da dachte ich, ich gucke mal vorbei. Eigentlich im Haarstudio, aber da wusste ich nicht, wo das ist. Wo ist es denn?"

„Drüben in Kreuzberg", sagte Julia.

„Ach, Kreuzberg, das wäre auch gar nicht meine Richtung gewesen. Ich habe in Mitte zu tun, Friedrichstraße."

„Schön da", meinte Olga.

„Naja, wissen Sie, ganz schön heiß zwischen all dem Beton."

„Wie geht's Mama?", fragte Christin und goss eine Tasse Kaffee ein.

„Ach, wie immer, gut."

Christin blickte erst zu Julia, dann zu Olga. Ratlosigkeit.

„Ich hätte zu gern mal dein Haarstudio gesehen. Wo du doch immer so viel davon erzählst. Überhaupt wollte ich dich mal bei deiner Arbeit sehen. Meine Tochter kann nämlich toll Haare schneiden. Sie hat schon als Kind ihre Puppen frisiert, wissen Sie?"

„Mensch, Papa, hör' jetzt auf!"

„Was denn, stimmt doch. Du hast sie immer mit langen Haaren geschenkt bekommen und bald hatten sie alle Glatze. Solange hast du daran rumgeschnitten."

Christin schob ihm die Tasse Kaffee zu.

„Da gibt's nichts zu sehen, Papa. Ein Friseurladen wie alle anderen auch."

„Nun ja, vielleicht klappt es ein anderes Mal", sagte er und trank den Kaffee. „Schön habt ihr's hier. Ein bisschen dunkel vielleicht, wegen des Hofes. Aber dafür nicht so warm. Jetzt im Sommer eine feine Sache."

„Nimm dir doch was vom Kuchen", sagte Christin, „den hat die Julia selber gebacken."

„Ja, ja, aber erst müsste ich mal kurz ins Bad."

„Klar doch, raus in den Flur und dann gleich die rechte Tür."

Kaum, dass er draußen war, zischte Julia ganz außer sich: „Hast du dem etwa deine Adresse gegeben?"

„Ja, logisch. Er ist mein Vater."

„Hey – jetzt bloß keine Szene. Das ist das Falscheste, was wir machen können. Schön ruhig bleiben, wir müssen eh bald los", mahnte Olga.

Der Vater kam zurück und wirkte etwas verstört.

„Was hängen da für Fummel in der Dusche? Ziehst du so was etwa an?"

„Natürlich ziehe ich so was an. Wir sind hier nicht auf unserem Kuhdorf, das hier ist Berlin, Papa."

„Na hör' mal. Das Kuhdorf hat dir immer gefallen und es hat aus dir eine ordentliche Dame gemacht."

Er nahm wieder Platz und trank einen kräftigen Schluck vom Kaffee.

„Und das ganze Schminkzeug, was da rumsteht? Das hast du früher nicht gebraucht."

Julia wurde blass im Gesicht.

„Donnerst du dich bei der Arbeit so auf?"

„Quatsch, Papa, nach der Arbeit. Wir gehen hier aus. Hier kann man nämlich ausgehen. Hier ist auch nach der Arbeit was los, stell dir das mal vor!"

„Ja, ja, ich mein' ja nur."

Er aß vom Kuchen.

„Hm, der schmeckt aber wirklich gut."

Julia war kreidebleich.

Plötzlich fing der Vater an zu grinsen.

„Mir machst du nichts vor, Kind. Du hast einen Freund, stimmst? Na klar, wozu brauchst du sonst all so 'n Zeug?"

„Und wenn schon, Papa, das ist ja wohl meine Sache."

„Mama und ich haben früher das alles nicht gebraucht."

Christin lachte. „Mama und du, ihr lebt auf dem Dorf, aber das hier ist die große Stadt."

„Ach, große Stadt. Überall nur Chaos, wo man hinguckt, nur Chaos."

„Möchten Sie einen Schnaps trinken?", bot Olga an.

„Nee, lass mal, Kindchen. Ich muss wieder los, muss noch arbeiten."

„Wir auch, Papa. Und das sogar bald. Der Weg mit den Bahnen dauert lang."

„Soll ich euch bringen."

„Nee, nee, brauchst' nicht. Die Straßen sind eh verstopft um diese Zeit."

„Na, sage ich doch, überall nur Chaos."

Christins Vater verabschiedete sich höflich, bedankte sich für Kaffee und Kuchen. Danach ließ er sich von Christin zur Tür bringen.

„Und deinen Freund, meine Große, den stellst du uns mal vor. Mama kann es kaum erwarten."

„Na klar, Papa. Und schöne Grüße an Mama."

Sie kam in die Küche zurück. Niemand sagte etwas. Julia starrte vor sich hin.

„Na, ist doch alles gut gelaufen, der hat nichts gemerkt", meinte Christin erleichtert.

„Nichts gemerkt?", brüllte Julia los. „Wie kannst du uns solcher Gefahr aussetzen. Du hast wohl nicht mehr alle Tassen im Schrank! Spinnst du jetzt total, oder was?"

Ihr liefen die Tränen.

„Was regst du dich so auf? Von dir wollte er doch gar nichts", verteidigte sich Christin.

„Ach ja", schrie Julia. „Deine bekloppte Geschichte vom Haarstudio liefert uns noch mal ans Messer."

„Was kann ich dafür, dass du keine Familie mehr hast", wurde nun auch Christin laut. „Ich habe aber eine. Ich brauche solche Geschichten."

Olga stand auf und stellte sich zwischen die beiden. „Hey, hört jetzt auf. Sich gegenseitig zu zerfleischen bringt doch nichts."

Julia schluchzte. „Ach, Olga, ich halte diese Heimlichtuerei einfach nicht mehr aus. Ich vertrage das nicht. Dieses Leben in zwei Welten, das macht einen ja verrückt auf die Dauer. Diese ewige Lügerei."

„Aber das Geld aus der Lügerei nimmst du gerne?", konterte Christin.

Olga sollte recht behalten: Das mit den Vorlieben und Spitznamen klappte wirklich. Sicher, auf die Fantasien der Männer hatte das keinen Einfluss, aber es brachte etwas Leichtigkeit in die Sache, und das war es wohl, was Olga mit dem Abstand gemeint hatte. Gerade Julia als kleine, zierliche Frau litt besonders unter der Abwertung von Freiern, die meinten, man könne mit ihr alles machen, von ihr sei kein Widerstand zu erwarten. Außerdem hätten sie ja Geld bezahlt, um die Gefügigkeit der Frauen verlangen zu können. Wie oft schon hatte sie sich diesen Satz anhören müssen, der seine Wirkung nicht verfehlte, da sie sich wie entwaffnet fühlte. Schließlich brauchte sie das Geld und spürte ihre Abhängigkeit. Das also sollte nun der erste Schritt in die neue Richtung sein, weg von der Abhängigkeit. Ihre innere Bereitschaft, auf Geld zu verzichten, um sich nicht alles gefallen lassen zu müssen. Ein Risiko war es, aber es funktionierte. Die Männer reagierten verblüfft und hätten sich gegen Julia entscheiden, ein anderes Mädchen wählen können. Doch taten sie das nicht, nein, dafür waren sie viel zu geil auf Sex. Also zeigten sie sich plötzlich von ihrer charmanten Seite

und entwickelten Respekt. Julia staunte! Mehr noch, sie kehrte ihre freche Art nach außen. Sie begann tatsächlich, den Freiern Spitznamen nach deren Vorlieben zu geben, sie als Sache zu begreifen, als etwas, das nichts mit ihr zu tun hatte. Und was den Sex betraf, so sagte sie sich, dass die Männer ja nicht wirklich in ihr wären, nein, sie waren in einem Kondom verpackt und das Kondom hätte auch ein Dildo sein können. Das war okay für sie. Das fand sie sogar irgendwie lustig. Sie war fröhlicher bei der Arbeit, lachte häufiger.

Es stimmte, die Männer änderte das nicht. Aber Julias Umgang mit ihnen war ein anderer. Sicherlich deswegen, weil sie nun etwas entgegenzusetzen, etwas Starkes in sich hatte. Dieses Gefühl, sich wehren zu können und nicht ein unterlegenes Lustobjekt zu sein. Das schaffte nicht nur Abstand, es schaffte Selbstbewusstsein. Eine Tatsache, die Gisela argwöhnisch beobachtete. Wollte die Chefin auch selbstbewusste Mädchen, die zum Beruf standen, so wollte sie dennoch Geld verdienen und musste den Männern das Gefühl geben, diese seien als Kunden die Könige.

Denn das waren sie. Doch nicht wenige von ihnen wollten gleichzeitig einen Rollentausch, der ihnen sichtlich Freude machte.

Da war zum Beispiel der Franz Josef, ein Bayer, der in Berlin als Kommissar bei der Mordkommission arbeitete. Er gehörte zu Christins Stammkunden und im Rosalie nannten sie ihn *Den verrückten Bullen von der Alm*. Natürlich nur, wenn er nicht dabei war. Unter seinem zivilen Mantel trug er stets eine außer Dienst gestellte Polizeiuniform. Auch Handschellen hatte er immer dabei, aber nur als Plastikspielzeug, ebenso die Pistole. Die Mütze jedoch war echt. Christin hatte große Probleme, in seiner Gegenwart ernst zu bleiben, zumal er selber das Ganze total ernst nahm. Meist spielten sie eine Szene aus dem *Tatort* oder irgendeinem anderen Krimi nach. Nur halt mit vertauschten Rollen. Jetzt war sie es, die auf allen Vie-

ren durch das Zimmer robben musste, sich hinter Sesseln versteckte, unter dem Bett lauerte oder das Gesteck aus der Standvase zur Tarnung nutzte. Letztlich übermannte sie den Franz Josef, brachte die Pistole in ihre Gewalt und nahm ihn fest. Nachdem sie ihn in Schellen gelegt hatte, riss sie ihm die Uniform vom Leibe, dann die Unterwäsche, reizte ihn, bis er zu explodieren drohte, um ihn dann nach Strich und Faden zu vergewaltigen. Franz Josef war begeistert und blieb bis zum Schluss bitterernst bei der Sache.

Er gehörte noch zu den harmlosen Fällen, ein bisschen schräg vielleicht, aber harmlos.

Ganz anders waren die Männer, die die totale Selbstunterwerfung suchten. Die waren derart krass drauf, dass die Chefin für sie ein extra „Domina-Zimmer" hatte einrichten lassen. Wieder waren die Mädchen für diese Männer extra geschult, und wie bei den Behinderten auch, war längst nicht jedes der Girls für diese Art von Spielchen bereit. Auch deshalb, weil die Härte und Standhaftigkeit der Frau ganz konsequent eingehalten werden musste. Sie durfte ihre Rolle nicht für einen einzigen Moment verlassen, das hätte gefährlich für sie enden können, da der Masochismus in Sekundenschnelle in Sadismus hätte umschlagen können. Denn letztlich waren Unterwerfung und Überlegenheit nur die zwei Seiten derselben Medaille. In der Praxis war das bisher nur zwei Mal passiert und in beiden Fällen hatten die Panikknöpfe des Zimmers geholfen und der Wachdienst war sofort zur Stelle gewesen.

Trotzdem kam es für Christin, Julia und Olga nicht infrage. Zu gruselig war allein der Anblick des Domina-Zimmers, von den darin enthaltenen Utensilien ganz zu schweigen. Da waren die Peitschen, die Handschellen, Seile, Mundknebel und überall Flecken, die das flüssige Kerzenwachs zurückgelassen hatte, nachdem es von der nackten Haut der Männer hinunter auf den Boden getropft war.

Auch die wuchtige Folterbank in der Mitte machte bereits einen abgenutzten Eindruck.

Das Höchste an Unterwerfung war ein Freier, der nackt vor der Domina hockte, während sie ihm Wachs über seine Schultern goss und er ihr dabei die Stiefel leckte. Danach mussten alle Mädchen ins Zimmer kommen, die gerade frei waren, und ihn bespucken.

Noch seltsamer waren Männer, die nicht die Unterwerfung, sondern ganz offen ihre Überlegenheit ausleben wollten, also eine Sex-Sklavin suchten. Diese Männer erregte es, die Mädchen leiden zu sehen. Auch wenn sie dabei nicht wirklich brutal wurden und das Ganze eher ins Spielerische ging, so war es doch eine belastende Situation für die Frauen. Und das echt Verrückte daran war, dass es deutlich mehr Mädchen gab, die sich eine Rolle als Sex-Sklavin vorstellen konnten, als eine Domina sein zu wollen.

Die Tage gingen dahin und von den Finanzbeamten war nichts mehr zu hören. Gisela kam wieder fröhlicher daher. Der Ärger um die Steuer schien vergessen zu sein. Im Rosalie munkelten einige, dass sie einen Termin mit dem strengen Mann vom Finanzamt gehabt hätte. Sie selbst sagte nichts dazu, nur Lela und Maya wirkten eingeweiht. Aber auch sie schwiegen.

Die Sommerhitze war selbst noch am Abend nach der Spätschicht drückend. Gisela hatte alle Fenster aufreißen lassen. Sie war dabei, den großen runden Tisch im Aufenthaltsraum herzurichten, hatte Bier, Wein und Schampus besorgt. Das Licht war runtergedimmt, Kerzen wurden aufgestellt und ein Lieferservice hatte feinstes Essen herbeigeschafft. Die Musik hämmerte mit bebenden Bässen Oldies der achtziger Jahre. Bei *The Wild Boys* grölten sie alle mit, hemmungslos und völlig ausgelassen. Ja, feiern konnte die Chefin! Sie ließ die Puppen auf den Tischen tanzen, im wahrsten Sinne des Wortes, eine Afrikanerin mit schwarzer Haut in weißen Dessous

und knallroten Lippen. Eine Augenweide. Kalle war wie immer gut drauf. Dem gefiel das! Aber er hatte es nicht leicht als einziger Mann unter so viel Weiblichkeit.

Für einige Stunden waren alle Streitigkeiten um die Männer vergessen. Das Rosalie schien wie eine einzige Familie. Es wurde gelacht, Witze wurden gemacht, Geschichten erzählt. Und zu fortgeschrittener Stunde tanzten Frauen mit Frauen, eng umschlungen. Nur Kalle saß artig auf seinem Stuhl, von der Chefin bewacht.

Und auch Julia hockte mit einem Laptop auf den Knien in einer Ecke und starrte auf den Bildschirm, als würden ihr jeden Augenblick die Augen aus dem Kopf fallen; ihr Mund stand halb offen.

„Was machst du da?", fragte Janett. „Du glotzt, als wärst du vom Blitz getroffen."

Janett sah auf den Bildschirm und las.

„Was ist das?", wollte Julia wissen.

„Na, ein Hurenforum."

„Ich habe gesehen, dass Christin immer diese Seite liest, und da wollte ich auch mal gucken", sagte Julia.

„Das ist ein Hurenforum. Da tauschen sich die Kerle in ellenlangen Kommentaren darüber aus, wie die Mädchen hier waren, mit denen sie Sex hatten."

Julia starrte vor sich hin. „Das ist widerlich, ekelhaft. Die Männer sind einfach nur Schweine." Ihr wurden die Augen feucht. „Über mich steht da auch was drin. Und nicht nur einmal. Alles bis ins letzte Detail beschrieben, jedes Zucken, jedes Stöhnen."

„Hey, Julia, ist ja gut."

Janett setzte sich neben sie und legte ihr den Arm um die Schultern."

„Die Männer sind halt so. Da kannst du nichts machen. Für die ist es, als hätten sie einen Hirsch geschossen. Anschließend wird die

Trophäe bis in die Eingeweide zerlegt und mit allen anderen Männern geteilt. Wer den besten Hirsch erlegt hat, der ist der Größte."
Julia schüttelte den Kopf. „Ich glaub, ich muss kotzen."
Janett nahm den Laptop von Julias Knien und schaltete ihn aus.
„Du kannst sowieso nichts dagegen tun", sagte sie. „Besser, du liest es erst gar nicht, dann berührt es dich auch nicht. Weißt du, du darfst da nicht so viel Gefühl reinstecken. Was gehen dich die Kerle an? Du bearbeitest ihren Pimmel und kriegst Geld dafür. Wer an dem Pimmel dranhängt, kann dir scheißegal sein. Und wir verarschen sie doch auch. Wir geben ihnen das Gefühl, dass wir sie toll fänden, dass sie noch gar nicht so alt seien, weil noch immer erstaunlich geil beieinander."
„Ja, weil sie das hören wollen und brauchen", flüsterte Julia.
„Brauchen sie, richtig. Aber Verarsche ist es trotzdem."

Olga hingegen behagte ihre Arbeit im Rosalie immer mehr. Sie dachte ernsthaft darüber nach zu bleiben. Sie fühlte sich gut, weil sie spürte, wie wichtig sie den behinderten Männern war, und genoss deren Dankbarkeit.
Sie hatte gerade Müllerchen aufs Bett gelegt, nackt, als plötzlich ein Gekreische über die Gänge des Rosalie fegte, verbunden mit einem Poltern, das immer näherkam. Die Tür schlug auf und knallte gegen die Wand. Zwei Polizisten stürmten auf das Bett zu, schnappten Olga am Arm und schleuderten sie auf den Boden. Sie waren in Zivil, aber mit Polizei-Schutzwesten und Pistolen im Halfter. Mit harten Griffen verschränkten sie ihr die Hände auf dem Rücken, packten sie bei den Schultern und stellten sie mit dem Gesicht zur Wand. Sie musste die Arme heben und die Hände an die Wand legen, die Beine etwas auseinander. Dann schnürten sie ihr ein Kabel um das Handgelenk, auf dem stand: „Bundesagentur

für Arbeit". Olga trug nur ihre Dessous am Leibe und doch wurde sie kontrolliert, ob sie nichts darunter versteckt hatte.

„Ich muss meinen Gast zudecken", bat sie, „das kann er nicht alleine."

„Maul halten, Nutte, und mitkommen!"

Wieder verschränkten sie Olgas Hände hinter dem Rücken, schnappten sie und führten sie in den Gang hinaus. Müllerchen ließen sie allein zurück.

In der Lounge angekommen standen alle Mädchen in Reih und Glied von Polizisten bewacht. Jedes von ihnen hatte ein Armband am Handgelenk. Die Freier saßen dicht gedrängt auf den Sofas.

„Dies ist eine Polizei-Razzia des LKA Berlin", begann der Oberpolizist übertrieben laut, fast schon schreiend. „Sie machen jetzt genau das, was wir Ihnen sagen, verstanden?"

Er glich einem Boxer, einer übergroßen, durchtrainierten Kampfmaschine, muskelbepackt. Der Hals gedrungen, die Gesichtszüge wulstig und fast eine Glatze.

„Wir haben Hinweise von besorgten Bürgern erhalten, dass in Ihrem Etablissement Zwangsprostitution stattfindet. Und genau das werden wir hier und jetzt überprüfen."

Gisela war blass, aber gefasst. Die Brille in den Händen haltend sagte sie: „Das ist doch Quatsch und das wissen Sie ganz genau. Hier findet und fand noch nie Zwangsprostitution statt. Da will uns mal wieder einer denunzieren. Sie wissen doch sowieso, dass Sie hier nichts finden werden. Also was bitte soll diese Schikane?"

Der Boxer kam auf Gisela zu. Ganz dicht. Und dann noch dichter. Schließlich zischte er ihr ins Ohr: „Du hast 'ne ganz schön große Klappe, meine liebe Puffmutter. Das werden wir ja gleich sehen, ob wir hier was finden, oder nicht."

„Na, mal nicht so eilig, mein Lieber, erst will ich Ihren Durchsuchungsbefehl sehen!"

Er wurde rot im Gesicht und presste die Lippen aufeinander. Aber er zog den Befehl aus seiner Jackentasche und streckte ihn widerwillig Gisela entgegen.

Sie las und meinte. „Aber geschrien wird hier schon lange nicht, damit das mal klar ist!"

Der Boxer drehte sein Gesicht den anderen Polizisten zu – es mögen um die dreißig gewesen sein – nickte, sagte aber nichts.

Es war, als wäre ein Uhrwerk eingeschaltet worden, alle Rädchen begannen, sich zu drehen. Ein Teil der Polizisten wandte sich den Freiern zu und nahm die Personalien auf. Der andere Teil ging mit den Mädchen in den Aufenthaltsraum. Es wurden die Spinde kontrolliert, die Reizwäsche begutachtet und fotografiert, die Ausweise und Papiere mit UV-Licht behandelt.

Als sie fertig waren, gingen sie in die Lounge zurück. Die Mädchen mussten sich wieder in Reih und Glied aufstellen.

„Na, das hat ja prima geklappt, meine Damen. Sie kriegen langsam Übung darin, was?", freute sich der Boxer. In seinem Gesicht stand ein fieses Grinsen.

„Von wem haben Sie eigentlich die besorgten Hinweise erhalten?", fragte Gisela.

Der Boxer riss seinen Kopf in die andere Richtung.

„Du halt endlich deine Klappe!", brüllte er. „Hier stellen wir die Fragen und nicht du."

„Na, na, na, mein Lieber, nicht in diesem Ton! Wir können das auch gerne mit Ihrem Vorgesetzten besprechen, wenn Sie sich hier nicht benehmen können."

Aber der Boxer blieb unbeeindruckt, wandte sich wieder an die Mädchen. „So, meine Damen. Ich rufe jetzt Ihre Namen auf und jede, die Ihren Namen gehört hat, tritt einen Schritt vor die Reihe. Alles klar?"

Wieder das fiese Grinsen in seinem Gesicht. Dann hob er die Liste und las laut und deutlich die Namen vor. Aber es waren nicht die Namen der Rosalie-Girls, die zu hören waren, nein, es waren die bürgerlichen Klarnamen. Und das in Anwesenheit der Freier!

Julia war nicht die Einzige, die zu weinen begann. Viele andere blickten beschämt zu Boden. Auch Olga, selbst Christin.

Nun bekamen sie jeweils einen Polizisten zugewiesen, mit dem sie auf die Zimmer zu einem Vier-Augen-Gespräch gehen mussten. Es folgte eine lange Ausfragerei, immer in die Richtung gehend, ob sie nicht doch gegen ihren Willen im Rosalie arbeiten würden. Aber das taten sie ja nicht, sodass am Schluss jede eine Denunziations-karte bekam, worauf die Anschrift und die Rufnummer der Polizei-abteilung standen. Sollte ihnen doch noch etwas einfallen, so hätten sie auf der Rückseite genügend Platz, um sich Auffälligkeiten zu notieren und diese dann zu melden.

Abschließend wurden die Freier gebeten, das Rosalie zu verlassen. Der Boxer rief seine Mannschaft kurz zusammen, bedankte sich bei ihnen und ließ sie abtreten. Dabei machte er keineswegs den Ein-druck, als sei er enttäuscht oder verärgert. Im Gegenteil.

Zuletzt wandte er sich an die Chefin: „Noch mal Glück gehabt, meine Dame. Es scheint, als wäre wirklich alles in Ordnung."

Dann verließ er das Rosalie. Die Mädchen ließ er links liegen.

Olga überlegte nicht lange und rannte auf ihr Zimmer. Doch Mül-lerchen war verschwunden, sein Rollstuhl auch. Sie rannte zurück zur Lounge, völlig durcheinander und zappelig vor Schreck.

In der Lounge war es totenstill. Die Barmusik spielte nicht. Die Mädchen saßen schweigend auf den Sofas und fummelten ihre Armbänder von den Handgelenken.

„Das ist alles meine Schuld", jammerte Julia, den Tränen nahe. „Ich hätte den pädophilen Fettsack nicht abweisen dürfen."

„Das ist doch Unfug!" Janett kam und tröstete sie. „Hey, Rosita, du weißt doch, dass wir ständig angemacht werden. Das kann jeder andere Scheißkerl auch gewesen sein. Da kannst du Kaffeesatz lesen. Vielleicht war es sogar eine Frau, die sich darüber aufregt, dass ihr Mann hierher zu uns kommt." Sie nahm Julia in die Arme, die hemmungslos weinte. „Mach dich nicht fertig! Du kannst nichts dafür, glaub mir."

Gisela ging derweil an die Bar und machte sich ein Bier auf. Das war ungewöhnlich, sonst trank sie grundsätzlich keinen Alkohol bei der Arbeit.

Dann meinte sie: „Janett hat recht, Mädels. Das kriegen wir nie raus. Das Einzige, was wir machen können, ist eine saubere Arbeit, damit uns keiner an die Wäsche kann. Die Bullen haben wir doch schön abserviert. Die haben nichts, gar nichts gegen uns in der Hand."

Sie stellte die Flasche mit einem lauten Knall zurück auf den Tresen. „Oder gab es bei einer von euch irgendwelche Probleme?"

Stille und Kopfschütteln auf den Sofas.

„Die waren richtig sauer, weil sich nichts finden ließ", brach Christin das Schweigen.

„Eben. Ich weiß doch, dass ihr manchmal genervt seid, weil ich so pingelig auf eure Papiere achte. Aber da seht ihr mal, dass das alles einen Sinn macht. Ich denke mir was dabei."

„Ganz egal, wer uns das eingebrockt hat", begann Julia, „solche Aktionen vertreiben die Kunden. Die zerreißen sich doch das Maul über uns. Einer wie der andere. Und jeder erfindet etwas Neues dazu. Das ist es doch, was die Bullen damit gewollt haben. Außerdem hat der Idiot uns bei bürgerlichem Namen genannt. Das darf der gar nicht. Das ist gefährlich für jede von uns. Und so was nennt sich Polizei!"

Gisela nickte. „Die wollten gar nichts finden. Alles nur Schikane. Und ob der uns vor den Freiern bei bürgerlichem Namen nennen durfte, werde ich noch rauskriegen, das könnt ihr aber wissen."

Lange musste Gisela nicht auf die Gelegenheit dazu warten. Es mochten ein, zwei Stunden vergangen sein, nach und nach waren die ersten Kunden wieder ins Rosalie gekommen und der Betrieb endlich angelaufen, als es am Eingang klingelte und der Boxer eintrat. Gut gelaunt ging er geradewegs an die Bar. Er war wieder in Zivil, aber ohne Polizei-Schutzweste und ohne Pistole.

Die Chefin schien sprachlos. Auch keines der Mädchen sagte etwas.

„Was guckst du so?", fragte der Boxer lächelnd und seine Zähne blitzten. „Dienst ist Dienst und Schnaps ist Schnaps. Also, krieg' dich wieder ein! Ich habe das nicht gern gemacht, habe halt meine Befehle. Aber dein Laden scheint echt in Ordnung zu sein. Und ich bin ein gut zahlender Kunde. Wo ist eigentlich die Kleine? Die mit dem niedlichen Gesicht und den braunen Haaren. Julia heißt sie, glaube ich."

„Rosita? Ist die nicht ein bisschen zu jung und viel zu klein für dich Muskelmaschine?"

„Nö. Wieso?" Der Boxer kam derart unschuldig daher, dass Gisela noch immer die Worte fehlten. Sie nickte Lela zu. „Hol' Rosita!"

Julia blieb mit einem Ruck vor dem Tresen stehen. Auch ihr verschlug es die Sprache. Mit großen Augen blickte sie zwischen Gisela und dem Boxer hin und her. „Was ist jetzt los?", fragte sie.

„Der Herr Polizist ist privat hier und verlangt nach dir."

„Verarscht ihr mich?" Julia reagierte mit einer trotzigen, ablehnenden Art, die schon ins Bockige ging.

„Rosita, bitte! Nicht schon wieder!", mahnte Gisela.

„Mal ganz ruhig", fiel der Boxer ein. „Mit mir kann man auch seinen Spaß haben und zahlen tue ich gut."

„Na, du traust dich ja was. Erst stellst du unseren Laden auf den Kopf, würdest uns am liebsten alle verhaften, und anschließend kommst du zum Ficken her?" Julia war echt sauer.

„Rosita, bitte jetzt!"

Julia schwieg, blickte erst zur Chefin, dann zum Boxer und sagte schließlich: „Die Zimmer kennst du ja schon. Welches ist dem Herrn genehm?"

Der Boxer grinste Julia in einer väterlichen Art an, als stünde ein Kleinkind vor ihm.

„Na, ich denke, das afrikanische wäre nicht schlecht, mit Gewehr an der Wand, und so."

„Na klar, mit Gewehr an der Wand, dachte ich doch."

Sie drehte sich um und ging in den Flur. Der Boxer folgte ihr.

Im afrikanischen Zimmer angekommen, begann er zu lachen und meinte: „Wie du dich anstellst. Ich habe schon zu deiner Chefin gesagt: Dienst ist Dienst und Schnaps ist Schnaps. Du musst noch viel lernen, mein Kind."

„Und du musst bezahlen: Sex ist Arbeit und auch Polizist ist Mann."

Also bezahlte er. Eine halbe Stunde klassischen Sex, ohne Extras.

„Willst du was trinken?", fragte sie.

„Nee, lass ruhig, alles gut."

„Du kannst es dir schon mal auf dem Bett bequem machen, ich bringe noch das Geld vor zur Chefin. Das ist Vorschrift. Aber damit kennst du dich ja aus."

Der Boxer hatte schon wieder sein fieses Grinsen im Gesicht.

„Wieso Vorschrift?"

„Damit sie sicher ist, dass du nur solange bleibst, wie du auch bezahlt hast."

„Ist ja voll streng bei euch."

„Tja, wie bei der Polizei."

Die Chefin konnte Julias Ankunft kaum erwarten und zischte: „Hole aus ihm raus, was du rausholen kannst. Ich will alles wissen! Aber halte dich an die Vorschriften. Sauber arbeiten!"

Der Boxer lag inzwischen nackt auf dem Bett. Julia schloss die Zimmertür und schaltete die Deckenlampe aus, nur die zwei Nachttischleuchten warfen rötliches Licht von schimmernden Seidentüchern bedeckt.

Als sie ihre Dessous ablegen wollte, insistierte er: „Nein, nicht ausziehen! Das will ich selber machen." Es klang beinahe zärtlich.

Sie stieg auf das Bett, kniete sich hin und ein großer Schatten erhob sich vor ihr. Ein Berg aus Fleisch, der sie zu verschlingen suchte, während er seine Arme um sie legte und den BH öffnete. Julia blickte auf riesige Muskelpakete, die beweglich und doch steinhart waren.

„Du bist vielleicht eine kleine Maus", hauchte er, „und alles noch so jung und frisch."

Er zog ihr das Höschen aus, gefolgt von einem kräftigen Griff zwischen ihre Beine.

„Du solltest auch zupacken, es lohnt sich." Wieder sein fieses Grinsen. „Los doch, zier dich nicht!"

Julia tat es und dem Boxer verging das Grinsen. Er ließ sich rücklings aufs Bett fallen.

„Das mit den Klarnamen hättest du dir echt sparen können. Das ist gefährlich für uns."

Sie drückte noch fester zu.

„Wer sich in Gefahr begibt, muss lernen, dass er darin umkommen kann", klang es gequält. „Keine schlechte Lektion, oder?"

Sie lockerte den Griff. „Welche Gefahr?"

Der Boxer schnappte sie bei den Schultern, schleuderte sie auf den Rücken, warf sich auf sie und begrub sie unter sich.

„Diese Gefahr!"

Julia konnte sich nicht mehr bewegen. Keine Chance.

„Das mit den Namen war Vorschrift. Es war ein Polizeieinsatz. Wir sind hier nicht auf dem Spielplatz, versteh' das doch endlich", wurde er laut. „Aber, ich kann dich hier rausholen, wenn du willst. Für dich kann ich das tun, meine Kleine."

Mit Mühe schaffte sie es, einen Arm freizubekommen, fingerte aus dem Nachttisch ein Kondom, hielt es ihm unter die Nase und meinte: „Das, mein Lieber, ist hier die einzige Vorschrift."

„Schon vor dem Blasen?"

Sie nickte. „Denkst du, wir ekeln uns vor gar nichts?"

„Haha, sehr witzig", brummte der Boxer.

„Das findest du witzig, ja?"

Julia fasste wieder sein bestes Stück, drückte fest zu und richtete ihren Blick langsam auf die Kondompackung. Der Boxer folgte ihr mit den Augen. Dann blickte sie ein Stückchen tiefer unter die Nachttischplatte: ein Panikknopf. Sie blickte auf das Kopfende des Bettes: ein weiterer Panikknopf.

„Unten am Gestell sind auch welche. Witzig, was? Wenn ich gewollt hätte, hätte dich der Wachdienst schon zehn Mal nach draußen befördert."

Der Boxer sagte nichts mehr, gab sie frei und drehte sich zurück auf den Rücken.

Julia streifte ihm das Kondom über und blies.

Er stöhnte leise.

Sie war überrascht. Verglichen zu seinem großen, massigen Körper war doch alles eher klein gehalten, da hatte sie mehr erwartet. Auch sein Schamhaar war schon weiß.

Sie stieg auf ihn, in der Hoffnung, dass er es annehmen möge, denn unter ihm liegend hatte sie sich wie begraben gefühlt. Und ja, es ging eine Weile gut. Er hielt die Augen geschlossen, die verzerrten Lippen gaben seine strahlenden Zähne frei, die waren gewiss schon

künstlich. Aber der Boxer war von Anstrengung erfüllt, von Willenskraft, statt von Lust und Leidenschaft gepackt. Er begann zu schwitzen.

Schließlich legte er sie doch auf den Rücken und drang wieder in sie ein. Ihr war, als würde sie im Bett versinken, als würde ihr die Luft zum Atmen genommen. Dazu diese Quälerei auf ihrem Körper, mehr ein Wollen als ein Können, das Mitleid erregend war. Und sie wehrte sich dagegen. Nicht gegen die unermüdlichen Stöße, aber gegen das Mitleiden.

Plötzlich verkrampfte sich der Boxer, wenige Augenblicke nur, von einem Zucken abgelöst mit lautem Stöhnen dazu – dann fiel er auf die Seite und atmete schwer.

„Na, war das gut, meine Kleine", kam es erleichtert aus ihm heraus.

„Klar. Du warst gut."

„Sag' ich doch." Er nahm Julia in die Arme, legte sie auf seinen Oberkörper und streichelte ihr Haar. „Ich kann einfach nicht glauben, dass du so etwas freiwillig machst. Das will mir nicht in den Kopf. So ein hübsches, liebes Mädchen wie du. Wer zwingt dich dazu? Du brauchst keine Angst zu haben. Mir kannst du es sagen. Ich bin die Polizei. Ich pass' auf dich auf."

Sie hob den Kopf von seiner Brust und sagte leise: „Das habe ich gemerkt. Du hast uns vor allen Freiern bloßgestellt."

„Das war nur zu deinem Besten, glaub' mir. Wenn eure Chefin dahinterstecken sollte, hat sie jetzt ein Problem."

Julia haute mit ihrer Faust auf seine Muskeln. „Hier wird niemand gezwungen. Wir kommen gern und freiwillig zur Arbeit, verstanden", fauchte sie."

„Spinnst du? Arbeit! Das ist doch keine Arbeit. Das gehört verboten."

„So, gehört verboten, ja? Und was machst du dann hier? Wenn es solche Männer wie dich nicht geben würde, wäre unsere Arbeit gar nicht nötig."

Wieder dieses fiese Grinsen. „Männer nutzen das nur, weil ihr ihnen die Gelegenheit dazu gebt. Nichts weiter."

„Aber richtig, wir sind schuld, na klar."

„Ja, das seid ihr."

Julia richtete sich auf. „Na, du hast ja wohl einen völligen Knall, oder? Ihr geilen Säcke wisst nicht, wohin mit eurer Männlichkeit, und wir sind daran schuld?"

Auch der Boxer richtete sich auf.

„Nun mal ganz langsam, mein Fräulein", wurde er deutlich. „Um unsere Männlichkeit braucht ihr euch nicht zu sorgen. Das kriegen wir ganz alleine hin. Aber die Männlichkeit auszunutzen, um damit Geld zu machen, ist unanständig und gehört verboten."

Sie konnte ihm nicht antworten, so sehr hatte es ihr die Sprache verschlagen. Stattdessen stieg sie vom Bett, zog sich an und verließ das Zimmer.

Wenig später kam der Boxer aus dem Flur, durchschritt die Lounge und würdigte die Mädchen keines Blickes.

Noch bevor die Tür hinter ihm zugefallen war, rief Julia ihm nach: „Arschloch."

„Rosita – bitte", mahnte die Chefin.

Gisela schaltete die Barmusik ab. Alle Rosalie-Girls, die nicht am Arbeiten waren, hatten sich versammelt und blickten erwartungsvoll auf Julia.

„Und?", fragte Janett.

„Der war nicht privat hier, könnt ihr vergessen", begann Julia, „ein Dienst-Fick sozusagen, der nur den Zweck hatte rauszukriegen, ob ich nicht doch gegen meinen Willen hier arbeiten muss. Und das

mit den Klarnamen war nichts weiter als ein Manöver, um uns, aber vor allem der Chefin, das Leben schwer zu machen."

„Also doch verboten, wusste ich doch", platzte Christin dazwischen."

„Dazu hätte es gar nicht kommen dürfen. Du hättest ihn rausschmeißen müssen", warf Olga der Chefin vor.

Gisela machte sich ein weiteres Bier auf, trank einen Schluck und sagte: „Ihr werdet lachen, aber das hatte ich schon auf der Zunge gehabt. Doch dann kam mir der Gedanke, dass es falsch sein könnte. Zum einen werden wir es vielleicht gegen ihn verwenden können, denn ich glaube nicht, dass sowas in den Polizeivorschriften steht. Zum anderen hatte ich gehofft, mehr über die Hintergründe der Razzia zu erfahren."

Julia senkte den Blick. Sie wirkte tieftraurig.

„Da gibt es keine Hintergründe – außer Hass", begann sie wieder. „Der kann sich einfach nicht vorstellen, dass wir es freiwillig machen. Soweit reicht es bei ihm nicht. Und das Allerschärfste ist, dass er uns die Schuld gibt. Nicht etwa die Männer wollen den käuflichen Sex, sondern wir Frauen, und das sei unanständig und gehöre verboten."

„Echt jetzt?" Olga schüttelte entsetzt den Kopf. „Ob der auch mal an die Männer denkt, die sonst keinen Sex kriegen können, die Behinderten etwa?"

Julia machte die Lippen dick. „Der doch nicht. Der hat keine Ahnung von Sex. Unter aller Kanone. Eine einzige Quälerei. Seine ganze Potenz hat er in das Heben von Gewichten gestemmt, zwischen seinen Beinen ist nix übriggeblieben. Na gut, er ist ja auch schon voll alt."

Es war an einem Sonntag, als die Freundinnen an den Wannsee fuhren. Olga war schwer beeindruckt von Sonne, Strand und See.

Und das alles in Berlin. Sie konnte es nicht fassen, diese viele Natur, das Grün, die Bäume. Das Knirschen der Kiesel unter den Füßen auf dem Weg zum Strandbad. Der warme Wind in den Haaren, ein flatterndes Kleidchen auf der Haut und im Hintergrund das Singen der Vögel. Es war herrlich!

Die drei stampften durch den weichen Sand dem Wasser entgegen. Sie waren schön anzusehen in ihren Bikinis. Und wie klar das Wasser war! Olga kam aus dem Staunen nicht mehr raus. Sie stand bis zum Bauch im See und spritzte das Wasser um sich her, wie ein kleines Kind in der Badewanne. Dazu ein Juchzen aus Begeisterung. In der Ferne das Weiß der Segelboote auf blauem Grund.

„Was ist das?", rief sie Christin zu.

„Ich glaube, das nennt sich Kiten, wenn ein Drachen das Surfbrett übers Wasser zieht."

„Quatsch, Christin. Das ist kein Drachen, das ist ein Gleitschirm", wusste es Julia besser.

Olga war außer sich vor Freude. Sie lief auf Julia zu, riss ihr die Beine weg und tauchte sie unter. Dann versuchte sie es bei Christin, doch die wehrte sich, sodass plötzlich Olga unter den Wellen war. Sie planschten wie die Kinder, tauchten und schwammen, bis sie nicht mehr konnten.

Am Strand lagen sie dann auf großen Handtüchern im Sand. Die Sonne brannte.

Olga schirmte ihre Augen mit der flachen Hand ab. „Wisst ihr, was mir neulich unser Vermieter gesagt hat? Dieser kleine Dicke mit dem Bart. Er stand auf dem Hof und hat eine geraucht. Er hielt eine Studie des Senats in den Händen und meinte, auf die fast vier Millionen Einwohner Berlins würden zwei Millionen Singles kommen. Das müsst ihr euch mal vorstellen: zwei Millionen! Das ist ja die Hälfte."

„So viele?", staunte Christin.

„Ja, wirklich. In Hamburg und München sollen es sogar über die Hälfte sein."

Julia drehte sich auf die Seite und wandte sich den beiden zu. „Naja. Der Senat! Was weiß der schon? Der sagt auch, dass es in Berlin zehntausend Frauen in unserem Gewerbe gäbe. Was für ein Quatsch ist das denn? Das sind vielleicht die, die in den großen Häusern und auf den Straßen arbeiten, die Zählbaren, sozusagen. Und was machst du mit der ganzen Wohnungsprostitution? Die vielen, vielen Wohnungen, über die keiner spricht, weil sie nicht als Gewerbe angemeldet sind. Oder was ist mit den Hinterzimmern der Massagesalons, Beautystudios, Asia-Läden und wie die alle heißen? Wenn du die alle mitrechnest, kommst du locker auf das Doppelte, aber ganz locker, wenn das mal reicht."

Olga warf Sand auf Julias Bauch. „Freu' dich doch! Da ist für uns keine Arbeitslosigkeit in Sicht."

„Vorsicht, meine Liebe!" Julia strich sich mit langen Zügen den Sand vom Bauch. „Ganz dolle Vorsicht! Der Boxer und Co führen etwas im Schilde, das habe ich bei jedem einzelnen seiner Stöße gespürt."

„Sei doch nicht immer so ängstlich, Julia", ging Christin dazwischen. „Was soll der Senat schon machen? Der kann es sich doch gar nicht leisten, dass ein ganzes Heer testosterongesteuerter Junggesellen durch die Berliner Straßen rennt, denen vor Geilheit die Schädeldecken wegfliegen. Vom Verlust der Steuern mal ganz abgesehen. Denke nur allein an die Gewalt, die wir aus der Gesellschaft nehmen. Die Polizei sollte uns dankbar sein. Von Olgas Behinderten will ich gar nicht erst reden. Nein, Julia, da passiert nichts. Im Gegenteil, die brauchen uns."

Christin robbte näher an die beiden heran und kicherte hinter vorgehaltener Hand. „Olga! Du solltest dir lieber mal Gedanken um den Typen hinter dir machen."

„Welchen Typen?"

„Na, der Süße dahinten. Der himmelt dich schon die ganze Zeit an. Mensch! Kriegst du denn gar nichts mit, oder was?"

Alle drei drehten sich unauffällig um und blickten hinter sich.

„Ja, süß. Aber ich habe so gar keine Lust auf Typen", urteilte Olga trocken. „Wir haben uns doch etwas geschworen: Keine Männer außerhalb der Arbeit. Also bitte! Ich habe jetzt Lust auf ein Eis und nix anderes. Ein richtig schönes und ganz großes Vanille-Eis."

„Vanille?" Julia staunte. „Na, meinetwegen. Ist zwar ein bisschen altmodisch, aber warum nicht?"

Am S-Bahnhof Alexanderplatz tauchten sie wieder ein in den städtischen Trubel. Der Abend war noch jung und Olga wünschte sich, auf den Fernsehturm zu steigen. Also ging es mit dem Aufzug hoch in die Kugel. Sie saßen im Café, zweihundertsieben Meter über Berlin. Olga war begeistert! Im Westen stand die untergehende Sonne tiefrot, im Norden war der Prenzlauer Berg spielzeugklein. Sie waren sich sicher, ihr Haus erkennen zu können. Aber das war Quatsch und sie lachten darüber. Olga rührte in ihrem Kaffee. Christin und Julia genossen es, ihr Wünsche erfüllen zu können. Weil ihre Dankbarkeit so guttat, so ehrlich war. Zum Abschluss gönnten sie sich ein Fläschchen Sekt. Das Kerzenlicht spiegelte sich in den Gläsern.

Der lange Sonntag ging schließlich zu Ende. Julia schob mit beiden Armen die Schwere der Eingangstür vor sich her. Die beiden anderen lästerten, dass sie noch viel Kuchen backen müsse, bis sie stark genug sei für diese Tür. Gut gelaunt betraten sie ihren Altbau.

Vor der Wohnung erwartete sie eine junge Frau im schicken rosa Kostüm, von blumigem Duft umgeben, die den Anschein machte, gerade wieder gehen zu wollen.

„Da sind Sie ja! Ich befürchtete schon, niemanden anzutreffen. Ich bin die Frau Schmitt und arbeite als Psychologin für den Verein Frauenglück. Wir beraten und betreuen Prostituierte."

Olga schloss die Tür auf. Christin und Julia schoben Frau Schmitt in die Wohnung.

„Nun schreien Sie das mal nicht im ganzen Treppenhaus rum! Was soll das?", fauchte Christin.

Sie gingen in die Küche. Olga machte Tee. Frau Schmitt setzte sich.

„Ja, wie gesagt", begann Frau Schmitt erneut, „wir beraten Prostituierte und helfen ihnen auszusteigen, damit sie wieder zurück ins normale Leben finden."

Christin nahm auf einem Küchenstuhl Platz. „Das ist mein normales Leben", sagte sie.

Julia wurde wieder kreideblass, sie musste sich setzen.

„Wer hat Ihnen unsere Adresse gegeben?", fragte Christin weiter.

„Na, wir haben da so unsere Quellen. Schließlich arbeiten wir auf diesem Gebiet."

„So, tun Sie das. Für alle Bürger gilt der Datenschutz, nur für uns nicht. Wollen Sie das damit sagen?"

„Nun seien Sie mal nicht so aggressiv, Christin! Ich will Ihnen helfen."

„Und woher kennen Sie meinen Namen?"

„Bitte, Christin, ich verstehe ja, dass Sie Angst haben. Aber genau von dieser Angst kann ich Sie befreien. Da gibt's Möglichkeiten und ich möchte Ihnen zeigen, welche das sind."

Olga stellte den Tee und Tassen auf den Tisch, nahm dann Platz. Frau Schmitt bedankte sich höflich.

„Wissen Sie, mir ist doch klar, dass ein Leben in ständiger Dissoziation zur Unsicherheit führt. Aber das kann sich wieder ändern. Sie können quasi in Ihre alte Haut zurück. Mehr noch, Sie können sich

darin wieder wohlfühlen, denn die jetzige Haut brauchen Sie dann nicht mehr."

„Was für 'n Ding? Disso..."

„Dissoziation. Eine Abspaltung, damit Sie den ständigen Verkehr mit den Männern überhaupt ertragen können. Sie spalten eine andere Christin von sich ab, eine, die mit den Männern schläft, ohne diese an sich heranzulassen."

„Ach, Sie waren auch mal Prostituierte?"

„Nein, war ich nicht. Aber ich arbeite mit Prostituierten."

Olga begann, den Tee in die Tassen zu gießen.

Frau Schmitt wirkte etwas sperrig in ihrem rosa Blazer. Und der Rock war viel zu eng beim Sitzen.

„Gut, dann wissen Sie ja auch, dass ich meine Arbeit gerne mache."

„Das ist doch keine Arbeit, Christin. Das ist Gewalt, die Sie über sich ergehen lassen, weil Ihnen schon in Ihrer Kindheit sexuelle Gewalt angetan wurde. Verstehen Sie? Alle Frauen in diesem Gewerbe berichten davon, dass sie als Kinder solche Gewalt ertragen mussten."

Julia haute mit der flachen Hand auf den Tisch.

„Das ist doch Blödsinn! Mir hat keiner sexuelle Gewalt in der Kindheit angetan. Es war gar keiner da, der das hätte tun können."

Frau Schmitt erschrak. Sie äugte unruhig durch die Küche hin und her.

„Muss ich aber auch sagen, Frau Schmitt", pflichtete Olga bei, „ich kenne keine Gewalt aus meiner Kindheit."

„Ich auch nicht", schloss sich Christin an.

Frau Schmitts Lippen waren zittrig. Unsicher. Und doch richtete sie sich kerzengerade auf und erklärte: „Prostitution ist eine der perfidesten Gewaltformen, die es überhaupt gibt. Sie kommt der Sklaverei, ja, dem Menschenhandel, der Kinderarbeit, der Todesstrafe gleich."

Olga konnte sich das Lächeln nicht verkneifen. Es war wieder so ein echtes Lächeln. Sie lugte verschmitzt hinter ihrer Teetasse hervor.

„Aber, Frau Schmitt. Es ist ja richtig, dass beim Sex auch Gewalt mit im Spiel ist. Das kennen wir bereits aus dem Tierreich, wenn die Männchen um ein Weibchen kämpfen. Prostitution wurde übrigens auch unter den Affen nachgewiesen. Weibchen, die sich eigentlich nur mit dem Alfa-Männchen hätten paaren dürfen, ließen sich von anderen Männchen Früchte bringen, um sie dafür machen zu lassen. Was bei den Affen jedoch nicht nachgewiesen wurde, sind Sklaverei, Affenhandel, Kinderarbeit und Todesstrafe. Erst die Prostitution bei uns Menschen zeigt ganz deutlich die patriarchale Realität, in der wir leben, wo die Männer das Sagen haben und wir Frauen unterdrückt sind."

„Aber daraus können wir uns befreien", wurde Frau Schmitt laut, „es sind die kapitalistischen Machtstrukturen, die den Sexismus erst möglich machen. Der Mammon, das Geld. Ist es etwa keine Gewalt, wenn sich eine Frau prostituieren muss, weil sie Geld zum Überleben braucht?"

„Nein", antwortete Olga ruhig, „es ist nicht der Kapitalismus, es ist der Mann."

Sie rückte ihren Stuhl näher an Frau Schmitt heran. „Ich komme aus dem Osten, aus Tschechien."

„Ach, wirklich? Das wusste ich nicht." Frau Schmitt war überrascht.

„Tja. Nicht gut genug geschnüffelt", warf Christin ein.

Olga blickte kurz zu Christin hinüber und fuhr fort: „Bei uns gab es doch gar keinen Kapitalismus. Naja, bis '89 jedenfalls. Bei uns hatten wir den Sozialismus."

„Sind Sie dafür nicht ein bisschen zu jung, um da mitreden zu können?", fragte Frau Schmitt schnippisch.

„Ja, sicher, aber ich habe Eltern, Verwandte und Freunde. In der Tschechoslowakei war die Prostitution verboten. Es gab weder Pornofilme noch Sexheftchen. Und die Kronen, also unser Geld, waren nichts wert. Keine harte Währung, wie man heute sagen würde. Und, was denken Sie? Glauben Sie wirklich, dass deshalb die Männer besser waren? Dass sie nicht genauso versucht haben, an Sex zu kommen, wie sie das im Kapitalismus tun? Natürlich haben sie das gemacht, auch ohne Geld und trotz Verbot.

Ja, die Mittel waren andere: Eine höhere Stufe auf der Karriereleiter, eine bessere Anstellung, eine teure Uhr, ein schickes Kleid. Und es gab immer Frauen, die da mitgemacht haben. Immer, Frau Schmitt!"

Stille im Raum. Julia noch immer blass im Gesicht.

„In Schweden ist die Prostitution seit 1999 verboten. Und das Verbot zeigt Wirkung. Die Männer werden bestraft, wenn sie dabei erwischt werden, Sex kaufen zu wollen."

„Ach, die Männer, Frau Schmitt", wurde Olga deutlich, „die bestimmen doch selber, wo es langgeht, und niemand sonst. Die setzen sich in die Fähren und fallen zu Hauf über die dänischen Bordelle her. Wo bitte schön ist da das Problem der Prostitution gelöst?"

Frau Schmitt schwieg. Ihre kurzen braunen Haare waren wie bei einem Jungen geschnitten und ihre braunen Augen wirkten traurig.

„Sie wollen mir doch nicht allen Ernstes erzählen, dass Prostitution etwas Normales ist. Das ist doch Humbug!"

„Nein, kein Humbug", antwortete Julia mit monotoner Stimme, als spräche sie zu sich selbst. „Es ist eine Sache der Betrachtung."

„Wie bitte?"

„Wenn Sie die Prostitution kriminalisieren, bestrafen Sie damit doch nicht die Männer, sondern uns Frauen. Haben Sie das schon mal so gesehen?"

Frau Schmitt schien sprachlos. „Wie kommen Sie auf diesen Quatsch, Julia? Ich will Ihnen helfen und Sie nicht bestrafen."

Julia bekam wieder Farbe im Gesicht.

„Ich fände es viel klüger, unser Gewerbe in die Normalität zu holen, statt es zu kriminalisieren. Dass Männer Sex kaufen wollen und dass es Frauen gibt, die sich kaufen lassen, werden Sie sowieso nicht verhindern, mit keinem Verbot der Welt nicht. Also schaffen Sie ordentliche Bedingungen, dass wir arbeiten können, ohne stigmatisiert zu werden. Erst dann helfen Sie uns Frauen wirklich. Andernfalls drängen Sie uns nur in die Illegalität, wo wir schutzlos sind. Also, Frau Schmitt, die Normalität ist die Lösung, nicht das Verbot."

Frau Schmitt starrte Julia an, als könne sie nicht glauben, was sie gerade gehört hatte.

„Die Frauen brauchen keine Prostitution, um leben zu können, Julia, verstehen Sie das doch! Und Sie, Sie brauchen das auch nicht."

Mit ungewohnt strengem Blick antwortete Olga an ihrer statt: „Aber die Männer brauchen sie, aus welchen Gründen auch immer. Behinderte Männer zum Beispiel, Schüchterne, Einsiedler. Oder Männer, die keine Machos spielen können, weil sie nicht gut genug aussehen. Alle diese Männer, denen eben keine Frauen hinterherlaufen."

Ihre Augen wirkten wie Sehschlitze. „Ich für meinen Teil habe mich auf Behinderte spezialisiert."

„Auf Behinderte?"

„Stellen Sie sich das mal vor!"

Frau Schmitt machte einen angewiderten Eindruck.

„Na gut, aber auch da lässt sich etwas finden. Es gibt heute schon viele technische Mittel zur Ersatzbefriedigung."

„Technische Mittel zur Ersatzbefriedigung?", wiederholte Olga langsam. „Das ist ja sehr human gedacht. Frau Schmitt, Sie sind wirklich keine Hilfe!"

„Na, super! Sie entscheiden also nicht nur über unsere Körper", wurde Christin jetzt laut, „Sie entscheiden über die der Männer gleich noch mit."

Sie stand auf und beugte sich über den Tisch Frau Schmitt entgegen. „Was bilden Sie sich eigentlich ein, wer Sie sind?", schrie sie aus vollem Halse. „Warum darf ich nicht mitreden? Es ist mein Körper, über den Sie entscheiden. Warum tun Sie das? Mit welchem Recht? Nur weil Sie eine ungebumste Jungfer sind? Wir können nichts dafür, dass Sie mit den Männern nicht klarkommen."

„Nicht in diesem Ton mit mir!", versuchte auch Frau Schmitt laut zu werden. Ihre Lippen zitterten. Sie wirkte ängstlich.

Christin ging auf Frau Schmitt zu, schnappte sie am Blazer und zerrte sie vom Stuhl hoch.

„Hauen Sie endlich ab, verschwinden Sie und lassen Sie sich hier nie wieder blicken!"

Sie schubste Frau Schmitt in Richtung Tür, ihr Blazer gab nach und riss an den Schultern ein.

Olga stürmte dazu.

„Hey, Christin, es ist gut jetzt! Schluss jetzt!"

Sie stellte sich zwischen die zwei.

Julia war wieder weiß im Gesicht, sie starrte vor sich hin, in ihren Augen erste Tränen.

Olga schob Frau Schmitt in den Flur hinaus und schloss die Tür hinter sich. Frau Schmitt machte sich von Olga frei und rannte zum Eingang. Die Eingangstür ließ sie offen.

Christin war außer sich. Sie lief beständig zwischen Tisch und Fenster hin und her.

„Was sich diese doofe Trulla einbildet! Kommt hier her, um über meinen Körper zu bestimmen! Diese blöde Fotze hat sie wohl nicht mehr alle!"

„Nun beruhige dich wieder! Hey, krieg dich wieder ein!", versuchte Olga, sie zu beruhigen.

„Und du, Julia, hör endlich auf zu heulen!", brüllte Christin.

Im Rosalie herrschte mal wieder dicke Luft. Gisela war sauer auf Kalle. Nein, um Sex ging es diesmal nicht, aber um Drogen, und damit hatte er gegen Giselas Prinzipien verstoßen.

Er hatte einer jungen Frau angeboten, sich im Rosalie vorzustellen, als die gerade versuchte, auf eigene Faust auf der Straße anzuschaffen. Ihm war der Ernst der Lage sofort klar gewesen, denn mit den Zuhältern, die den Straßenstrich unter sich aufteilten, war nicht zu spaßen. Ein eigenständiges Arbeiten war da nicht möglich.

Nun gut, ein feines Auge hatte der Kalle jedenfalls, denn die junge Frau war bildschön und wäre somit eine echte Bereicherung fürs Rosalie gewesen. Nur, dass sie auf Droge war, und in diesem Punkt kannte die Chefin kein Erbarmen. Im Rosalie war ja nicht mal das Rauchen erlaubt.

Nein, in solchen Dingen ließ sich mit Gisela nicht diskutieren. Sie musste ihren Laden sauber halten, koste es, was es wolle. Schließlich wäre das Rosalie ein Edelbordell und nicht der Straßenstrich, meinte sie entschlossen, fast kaltherzig.

Gewiss, auch Gisela setzte sich für die Frauen ein, wo sie nur konnte, besonders dann, wenn Zwang mit von der Partie war. Dennoch mussten ihre Prinzipien eingehalten werden. So sehr die junge Frau auch beteuerte, jederzeit mit den Drogen aufhören zu können, so hatte sie doch keine Chance. Sie musste das Rosalie wieder verlassen, bevor sie es richtig betreten hatte.

Christin hatte so ihre Probleme, mit den Prinzipien der Chefin klarzukommen. Sie wusste nicht, was dahintersteckte. War Gisela ein herzensguter Mensch, weil sie sich für die Rechte der Frauen einsetzte, oder war sie eine knallharte Geschäftsfrau, der es nur ums Geld ging?

Immer wieder heuerte sie in den Semesterferien junge Studentinnen an. Und immer wieder hatte sie Erfolg damit. Dabei hatte doch Frau Schmitt ein Plädoyer gehalten, dass sich keine Frau freiwillig prostituieren würde. Die Studentinnen jedenfalls taten es und sie waren wild entschlossen, sich etwas zum BAföG dazuzuverdienen. Von wegen nicht freiwillig. Im Gegenteil. Sie machten sich einen Spaß daraus, mit ihren Reizen alle anderen Frauen auszustechen. Es war eher ein Spiel, ein freundschaftlicher Wettstreit, bei dem es weder um Sex noch um Männer ging, sondern um das Auskosten der Überlegenheit jugendlicher Schönheit.

Gisela förderte das Ganze auch noch, indem sie den Studentinnen extra Boni zahlte. Was natürlich dazu führte, dass sich die regulären Frauen zurückgesetzt fühlten. Doch das war ihr egal, denn das Ganze lockte neue Männer, also noch mehr Kunden an.

Zum Ende der Ferien stellte die Chefin jegliche Bevorzugung der Studentinnen ein. Sie wollte sie loswerden, denn einige kamen auf die Idee, sich dem einen oder anderen älteren Herren privat zu nähern, um eine intime Freundschaft aufzubauen, mit dem Ziel, sich auf diese Weise das Studium finanzieren zu lassen. Das wiederum war nicht in Giselas Sinne. Sie wollte neue Kunden locken und keinen Service für die Suche nach einem Sugardaddy aufbauen.

Die ersten Blätter fielen von den Bäumen. Der Kollwitzplatz bedeckt mit gelbem Laub. Ein langer, heißer Sommer ging zu Ende. Julia saß auf einer Bank und ließ sich die wärmenden Strahlen der

Nachmittagssonne ins Gesicht scheinen. Alles schien so ruhig, so friedlich.

Auch wenn das Zusammentreffen mit der Psychologin schon einige Wochen zurücklag, so richtig verschwinden wollte diese Geschichte aus ihrem Kopf nicht. Sicher, die Frau hatte keinen blassen Schimmer gehabt, aber dass dieser Job psychisch belastend war, stimmte schon.

Wovon sie sich wirklich überfordert fühlte, das waren all die Menschen um sie herum. Menschen, von denen sie sich beobachtet glaubte, aus Angst, man sehe ihr an, womit sie ihr Geld verdiente. Von den Männern begehrt zu werden, um gleichzeitig als Hure ausgestoßen zu sein, war für sie ein unlösbarer Widerspruch, der sie fertig machte.

Sie lebe nun mal in einer Gesellschaft, die den Schein der guten Moral um jeden Preis wahrte. Eine Ausnahme kam nicht infrage, jedenfalls solange nicht, wie sich ein jeder mit viel Geld und Macht von der Moral freikaufen konnte.

Einbildung war das nicht. Christins Vater war vor ein paar Tagen wieder zum Kaffee zu Besuch gewesen, natürlich unangemeldet. Wieder war alles eine einzige Lügerei gewesen, ständig die Angst im Nacken, sich zu verraten. Selbst der Typ aus der Bäckerei war ihr ein weiteres Mal über den Weg gelaufen. Nur war es diesmal nicht gutgegangen, er hatte sie erkannt, was ihm sichtlich unangenehm gewesen war. Julia aber war freundlich geblieben, hatte ihm zugenickt und angelächelt. Doch er hatte aggressiv reagiert, wie ein in die Enge getriebenes Tier.

„Was sehen Sie mich so an? Ich glaube nicht, dass wir uns kennen", fauchte er mit unterdrückter Stimme. „Außerdem gehört sich so etwas nicht. Überlegen Sie doch mal, was Sie da machen. Sie sind 'ne Nutte und ich bin ein nicht ganz unbekannter Mann. Wenn

uns hier einer sieht, meine ganze Kariere wäre im Arsch. So eine Scheiße aber auch! Das stünde morgen in der Zeitung."

Er war außer sich gewesen vor Wut. Julia hatte das Herz in den Schläfen gepocht. Sie hatte sich wie Müll gefühlt, wie ein weggeworfenes Ding, das gut zu benutzen gewesen war, um es anschließend loszuwerden, weil nur noch lästig und hinderlich. Dabei hatte sie den Mann gut in Erinnerung. Er war lieb und zärtlich zu ihr gewesen, hatte sich gefreut, in ihren Armen zu liegen, und den Sex in vollen Zügen genossen.

„Julia", brüllte es über den Kollwitzplatz und riss sie aus ihren trüben Gedanken.

Christin und Olga eilten zu ihr.

„Da bist du ja endlich. Wir haben dich schon überall gesucht." Christin war völlig außer Atem. „Eh, wir müssen los, die Arbeit wartet. Ist was mit dir?"

Julia blickte die beiden an.

„Ich steige aus", sagte sie entschlossen

„Was?"

„Ich steige aus. Hab' heute Vormittag schon mit Gisela darüber gesprochen."

„Sag' mal, spinnst du? Das kannst du doch nicht machen!" Christin war sprachlos.

„Doch kann ich. Die Chefin hat nichts dagegen. Sie hat's ganz gelassen gesehen. Morgen soll ich noch mal kommen, damit wir den Papierkram erledigen können. Ihr wisst ja, wie eigen sie in diesem Punkt ist."

Christin und Olga blickten sich überrascht an.

„Und wie willst du deine Miete bezahlen? Wovon willst du leben?", fragte Christin. „Wir füttern dich nicht mit durch."

Julia senkte den Blick.

„Niemand braucht mich durchzufüttern. Gisela will auch darüber mit mir sprechen. Ich finde eine andere Arbeit, versprochen."

Olga setzte sich zu Julia auf die Bank.

„Und warum willst du aufhören?", fragte sie besorgt.

„Weil ich diese Heimlichtuerei nicht mehr aushalte. Ein Leben in ständiger Angst. Immer dieses Gefühl aufzufliegen, erwischt zu werden, als Nutte abgestempelt zu sein. Keiner, der dich dann noch mit dem Arsch anguckt. Die Männer verlieren allen Respekt, glauben, dass ein jeder mich ficken könnte, wenn ihm danach sei. Für die bin ich immer eine Hure, eine, mit der man das machen kann, die das braucht. Was ist das für ein Leben, Olga?"

Auch Christin setzte sich jetzt dazu.

„Du darfst dir nicht immer solche Gedanken machen, Julia. Das macht einen ja irre. Warum sollte es auffliegen? Es ist drei Jahre lang nicht aufgeflogen. Schließlich steht es dir nicht auf der Stirn geschrieben. Selbst wenn der eine oder andere was mitkriegt, na und? Es steht doch nicht in der Zeitung oder wird im Fernsehen gezeigt. Mensch, Julia! Berlin hat vier Millionen Einwohner. Kein Schwein interessiert es, ob du eine Nutte bist, oder nicht. Außer dem bist du gar keine Nutte, sondern eine Edelprostituierte. Das ist ein Unterschied!"

Julia sah ihr direkt in die Augen.

„Doch, Christin, ein Schwein interessiert es – mich!"

„Hey, Julia, wir kennen uns nun schon so lange. Wir sind doch Freundinnen, haben das Ganze hier zusammen aufgebaut. Es ist wie eine Ersatzfamilie. Willst du das alles jetzt kaputt machen, nur weil die Männer so sind, wie sie sind? Du wirst sie nicht ändern und die Gesellschaft mit ihrer Heuchelei ändert sie auch nicht. Deshalb musst du doch nicht dein Leben zerstören. Du musst dich nicht anpassen, werden, wie sie dich haben wollen. Ihre moralischen Werte sind aus der Steinzeit und drei Steine weiter, die ha-

ben den Wert einer Frau noch gar nicht erkannt. Für die sind wir nur zum Kinderkriegen da und gehören an den Herd. Mensch, was die über Sexarbeit sagen, kann dir scheißegal sein. Männer, die sich anmaßen, darüber zu entscheiden, was zwischen unseren Beinen zu passieren hat! Willst du dich wirklich von denen einschüchtern lassen? Wir sind doch ein Team, wir drei, wir brauchen einander, sind stark und lassen uns nichts gefallen. Komm, Julia, bitte! Du kannst uns nicht allein lassen."

Doch Julia blieb standhaft. „Nein, Christin, ich kann das nicht mehr. Es geht nicht."

„Ach, lass' die doch." Christin stand auf. „Wir müssen jetzt los."

Olga legte einen Arm um Julias Schulter und drückte ihr einen Kuss auf die Stirn. Dann gingen sie und Christin zur U-Bahn.

Das Gespräch mit der Chefin am nächsten Tag lief ungewöhnlich sachlich ab. Julia war auch im Rosalie Julia. Eine Rosita gab es nicht mehr.

Dabei hatte sie erwartet, dass Gisela versuchen würde, sie zu halten. Die ganze Nacht hatte sie sich Gedanken gemacht, was sie ihr darauf antworten sollte. Aber das tat Gisela nicht. Im Gegenteil. Wer an der Sache zweifle, würde halbherzig arbeiten, meinte sie. Und Halbherzigkeit könne sie nicht gebrauchen. Sie ließ sich Julias Unterlagen zur selbstständigen Arbeit zeigen und bestätigte, dass alles ordentlich ausgefüllt sei.

Natürlich hatte Julia damals beim Gewerbeamt eine andere Tätigkeit angemeldet: Eventmanagerin. Das konnte alles sein. Was von ihr mit Bedacht gewählt worden war, hatte es doch schon dort mit der Heimlichtuerei begonnen. Nun hatte sie die Möglichkeit, sich eine neue Selbständigkeit zu suchen oder zum Jobcenter zu gehen, ohne die Arbeit im Rosalie erwähnen zu müssen.

Und Julia sagte zum Abschluss: „Genau darin sehe ich den Grund für meine Halbherzigkeit. Solange ich in einer Gesellschaft lebe, wo Sexarbeit entrechtet wird, ist es für mich mehr Schande als Recht – eine Schande, die die Frauen zu tragen haben, und ein Recht, das eineinhalb Millionen Männer tagtäglich in Deutschland für sich in Anspruch nehmen."

Zwischen Christin und Julia herrschte fortan Eiszeit. Olga versuchte zu vermitteln, doch eine Versöhnung der zwei schien unmöglich zu sein.

Für Christin war Julia eine Versagerin, ja, eine Verräterin.

Julia hingegen ging es gut mit ihrer Entscheidung. Sie konnte wieder lachen, war redselig, freute sich. Sie kümmerte sich um den Haushalt, kochte und backte. Und sie ging tatsächlich zum Jobcenter. Alles lief ohne Probleme, keine Fragen zur Vergangenheit, keine Heimlichtuerei. Sie bekam eine Umschulung von Eventmanagerin zur Einzelhandelskauffrau angeboten und nahm an. Nun ja, anstrengend war es für sie schon, wieder die Schulbank zu drücken, und die Sache mit dem Geld war auch nicht doll. Zwar konnte sie ihren Mietanteil bezahlen und lag den anderen nicht auf der Tasche, aber der Verdienst im Rosalie war doch ein anderer gewesen.

Und noch etwas passierte: Da gab es einen jungen Mann in ihrer Klasse, der ihr gefiel. Julia fühlte sich wie ausgegraben, als wäre etwas von ihr verschüttet gewesen. Ein seltsames Gefühl! Ein Mann, der ein Mann war und kein Objekt zum Geld verdienen. Was sie jedoch unsicher werden ließ. Ihr war, als hätte sie etwas verlernt, das sie früher einmal gekonnt hatte: Ein Leben führen, wo das Geld nicht im Mittelpunkt stand. Im Rosalie hatte das Finanzielle die Beziehungen zu den Männern klar geregelt, doch diese Regeln galten jetzt nicht mehr.

Er hieß Benni und war nicht viel größer als sie. Er hatte ein niedliches Lächeln, das Grübchen in seine Wangen machte. Immer, wenn Julia dieses Lächeln sah, musste sie zu Boden blicken, obwohl sie eigentlich hingucken wollte, in die schönen braunen Augen mit dem braunen Lockenkopf dazu. Aber sie konnte nichts dagegen tun. Es passierte einfach, ihr Blick ging zu Boden.

Das war ihr unheimlich, glaubte sie doch, alle Männer nach ihrem Willen lenken zu können. Etwas, das sie über die Jahre hinweg gelernt, ja, regelrecht studiert hatte. Es hatte sie überlegen und unangreifbar gemacht. Nun schien das alles verflogen zu sein.

Benni hatte eine charmante Art, etwas Zuvorkommendes und Hilfsbereites. Außerdem erzählte er viel und gerne. Seine Geschichten waren fröhlich und heiterten die ganze Klasse auf. Ganz egal, ob sie nun stimmten oder nicht, sie kamen bei allen gut an.

Mochte der Schulstress auch nervig sein, die Freude auf Benni machte Julia das Lernen leichter. Mehr noch, sie wollte ihm gefallen, aber auf eine ganze andere Art, als sie es vom Rosalie her kannte. Julia konnte mehr als ficken, und das wollte sie sich beweisen.

Diesmal kamen sie zu dritt ins Rosalie: Der strenge Mann vom Finanzamt mit seinem militärischen Haarschnitt, der gar nicht vom Finanzamt war, wie alle geglaubt hatten, sondern von der Steuerfahndung. Außerdem ein großer, dicker Kollege und eine unscheinbare Frau mit einem Allerweltsgesicht, die sich sichtlich unwohl fühlte. Sie hatten sich sogar einen Namen gegeben, Aktionsgruppe Rotlicht, und waren quasi die Polizei der Finanzverwaltung. Dementsprechend spielten sie sich auf.

Die Chefin hatte recht behalten, der Stein war ins Rollen geraten. Die drei warfen ihr Betrug vor, denn nicht das Rosalie als Betrieb, sondern jede einzelne der Frauen hätte die Umsatzsteuer für den

gesamten, von den Freiern erhaltenen Betrag entrichten müssen. Damit bezichtigten sie auch alle Mädchen der Steuerlüge.

„Ja, meine Damen, es ist eine Tatsache, dass jede von Ihnen mehr als die erlaubten siebzehntausendfünfhundert Euro Umsatz im Jahr macht", begann der Dicke. „Und wir werden das beweisen."

Er prangerte das Ganze mit einer kalten Härte an, als hätte er Straftäterinnen vor sich, die eingesperrt gehörten. Nur, dass keines der Mädchen erahnte, was für ein Unheil auf sie herabbrechen würde. So standen sie ratlos herum und wussten nicht, was sie Falsches getan hatten.

„Was gucken Sie so unschuldig?", fragte der Dicke. „Unwissenheit schützt vor Strafe nicht." Er konnte sich das Grienen nicht verkneifen. „Das Rosalie muss ohnehin geschlossen werden. Denn Steuerhinterziehung ist eine schwere Straftat."

Die unscheinbare Frau stand zwischen den beiden und nickte, sagte aber keinen Ton. Sie wirkte blass, als wäre ihr schlecht vom Angewidertsein.

Gisela nahm die Brille ab. Ihr Gesicht lag wieder in dicken Falten.

„Das sind viel zu viele Steuern, die Mädchen können das niemals bezahlen. Und der Staat weiß das."

„Oh, doch, meine Liebe", versicherte der Dicke, auf dass er vor Überlegenheit zu platzen drohte. „Und mehr noch: Er kann sogar für die letzten drei Jahre eine Nachzahlung der Steuer verlangen – und wird das auch tun."

Er kam einige Schritte auf die Chefin zu. Das Grienen war ihm vergangen.

„Anständige Menschen müssen auch ihre Steuern bezahlen. Also warum sollte Vater Staat bei solchen wie euch eine Ausnahme machen, warum?"

„Weil auch wir anständige Menschen sind."

„Ach – seid ihr?"

„Ja, sind wir."

Christin sah zu Olga hinüber, dann zu Janett. Sie fühlte sich plötzlich unwohl und hatte Angst. Sie spürte wieder diese Unruhe, die in ihr gewesen war, nachdem sie den feinen Herren angesprochen hatte. Was wollten diese Männer von ihr? Und warum sollte wegen der Steuer das Rosalie geschlossen werden? Das machte doch alles keinen Sinn. Die Steuererklärungen hatte Christin eh noch nie für voll genommen. Sie waren ihr viel zu unverständlich, zu bürokratisch und lästig.

Die AG Rotlicht aber ließ sich auf keine Diskussionen mit der Chefin ein. Sie schritt zur Tat und stürmte das Büro. Anders als sein Kollege war das Fragen nicht die Sache des Dicken. Die Steuerfahndung arbeitete mit ihren eigenen Mitteln, hatte ganz andere Befugnisse. Er wühlte mehr, als dass er suchte. Ordnung und Vorsicht kannte er dabei keine, mehr noch, er schien demonstrieren zu wollen, dass er sie nicht nötig habe.

Als Gisela ihm das Passwort für den Laptop nicht nennen wollte, riss er kurzerhand die Kabel heraus und ließ den Laptop in seiner Aktentasche verschwinden. Gisela war fassungslos. Lela und Maya standen neben ihr, knallrot im Gesicht.

Dann machte er sich an die Schränke. Er wühlte und wühlte. Ordner krachten zu Boden. Ansonsten war es totenstill im Raum. Nur ab und zu zischte ein Wort über die Lippen des Dicken: „Beschlagnahmt!" Der Mann mit dem militärischen Haarschnitt stand artig neben ihm. Mit deutscher Gründlichkeit trug er alle beschlagnahmten Dinge in eine Liste ein.

Maya blickte erst zur Chefin, dann zu Lela. Sie konnte sich ein Lächeln nicht verkneifen. Die beiden schienen verstanden zu haben, der Dicke suchte am falschen Ort. Die interne Abrechnung war dort nicht zu finden.

Schließlich musste Gisela die Liste unterschreiben. Diskutiert wurde dabei nicht mehr und einen zufriedenen Eindruck machte die AG Rotlicht auch keinen, aber die Zeichen für die Zukunft waren gesetzt.

Ohne Ergebnis schritten sie schließlich durch die Lounge dem Ausgang entgegen. Die Frau blieb weiterhin unscheinbar.

„Oh Mann, die Olle ist ja sowas von ungeöffnet, sexuell frustriert, bis der Arzt kommt", flüsterte Christin vor sich hin.

Sie ging zu Olga und Janett hinüber. „Was war das für eine Aktion?" fragte sie.

„Keine Ahnung", antwortete Olga, „ich komme mir vor, als hätte ich ein Verbrechen begangen. Dabei hatte ich im Leben noch nie etwas mit der Polizei zu tun gehabt. Aber seitdem ich im Rosalie arbeite, ist das jetzt schon zum zweiten Mal passiert. Erst die Razzia und nun das hier. Und ich dachte, dass diese Arbeit eine ganz legale Sache ist, weil von Staats wegen erlaubt."

„Ja, von Staats wegen erlaubt und von Staats wegen gehasst", sagte Janett.

Olga schüttelte den Kopf.

„Aber warum denn? Das ist doch unlogisch. Wir bringen dem Staat einen Haufen Steuern ein und gleichzeitig will er uns über die Steuer kaputtmachen?" Ihre Augen waren wieder Sehschlitze. „Der sollte uns dankbar sein, wegen der vielen Männergewalt, die wir von den Straßen nehmen und dass wir vielen Männern etwas geben, was sie sonst nie kriegen würden."

Janett nahm auf einem Barhocker Platz und meinte: „Ich habe es schon nach der Razzia gesagt, vielleicht sind es gar nicht die Männer, die gegen uns sind. Habt ihr schon mal an die Frauen gedacht?"

Christin und Olga setzten sich neben sie.

„Wisst ihr, ich bin ja verheiratet, und wenn ich daran denke, dass mit Abstand die meisten Männer, die ins Rosalie kommen, verheiratet sind, so habe ich schon oft gedacht, wie ich selbst darauf reagieren würde. Wenn mein Mann das täte, wäre ich unendlich gekränkt. Und das geht anderen verheirateten Frauen bestimmt genauso."

„Hallo!" Olga stutzte. „Du machst es doch selber."

„Ich weiß. Ein krasser Widerspruch, nicht wahr? Aber das betrifft nicht nur die Ehemänner, sondern auch die anderen. Kommen Singles zu uns, bemühen sie sich weniger, eine Freundin zu finden. In all diesen Fällen haben die Frauen das Nachsehen und dafür hassen sie uns."

Christin nickte. „Klingt logisch. Andererseits, die Politik und die ganze Steuerscheiße wird doch von den Männern gemacht."

„Quatsch! Hinter jedem Politiker und jedem Steuerfuzzi steht auch eine Frau."

„Ich weiß nicht", schaltete sich Olga ein, „Frauen gehen doch nicht auf Frauen los."

Janett richtete sich auf. „Hast du 'ne Ahnung. Was meinst du, was Frauen alles anstellen, wenn es um Männer geht."

Christin nickte wieder. „Ich weiß nicht, ich habe kein gutes Gefühl. Immer, wenn ich etwas nicht verstehe, bekomme ich so eine innere Unruhe, und jetzt bin ich unruhig. Das mit den Steuern habe ich noch nie verstanden. Ich will doch nur ordentlich Geld verdienen, mehr nicht. Wenn die jetzt weiter die Steuern erhöhen, kann ich auch irgendwo putzen gehen. Wo ist da der Unterschied?"

„Hey, Mädels", schallte Giselas Stimme zu ihnen herüber, „der nächste Kunde ist da."

Skepsis lag fortan über dem Rosalie. Die Stammkunden einmal ausgenommen, war jeder fremde Freier ein vermeintlicher Spion. Der Boxer hatte es vorgemacht und der AG Rotlicht trauten die

Mädchen noch ganz andere Sachen zu. Das Misstrauen wurde unerträglich und die Stimmung bei der Arbeit konnte tiefer nicht sein. Es ging bis zum Hass. Ein Hass auf jene, die das Rosalie für sich nutzten, um es gleichzeitig vernichten zu wollen.

Übrigens waren selbst Finanzbeamte als Kunden dem Rosalie nicht fremd. Was die Chefin bisher verschwiegen hatte. Denn sie hatte sich zum Wohle der Mädchen tatsächlich mit einem Finanzbeamten getroffen, so, wie es alle vermutet hatten. Nur eben, dass es kein offizielles Treffen gewesen war, sondern ein Arrangement mit einem Kunden. Dafür war Gisela ja bekannt: Sie zog ihre Strippen überall, ob Polizei, Justiz oder Finanzapparat. Überall dort arbeiteten beflissene Beamte, die doch auch nur Männer waren.

Franz Josef stand in der Lounge und verlangte nach Christin. Aber etwas war ungewöhnlich, er trug keine Polizeiuniform unter seinem Mantel. Und er wirkte so ernst, machte einen dienstlichen Eindruck. Er ging zur Bar, ließ sich ein Bier geben und meinte in die Runde, dass die LKA-Razzia Straßengespräch in ganz Kreuzberg wäre.

„Habe ich euch doch gesagt." Gisela nahm wieder ihre Brille ab. „Das, und nur das, war Sinn und Zweck dieser ganzen Aktion. Sie wollen die Leute gegen uns aufbringen. Am besten die ganze Stadt."

„Stellt euch mal vor, ich wäre hier gewesen. Dann säße ich jetzt auf der Straße. Aber sowas von, das glaubt ihr nicht."

„Du bist aber nicht hier gewesen", beruhigte ihn Christin, die gerade vom Flur in die Lounge kam. „Außerdem hast du nichts Verbotenes getan. Wo steht geschrieben, dass Polizeibeamte in ihrer Freizeit nicht ins Bordell gehen dürfen?"

„Nein, geschrieben steht das nirgends, aber ich kenne meinen Alten. Der wäre sowas von ausgerastet, das glaubt ihr nicht."

„Ach, mein lieber Bayer, stell dich nicht so an! Es ist doch alles gut gegangen, es sollte einfach so sein."

Christin hakte sich bei Franz Josef ein, streichelte ihm das Gesicht und gab ihm einen Kuss auf die Wange.

„Nun komm, mein Brummbär, lass uns aufs Zimmer gehen."

„Und wenn wir's künftig anders machen?"

„Wie anders?"

„Na, wenn du zu mir kommst, statt ich zu dir? Das wäre sowas von schön, das glaubst du nicht."

Ein lauter Knall! Die ganze Bar zitterte. Die Chefin hatte mit der flachen Hand auf den Tresen geschlagen. Sie hatte Mühe, sich zu beherrschen.

„Nee, nee, mein Lieber, das gibt's aber nicht. Die Mädchen arbeiten hier im Rosalie und nirgends sonst. Und sollte auch nur eine von euch auf die Idee kommen, fliegt sie raus. Dass das mal klar ist!"

Franz Josef winkte erschrocken ab. Er wirkte, als bräche eine Welt für ihn zusammen.

„Lass doch, Bärchen, hier ist es auch schön", hauchte ihm Christin ins Ohr.

Franz Josef hielt den Kopf gesenkt. „Nein, ich kann nicht. Es geht nicht."

Dann machte er sich frei, ging wortlos zur Tür und verschwand.

Gisela rang noch immer nach Beherrschung und schrie: „Scheiße! Scheiße!"

Es war, als zögen dunkle Wolken über dem Rosalie auf. Franz Josef hatte recht gehabt: Ob Zeitung oder Radio, ganz Berlin schien erst jetzt bemerkt zu haben, dass es ein Edelbordell in Kreuzberg gab, und fand es entsetzlich. Ein Relikt wie aus dem finsteren Mittelalter. Die Kommentatoren waren sich einig über die schlimmen Dinge, die dort passierten, mal ganz zu schweigen davon, dass die heutigen Männer so etwas gar nicht nötig hätten und schon überhaupt

nicht bräuchten in unserer zivilisierten Welt. Da würde einem der modrige Geruch des Untergrundes direkt in die Nase steigen. Es rieche förmlich nach Clankriminalität, nach Parallelgesellschaft und Mafia. Und dann erst die armen Mädchen, verschleppt, gezwungen und geschlagen. Alles voller Gewalt, soweit das Auge reiche. Die Politik wäre gefordert, ein Verbot die logische Konsequenz. Endlich!

Aber es gab auch andere Stimmen, auch wenn diese eher leise waren. Einige Zeitungen forderten zum genaueren Hinschauen auf, zum Nachdenken statt Draufhauen, meinten sogar, dass die Triebhaftigkeit des Mannes weder etwas mit dem Mittelalter noch der Moderne zu tun habe, ja, dass die Frauen nur in einem ordentlich geführten Bordell vor dem Untergrund und der Mafia sicher wären.

Gisela legte eine Zeitung auf den Tresen zurück. Dort lag schon ein ganzer Stapel anderer.

„Wisst ihr, was mich echt wundert?", sprach sie in die Lounge hinein. „Warum erst jetzt? Die Razzia ist schon Tage her. Vielleicht, dass es die Presse erst gar nicht interessiert hat, bis sie noch mal von anderer Stelle darauf aufmerksam gemacht wurde. Ich dachte schon, dass alles vorüber wäre. Und jetzt das!"

Es klingelte am Eingang. Lela öffnete. Die drei Schwestern aus dem benachbarten Pflegeheim stürmten hinein. Sie hatten Müllerchen dabei. Die eine redete sofort auf Gisela ein.

„Wissen Sie, ich finde das ja unmöglich, diese Schmierfinken aber auch. Würde mich nicht wundern, wenn die nach der Arbeit selber in den Puff gehen, um zu vögeln, bis das Rückenmark hinterherkommt."

Die anderen beiden Schwestern guckten verdutzt.

„Naja, ist doch so, oder? Die, die sich am meisten aufregen, sind oft selbst nicht besser. Des schlechten Gewissens wegen, also, ich

meine, sie reden am Tage schlecht, wovon sie in der Nacht nicht die Finger lassen können."

Olga kam und übernahm Müllerchen. Für einen kurzen Moment war Ruhe. Dann redete die Schwester weiter auf Gisela ein.

„Wobei ich gelesen habe, dass es gar nicht die Nacht ist, also, ich meine, dass die vollste Stunde die Mittagszeit ist. Das hat mich echt umgehauen, hätte ich doch gedacht, dass sich die Männer damit die Abende versüßen. Aber nein, sie gehen heimlich in den Puff, statt Mittag zu essen. Ist ja auch irgendwie klar. Wegen der fetten Eheringe an den Händen, würde sonst ja auffallen. Das ist erst mal eine Moral. Igitt, finden Sie nicht auch?"

Gisela musste lachen.

„Oh ja, da haben Sie richtig gelesen. Mittags ist es hier am vollsten."

„Na, das sind die Richtigen", schaltete sich eine der anderen Schwestern ein. „Und anschließend gehen sie zurück ins Büro, um einen Artikel gegen die Prostitution zu verfassen. Wie abscheulich ist das denn?"

Gisela nickte. Das Lachen war ihr vergangen.

„Ach, nun sein Sie mal nicht so traurig", meinte die dritte. „Das wird alles wieder ins Lot kommen, bald schon ist Gras über die Sache gewachsen." Die Schwester nahm Gisela in den Arm.

„Unser Müllerchen jedenfalls ist der glücklichste Mensch auf Erden, seitdem sich Olha um ihn kümmert."

Julia bekam von den dunklen Wolken nichts mit. Auch sie war jetzt ein glücklicher Mensch. Selbst wenn alles um sie herum so mühsam und schwer erschien, fühlte sie sich doch wohl in ihrer Haut. Mehr und mehr versuchte sie, sich Benni zu nähern. Und sie war erstaunt darüber, wie schwer das war. Im Rosalie hatte sie damit keine Probleme gehabt, aber dort hatte sich alles nur um Sex

gedreht und nicht um den Menschen. Eine völlig andere Sache, der sich Julia erst jetzt wirklich bewusst wurde. Das machte ihr ziemlich zu schaffen, ja, oft kam das Gefühl in ihr auf, sie hätte vielleicht nicht genug andere Qualitäten, außer ihren Körper, außer Sex.

Aber sie wehrte sich gegen diese Gedanken. Sie konnte kochen, sie konnte backen und sie hatte über Jahre hinweg einen eigenen Mandelstand geführt. Vor allem konnte sie lernen. Sie wollte in den Leistungen unbedingt besser sein, als es Benni war. Das würde ihn vielleicht reizen. Nur, dass dies schwer war. Denn Benni war gut.

Christin und Olga waren völlig überrascht. Alles hatten sie Julia zugetraut, aber dass sie eine Streberin war, konnten beide nicht fassen. Natürlich redete Julia nicht über die Sache mit Benni, warum auch, es war schließlich ihr Ding, und Christins Ratschläge wollte sie gar nicht erst hören. Die hatten ihr bisher nichts weiter als Unheil gebracht.

Dann endlich passierte es. Benni lud Julia ins Kino ein. Eigentlich hasste sie ja die Schminke und all das Glitzerzeug, aber jetzt stand sie doch vor dem Spiegel, bestimmt eine ganze Stunde lang. Vernünftige Klamotten zum Anziehen waren auch keine da, obwohl der ganze Schrank voll war, aber selbst die Schuhe wollten zu nichts passen.

Christin und Olga kamen aus dem Staunen nicht mehr heraus.

„Ich glaube, unsere Julia ist verliebt", meinte Olga schließlich.

„Quatsch!", war Christin sich sicher, „In wen sollte Julia verliebt sein?"

Nun aber war es geschafft. Julia verließ das Haus. Benni hatte sich auch fein zurechtgemacht. Ganz der Gentleman. Und wie gut er roch! Sie war verlegen. Sofort kam das Gefühl auf, nicht mithalten zu können.

Er bot ihr seinen Arm an und Julia hakte sich ein. Das fand sie schön. Sie gingen in Richtung Kino und Benni fragte: „Was macht man eigentlich so als Eventmanagerin?"

Julia wurde schlagartig heiß im Gesicht.

„Ach, naja, dieses und jenes. Da kommen die unterschiedlichsten Dinge zusammen: Rockkonzerte, Messen, Ausstellungen. Es geht um Mieträume, Hotelbuchungen, Catering und, und, und. Ganz schön stressig, das Ganze. Deshalb wollte ich da auch raus."

„Wow, Rockkonzerte!" Benni blieb kurz stehen. „Mit welchen Bands hattest du schon zu tun?"

Julias Gesicht glühte.

„Ach, große Namen waren das nicht. Eher die kleinen Sachen. Für die anderen sind ja die Agenturen da."

Jetzt war es Julia, die stehen blieb. „Aber bitte, Benni, lass uns nicht über die Arbeit reden! Ich dachte, wir sind auf dem Weg ins Kino."

Sie gingen weiter und Julia meinte noch: „Weißt du, es war der totale Stress für mich. Alles war so chaotisch. Man konnte sich auf nichts verlassen, hatte ständig die Angst im Nacken, dass etwas schiefgehen könnte. Nein, das war nichts für mich. Ich bin froh, da raus zu sein, und reden möchte ich nicht gern darüber. Ich will es vergessen."

Im Kino wurden gerade ausschließlich erfolgreiche Blockbuster der neunziger Jahre gezeigt und Benni hatte *Ein unmoralisches Angebot* mit Robert Redford und Demi Moore ausgewählt.

Julia kannte den Film nicht. Immerhin war er schon 1993 gedreht worden, da war sie noch ein Kind gewesen, das mit Puppen gespielt hatte. Aber das Thema fand sie überraschend aktuell, ging es doch um die Frage, ob man sich für Geld alles kaufen könne, selbst einen Menschen. Einen verheirateten Menschen, der für eine gemeinsame Nacht eine Million Dollar bekommen würde. Dass sich jegliche Arbeit bis zur Ausbeutung kaufen lassen konnte, wusste

Julia, auch Meinungen, Ansichten und Sex waren käuflich. Aber einen ganzen Menschen kaufen? Nein! Julia würde sich von nichts und niemandem kaufen lassen. Auch das wusste sie genau.

Das Wesen eines Menschen war in seinem Innern verhaftet. Es war unverkäuflich, ließ sich weder biegen noch brechen. Und dieses Wesen hatte nichts mit dem Körper oder einer Meinung zu tun. Auch nicht mit dem Alter und nicht mit Mann oder Frau. Es zu fassen war unmöglich, nur selten ließ es über die Augen einen Blick in sich hinein.

Benni nahm ihre Hand, die auf der Lehne lag. Das fühlte sich gut an, wie eine Erfüllung, weil sie darauf gewartet hatte. Sie drehte ihren Kopf und sah ihm in die Augen. Wie im Film, wie im Kino, dachte sie. Voll romantisch. Doch plötzlich bekam Julia Gänsehaut. Robert Redford erzählte gerade, dass ihm vor vielen Jahren in der U-Bahn ein Mädchen gegenübergesessen hätte, in einem Kleid bis oben hin zugeknöpft. Er wäre damals sehr schüchtern gewesen. Jedes Mal, wenn sie ihn ansah, hätte er woanders hingeblickt. Wenn er dann einmal so mutig wurde, um zu ihr hinüberzusehen, fiel ihr Blick zu Boden. Dann wäre seine Station gekommen und er hätte aussteigen müssen. Als der Zug wieder anfuhr, schenkte sie ihm ein unglaubliches Lächeln durchs Fenster. Er wäre am liebsten in den Wagen gesprungen und kehrte jeden Abend auf den Bahnsteig zurück, immer um die gleiche Zeit. Zwei Wochen lang. Aber er hätte sie nie wiedergesehen.

Diese Geschichte war so banal in ihrer Alltäglichkeit, dennoch rührte sie Julia zu Tränen, weil hier das Wesen des Menschen zu sehen war.

Auf dem Rückweg vom Kino gingen sie umschlungen wie ein Liebespaar. Zum Abschied küsste Benni sie, was ihr unangenehm war. Wie eine innere Barriere, die sie erst überwinden musste. Das Küs-

sen war im Rosalie nicht üblich gewesen, weil es als Übermittler von Gefühlen galt, die unerwünscht waren.

Später lag sie in ihrem Bett und dachte darüber nach, wann sie das letzte Mal einen Mann geküsst hatte. Sie konnte sich nicht daran erinnern.

Und noch etwas ließ sie nicht schlafen. Auch Bennis Frage nach ihrem Job war banal gewesen, eigentlich ohne Bedeutung. Aber noch immer glühte ihr Gesicht und sie wünschte sich nichts sehnlicher, als dass Benni nicht in ihr Wesen blicken konnte. Denn da war etwas, das dort nicht hingehörte. Nur eben, dass es da war – für immer.

Julia blieb dabei: Sie erzählte Christin und Olga nichts von Benni. Auch wenn beide die Sticheleien aus purer Neugierde nicht lassen konnten. Das Klima war so oder so frostig und Julia hatte weiß Gott andere Sorgen.

Eines Tages hämmerte es an der Wohnungstür. Davor stand die AG Rotlicht. Der Dicke hielt den Mädchen einen Durchsuchungsbefehl unter die Nasen. Er fackelte nicht lange und stürmte die Wohnungstür.

„Hey, nun mal ganz sachte, so geht das aber nicht", empörte sich Christin."

„Und wie das geht, junge Frau. Sie werden staunen!" In seinem Gesicht das typische Grienen.

Aber er hatte sich zu früh gefreut. Christin stellte sich ihm in den Weg und drückte seinen Oberkörper aus der Tür ins Treppenhaus zurück. Der Dicke prustete und schnaufte, bis er sich wieder gefangen hatte, dann schnappte er sie am Oberarm, riss sie von der Tür weg, um sie gegen das Treppengeländer zu schleudern und brüllte: „Alles bleibt an Ort und Stelle liegen, keiner fasst etwas an, verstanden!"

Julia war kreidebleich. „Ich habe damit nichts zu tun", sagte sie leise, „ich bin ausgestiegen, mache eine Umschulung zur Kauffrau."

Der Dicke sah sie von oben herab an und lachte.

„So, so, Sie sind ausgestiegen. Und wen interessiert das? Mitgefangen, mitgehangen. Sie werden der Steuerhinterziehung beschuldigt. Da ist nichts mit Weglaufen. Das hätten Sie sich früher überlegen müssen. Oder besser noch: Dass Sie es überhaupt nicht getan hätten. Dann würden Sie uns jetzt eine Menge an Arbeit sparen."

Julia bekam feuchte Augen.

Der Dickte teilte seine Leute den Mädchen zu und befahl: „Machen Sie es nicht noch schlimmer, als es ist. Wenn Sie alles freiwillig rausrücken, und zwar wirklich alles: die Steuererklärungen der letzten drei Jahre, die Stundennachweise, das Bargeld und alles, was man so von seinen Kunden als Nettigkeiten kriegt, dann sind wir ganz schnell wieder verschwunden."

Schließlich wandte er sich an Christin: „Sie scheinen mir ja ein besonderes Früchtchen zu sein, Sie kommen mit mir!"

„Die Stundennachweise haben wir doch gar nicht. Die liegen beim Steuerberater", sagte Christin.

Noch immer das Grienen im Gesicht des Dicken.

„Ach herrje, denken Sie nicht mal dran! Ein Komplott mit ihrem Steuerberater ist ausgeschlossen. Und warum? Weil unsere Kollegen gerade in Ihrem Steuerbüro sind und es durchsuchen. Glauben Sie mir, so schlau sind wir schon lange. Außerdem werden wir dort sowieso nur Ihre Stundenzettel finden, nicht wahr?"

„Welche denn sonst?", fragte Christin verwirrt.

„Herrgott", wurde der Dicke laut. „Ihre Aufzeichnungen nützen mir einen Scheißdreck! Da stehen nur die Stunden drin, mit denen Sie nicht über siebzehntausendfünfhundert Euro kommen. Ich will die offiziellen Stundenzettel, die, die Ihre Chefin geführt hat. Ihr müsst doch irgendwo eine Kopie davon haben, oder etwa nicht?"

Christin hob die Schultern.

„Von was sprechen Sie? Ich weiß nichts von offiziellen Stundenzetteln."

Der Dicke wandte sich von ihr ab. Wieder wühlte er mehr, als dass er suchte. Christins Schreibtisch glich binnen Minuten einer Müllhalde. Dinge fielen auf den Boden. Staub wirbelte in der Luft. Freiwillig rückte sie nichts heraus. Doch der Dicke wühlte umso doller.

„Ist das alles? Das ist der Auszug ihres Kontos?"

„Was dachten Sie denn! Glauben Sie, wir sind reich?"

„Ach du meine Güte, die Freier von heute sind auch noch geizig, oder? Mal ehrlich, etwas mehr hatte ich schon erwartet. So, wie Sie aussehen, da könnten die ruhig 'n bisschen mehr springen lassen."

„Na, dann sagen Sie denen das mal! Kein Kunde zahlt auch nur einen Cent mehr, als er muss. Im Gegenteil, er handelt um jeden Euro."

Der Dicke hielt kurz inne.

„Ich glaube Ihnen kein Wort. Hier muss mehr sein. Es muss, ich spüre es."

Er wandte sich vom Schreibtisch ab und ging zum Sofa, schmiss die Polster durch das Zimmer. Danach machte er sich über die Sessel her. Selbst die Teppichläufer krempelte er um, krabbelte unter den Tisch, tastete die Unterseite der Tischplatte ab. Aber er fand nichts und bekam das Bücherregal in den Blick.

„Da sind ja gar keine Bücher drin. Nur Schminkzeug, Herrgott!"

Der strenge Mann mit seinem militärischen Haarschnitt war gar nicht so streng, wie es alle sagten. So empfand es jedenfalls Olga, bei der alles viel friedlicher zuging.

Olga machte es anders als Christin, sie gab dem Mann, was er haben wollte. Eine Steuererklärung hatte sie noch nicht, sie war ja erst kurz dabei. Und ihr Stundenzettel kam noch nicht mal annähernd an den Freibetrag heran.

„Ja, das ist Ihr Stundenzettel. Aber den suchen wir gar nicht."

Olga sah ihn fragend an.

„Was uns die Chefin gegeben hat, sind die Kopien Ihrer Stundenzettel, in denen niemals mehr Umsätze als die erlaubte Obergrenze drinstehen. Das ist doch Quatsch, Olga! Das soll ich Ihnen glauben? Es muss doch von den Hausdamen eine offizielle Zimmerabrechnung geben, wo alles aufgeführt ist. Und zwar wirklich alles. Auch über die Dinge, die weitergehen. Wenn der Kunde spezielle Wünsche hat, wird doch spezielles Geld fällig, oder? Wieviel Geld ist das und wo sind die Nachweise dafür?"

Olga schüttelte mit dem Kopf.

„Ach, Sie meinen die Trinkgelder? Darüber gibt es keine Nachweise. Die gibt's in der Kneipe ja auch nicht."

„Trinkgelder? Na, Sie sind gut. Und wie hoch sind die?"

„Ich für meinen Teil kriege fast nie welche. Meine Kunden haben nicht viel Geld. Sie kommen meist aus den Heimen. Es sind behinderte Menschen."

„Behinderte?"

Die Stirn des Mannes lag in Falten. Dann blieb er stumm.

„Aber von den anderen Mädchen weiß ich, dass hin und wieder einige Kunden eine Flasche Sekt bestellten", begann sie wieder. „Darüber jedoch wird genau Buch geführt. Lela macht das, glaube ich."

Der Mann vom Finanzamt nickte, blieb aber weiter stumm.

Olga klappte ihr Notizbuch auf und gab ihm zweihundertfünfzig Euro.

„Das ist alles, was ich zurzeit dahabe", sagte sie. „Ich habe es vom Konto abgehoben, wollte damit etwas für meinen Vater kaufen."

„Und die Kontoauszüge, darf ich die mal sehen?"

Olga zeigte ihm die Kontoauszüge.

„Na, doll ist das aber nicht."

Schließlich holte sie noch eine Schachtel hervor und gab sie ihm. Darin war eine Damenuhr. Eine sehr schöne, mit silbernem Armband und goldenem Zifferblatt, die ihr Müllerchen geschenkt hatte.

„Die war eigentlich für meine Mutter gedacht", flüsterte Olga.

Der Mann wandte sich ab und begann, ein Protokoll auszufüllen. Er blickte wieder zu Olga, dann auf das Geld, auf die Uhr, aufs Protokoll und sprach mit väterlichem Ton: „Hier, nehmen Sie schon!" Er streckte Olga die Uhr und das Geld entgegen.

„Die Kontoauszüge und die Aufenthaltspapiere nehme ich aber mit."

Olga nickte und unterschrieb das Protokoll.

Julia war zwar blass, aber gefasst. Ihr war die unscheinbare Frau zugeteilt worden.

Auch Julia rückte alles freiwillig heraus. Sie war vor allem auf die Unterlagen für ihre Ausbildung bedacht, wollte sie doch unbedingt beweisen, dass sie wirklich ausgestiegen war.

Die Beamtin jedenfalls schien hoch zufrieden. Die Steuererklärungen waren ordentlich abgelegt, alle Kontoauszüge sofort bei der Hand. Bargeld und Schmuck hatte sie aber nicht, Stundenzettel auch keine.

Und so plötzlich, wie alles begonnen hatte, war es auch wieder vorbei. Ruhe lag über der Wohnung. Die drei Mädchen saßen auf den Küchenstühlen, ihre Blicke stierten, die Köpfe hielten sie gesenkt.

„Ich fühle mich schon wieder, als wäre ich eine Kriminelle", durchbrach Olga das Schweigen. „Dabei habe ich noch nie jemandem etwas Böses getan!"

Julia hatte wieder etwas Farbe im Gesicht.

„Dürfen die einfach so unsere Wohnung durchsuchen, ohne Anmeldung?", fragte sie.

Christin hob die Schultern.

„Keine Ahnung. Aber bei wem willst du dich beschweren? Wir haben eh nichts zu melden, sind doch sowieso nur blöde Nutten. Und Nutten haben keine Rechte, das ist nun mal so."

Olga und Julia sahen Christin an. Doch die wurde mit einem Mal fröhlich.

„Die Männer jedenfalls sind und bleiben immer Männer. Haben sie auch die ganze Wohnung auf den Kopf gestellt, die Küche war ihnen nichts wert." Auf ihrem Gesicht lag ein breites Grinsen. Sie sah auf die Keksdose, die einsam auf dem Küchentisch stand. „Der Dicke hätte nur zugreifen brauchen und wir wären erledigt gewesen." Jetzt konnte selbst Julia nicht mehr an sich halten und brach in Gelächter aus.

„Wer versteckt sein Geld schon unter dem Bett, wenn auf dem Küchentisch eine Keksdose steht?", fragte sie mit Lachtränen in den Augen.

„Na, wir. Wer denn sonst", freute sich Olga.

Aber ihre Freude war nur von kurzer Dauer. Konnte sich Müllerchen auch nicht gut ausdrücken, Olga spürte doch, dass er traurig war. Ihn bedrückte etwas. Er schien zu ahnen, dass etwas nicht stimmte, etwas, das sich wie Verlust anfühlte. Als würde Müllerchen wissen, dass seine Zeit im Rosalie zu Ende ging.

Olga brannte die Kehle vor Hitze. Das Gefühl kannte sie, damals noch aus Hamburg, als sie nur noch weg wollte aus diesem scheiß Deutschland. Und sie hatte die Männer gehasst, allesamt, diese Dreckskerle!

Jetzt war es anders. Müllerchen konnte sie nicht hassen, und auch so manch anderer Kunde war in Ordnung. Sie erwischte sich sogar bei dem Gedanken, dass sie sich wohlfühlte in Deutschland und im Rosalie. Dabei hatte sie einmal die Prostitution als das Schreck-

lichste von der Welt empfunden. Und jetzt? Jetzt brannte ihr die Kehle bei dem Gedanken, dass alles vorbei sein könnte. Olga wusste nicht mehr, was mit ihr los war.

Sie musste ihre Gedanken ordnen und das ging nur, wenn sie alleine war. Sie fuhr vom U-Bahnhof Pankow die paar Stationen mit der Tram bis zum Bürgerpark. Den fand sie toll. Allein schon das Eingangsportal empfing sie wie ein italienischer Triumphbogen aus der Römerzeit. Sie schritt hindurch auf den roten Sandweg, der gerade und breit wie eine Magistrale war, mit Blumenrabatten an den Seiten. Das Grün der Liegewiesen soweit das Auge reichte, umsäumt vom Schatten großer Bäume.

Die Frische der Luft war herrlich. Eine leichte, kühle Feuchtigkeit war darin, je mehr sie sich dem Springbrunnen näherte. Seine Fontänen schossen hoch in das Himmelsblau mit weißer Gischt, um dann in ein Plätschern zurückzufallen. Sie blieb stehen und spürte die kleinen Wassertröpfchen auf ihrer Haut. Die Strahlen der Nachmittagssonne waren noch warm, doch das Blätterdach in der Ferne färbte sich schon gelb. Vom Pavillon kam ein jazziger Rhythmus mit dem Wind daher. Mal lauter und mal leiser.

Sie bog ab, folgte der Musik. Wieder empfingen sie mächtige Bögen und Säulen aus weißem Stein, umgeben von einem Garten voller Rosen. Es roch lieblich, wie Frieden.

Olga holte sich ein Vanille-Eis, nahm auf einem Gartenstuhl Platz und lauschte dem Jazz. Sie musste an ihr Heimatdorf in Tschechien denken. Plötzlich kam das Gefühl in ihr auf, dass sie es weit gebrachte hatte. Ja, es war sogar Stolz dabei. Zu Hause würde sie jetzt Kühe melken, wie die vielen anderen Mädchen auch. Vielleicht wäre sie schon mit einem der reichen Bauern aus der Gegend verheiratet. Oh Gott, nein! Olga hätte sich fast an ihrem Eis verschluckt.

Sie stand auf und ging weiter. Ihr Weg führte über eine Hochbrücke. Darunter strömte die Panke dahin, an ihren Ufern schnatterten Enten. Sie war sich klar, dass alles entsetzlich begonnen hatte, aber es hatte auch den Wandel gegeben und jetzt fühlte sie sich gut. Und das war kein Schönreden. Nein, sie ließ sich nicht beirren, sie machte eine wichtige Arbeit. Die behinderten Männer waren ihr dankbar dafür und diese Dankbarkeit durfte sie jeden Tag neu erleben. Das war nichts Schlechtes, egal, was die Leute redeten. Leute, denen in Wahrheit der Ekel im Gesicht stand, wenn sie das Wort „Behinderte" auch nur hörten.

Olga lief die kleinen Wege entlang, weiter und weiter. Die Bäume zu ihren Seiten trugen etwas Mächtiges mit sich, ein tiefes Rascheln und das Blitzen der Sonne durch die Blätter hindurch. Plötzlich kam ein Gemecker immer näher. Ein Gehege voller Ziegen. Die Kinder schwirrten um die Zäune herum, voll von Fröhlichkeit.

Eigentlich konnte doch alles so friedlich sein, dachte Olga und verharrte. Sie verstand noch immer nicht, worüber sich die Psychologin so aufgeregt hatte. Und überhaupt, mochte Christin auch sehr direkt sein in ihrer Art, in einem hatte sie recht: Über seinen Körper sollte jeder Mensch selber bestimmen dürfen und niemand sonst. Und schon lange hatte kein Mann darüber zu urteilen, was eine Frau mit ihrem Körper zu machen habe.

Wieder herrschte eine bedrückende Ruhe in der Lounge. Gisela stand an der Bar und trank Bier. Das war früher undenkbar gewesen, schien jetzt aber Normalität zu sein. Ihr Gesicht war grau. Sie las laut von einem Schreiben ab.

„Kündigung wegen Eigenbedarfs."

Dem Rosalie war gekündigt worden, weil der Eigentümer des Hauses gewechselt hatte. Der Neue hatte andere Vorstellungen und wolle ein Bordell in seinem Hause nicht dulden.

Gisela fingerte eine Zigarette aus der Schachtel, steckte sie an, paffte und hüstelte.

Christin und Olga sahen sich an. Gisela selbst hatte das Rauchen im Rosalie verbieten lassen. Sie war Nichtraucherin, ja, sie konnte überhaupt nicht rauchen. Alles wirkte so unecht, so komisch.

„Ich habe schon mit meinem Anwalt telefoniert", begann sie wieder, „wir werden erstmal sehen, ob die uns wirklich kündigen können. Schließlich habe ich eine Option auf Verlängerung im Mietvertrag zu stehen. Wir werden uns dagegen wehren, und selbst wenn wir verlieren, ist das Rosalie nicht totzukriegen. Ich werde es an anderer Stelle wieder neu entstehen lassen."

Gisela drückte die Zigarette aus.

„Was glotzt ihr so?", fragte sie. „Es wird ganz normal weitergearbeitet, Mädels! Es ist nichts passiert. Ich werde das schon klären. Habe ich doch immer geschafft, oder?"

Auf Giselas Lippen lag ein leichter Trotz, als sie den Raum verließ. Aber auch der wirkte unecht und komisch.

Olga schüttelte den Kopf. Sie saß auf einem Barhocker, Christin stand neben ihr.

„Alles läuft weiter wie bisher. Das ist doch nicht normal", empörte sich Olga. „Ich hab' der Chefin schon 'n paar Mal gesagt, dass es so nicht laufen kann. Die Männer machen, was sie wollen, und Gisela hält sich an die Gesetze. Das muss doch schiefgehen, verdammt. Die Gesetze sind von Männern gemacht, kapiert sie das nicht? Dass bei euch auch alles immer so gerade und unbeweglich sein muss. Und dass selbst Gisela dabei mitmacht, hätte ich nicht gedacht."

„Wie meinst du das: unbeweglich und gerade?"

„Na, alles ist so exakt, so präzise, so auf den Punkt ausgerichtet und aufgeräumt. Da kommt ein Schreiben mit Datum, Unterschrift und Stempel. Es wird vorgelesen, zur Kenntnis genommen und schon richtet sich jeder danach. Vielleicht, dass später noch ein Richter darüber entscheidet, aber selbst bis dahin bleibt alles ordentlich und steril in seiner Sachlichkeit. Ihr Deutschen seid echt einmalig!"

Christin goss sich Selters in ein Glas und stutzte.

„Ja, und? Wie sollte es sonst sein?"

Olga beugte sich zu ihr.

„Na, wie wäre es mit ein bisschen Esprit oder Leidenschaft? Schon mal davon gehört? Das Leben ist doch keine gerade Linie, auf der jeder Punkt seinen Platz hat. Das Leben ist Veränderung, es ist unberechenbar, voller Ecken und Kanten. Verstehst du das nicht? Da kann man doch nicht mit einem Holzhammer durchlaufen und solange rumhauen, bis alles an seinem Platz sitzt."

Olga hatte plötzlich wieder Augen, die wie Sehschlitze wirkten. Das kannte Christin schon.

„Mensch, Christin, was glaubt ihr eigentlich, wer ihr seid, dass ihr alles und jeden ein- und unterzuordnen habt? Oder steckt in Wahrheit Angst dahinter? Angst vor der Verantwortung, für etwas geradezustehen, weil man gehandelt hat, ohne dass es verordnet gewesen war, ohne dass es unter dem Schutz einer Pickelhaube gestanden hat?"

Christin stellte mit einem Ruck das Glas zurück auf die Bar.

„Sag' mal, du spinnst wohl?", wurde sie laut.

Die anderen drehten sich zu den beiden um.

„Wie kannst du darüber urteilen? Das steht dir nicht zu! Wenn du mit den Deutschen nicht klarkommst, ist das dein Ding. Aber Ordnung muss sein. Denn die Ordnung ist nun mal das halbe Leben!"

Wütend schlug Christin mit ihrer flachen Hand auf die Bar.

Olga nickte in kleinen, schnellen Zuckungen.

„Ich spinne, ja? Oh, Christin, du tust mir leid. Du glaubst wirklich, dass du, dass ihr was Besseres seid, nicht wahr? Aber ich kann dich beruhigen, das seid ihr nicht. Und weißt du auch, warum? Weil die Hälfte des Lebens ganz schön viel ist. Die schafft nicht mal ihr Deutschen mit eurem Größenwahn in Ordnung zu halten."

Christin packte Olga am Handgelenk.

„Hör zu, meine Liebe", zischte sie, „dieser Größenwahn hat dich aus der Scheiße gezogen. Vergiss das nicht!"

„Au, du tust mir weh."

Doch Christin packte Olga noch fester. „Wenn dir hier alles nicht passt, dann geh doch zurück in dein Kuhdorf! Verschwinde! Hau ab!"

Olga bekam plötzlich feuchte Augen.

„Ich will aber nicht zurück", sagte sie leise. „Ich mache einen wichtigen Job und ich will, dass das so bleibt. Aber dafür müssen wir was tun. Wir müssen laut werden und nicht stillhalten und auf Anwälte und Ordnung vertrauen."

Christin ließ los.

Olga rieb sich das Handgelenk und wischte sich die Tränen aus dem Gesicht.

„Weißt du, was ich von den Behinderten gelernt habe? Für sie gibt es keine Regeln. Sie sind aus der Ordnung gefallen und können nichts dagegen tun. Und wenn ihnen für so viel Verordnung um sie herum die Worte fehlen, greifen sie auf Gestik zurück oder auf Gebärdensprache. Sie stellen die Faust auf ihren Kopf und richten den Daumen in die Höhe. Das heißt Pickelhaube, bedeutet typisch Deutscher."

Christin nahm das Glas an den Mund, um es dann doch wieder zurückzustellen.

„Mann, Olga, du magst deinen Job ja wirklich. Hätte ich gar nicht gedacht."

„Wieso nicht?"

„Weiß nicht, nur so."

„Nein, Christin. Nicht nur so, sondern weil wir alle gegeneinander arbeiten, statt füreinander. Diese Konkurrenz ums Geld wird noch alles kaputtmachen. Und vorneweg läuft die Chefin."

„Ach, Quatsch. Die Chefin doch nicht, Olga! Wenn einer den Laden am Laufen hält, dann sie."

„Hey, meine Turteltauben! Wir sind hier nicht zum Kaffeekränzchen", ging Lela dazwischen. „Da wartet ein Kunde auf dich. Mach, dass du in die Spur kommst, Lilu! Aber ein bisschen dalli."

Christin beeilte sich, vor zum Eingang zu kommen. Dort stutzte sie.

„Oh je, junger Mann, hast du dich in der Tür geirrt? Hier ist erst ab achtzehn!"

Der Jüngling baute sich vor ihr auf, als wäre er der lässigste Typ von der Welt. Ein Kaugummi wanderte dabei von einem Mundwinkel zum anderen.

„Und wie ich achtzehn bin, das kannst du aber wissen, Puppe."

Christin stutzte und konnte sich dennoch ein Lächeln nicht verkneifen.

„Nun mal vorsichtig, Großer! Und ein bisschen mehr Respekt, wenn ich bitten darf!"

Der Jüngling begann zu schwitzen.

„Bist du die Lilu?"

Sie nickte.

„Siehst ja voll schick aus. Mein Kumpel hat dich empfohlen. Mit dir kann man 'ne geile Nummer schieben, sagt er."

„So, sagt er das?"

Die Augen des Jungen wurden größer und größer. Er streckte seinen schlanken Körper in die Höhe. Sein Gesicht aber schien unschuldig zu sein, fast noch kindlich. Sein Kopf war voller blonder Locken.

„Eine geile Nummer kostet aber 'nen Haufen Geld."

„Das weiß ich. Aber das macht nichts, mein Vater ist reich."

Christin nickte wieder. Noch immer lag ein Schmunzeln auf ihren Lippen.

„Weiß dein Vater, dass du hier bist?"

„Wieso? Ich brauch' meinen Alten nicht zu fragen. Ich bin achtzehn", wurde er rüpelhaft deutlich.

„Aber sein Geld brauchst du schon?"

Er begann noch mehr zu schwitzen.

„Welches der Zimmer ist dem Herrn denn gelegen?"

„Na, das beste Zimmer, das ihr habt."

Christin schüttelte den Kopf.

„Wir hätten da das Afrikanische Zimmer. Es ist mit Zebrafell vor dem Bett und es hängt ein Gewehr an der Wand."

Jetzt strahlten seine Augen. „Das klingt cool. Das nehme ich."

„Gut, das macht hundertzwanzig Euro die Stunde im Grundangebot, also klassischen Verkehr mit Kondompflicht. Alle Extras kosten zusätzlich."

„Oh ja, das klingt super cool, Extras. Also, mit ins Gesicht spritzen und so."

Ein Kichern platzte aus Christin heraus.

„Nun mal ganz langsam, junger Mann. Zu den Extras kommen wir später."

Das Strahlen seiner Augen hatte sich in ein Starren verwandelt, die noch so jungen Lippen waren dick und feucht.

„Hey! Was stehst du da noch rum? Was ist?", mahnte sie.

Christin nahm seine Hand und führte ihn durch die Lounge. Die Mädchen an der Bar guckten herüber. Schon war auch die Chefin zur Stelle.

„Ausweis, junger Mann!"

Der Jüngling machte wieder einen auf lässig. Aber seine Hände zitterten.

„Siehst gar nicht aus wie achtzehn", sagte Gisela, gab ihm den Ausweis zurück und blickte streng über den Rand ihrer schwarzen Brille hinweg. Dann wandte sie sich an Christin und meinte: „Treib's nicht zu dolle, Lilu!"

Die nickte nur grinsend und führte den Jungen ins Afrikanische Zimmer. Dort stand er, eingetaucht in gelbes Schummerlicht, auf dem Zebrafell und starrte an die Wand.

„Wow, ist die echt?"

„Quatsch. Das ist eine Attrappe."

Der Junge nickte.

„Hey! Guck gefälligst mich an und nicht die Knarre", mahnte Christin.

Dann zog sie ihm das Hemd aus. Ihre Finger strichen über die Haut seiner Schultern, wurden dabei immer langsamer und blieben schließlich liegen. Eine so schöne, junge Haut. Kein einziger Kratzer, nicht das kleinste Fältchen. Neid stach ihr ins Herz. Sie spürte ihr Alter gnadenlos.

Er nahm ihr Gesicht in seine Hände und küsste sie.

„Nein, nein", flüsterte sie und machte sich frei, „Küssen ist nicht erlaubt."

„Wie nicht erlaubt? Was ist das für 'n Quatsch?"

„Das ist kein Quatsch, das sind die Regeln."

Der Jüngling stand hilflos vor Christin. Wieder nahm sie seine Hand, führte ihn zum Bett und zog ihm die Hose aus. Er schnappte

nach ihrer Brust und riss ihr mit nur einem Griff den BH vom Leibe.

„Hey!", wurde sie laut. „Ob das vielleicht weh tut, wenn du so zugrabschst?"

„Entschuldigung", brummte er.

„Und als erstes nehmen wir mal den Kaugummi aus dem Mund, okay?"

Der Junge nickte.

Als er schließlich nackt war, spürte sie wieder dieses Stechen, den Neid. Was für ein Körper, der da vor ihr lag! Dieses Ausmaß an jugendlicher Kraft, das noch nicht wusste, wohin es sollte. Wie eine Rückkehr in die eigene Jugend. Und der Junge? Der wusste von nichts, ließ sich von Christin alles zeigen. Sie konnte förmlich dabei zusehen, wie er jedes Detail in sich aufsaugte, sich seine Hirnzellen neu verknüpften. Und fleißig war er. Eine Ausdauer ohne Ende. Er hörte gar nicht wieder auf. Dazu das Ganze so angenehm leise, ohne Stöhnen und Mannsgehabe. Was sich schön anfühlte, hatte es doch etwas von Natürlichkeit, die so gar nicht zu diesem Ort passte und die Christin ganz weich werden ließ. Als würde die Strenge der Regeln einfach von ihr abfließen, als könne sie sich einfach fallen lassen. Sie schloss die Augen und reiste in eine Welt ganz weit weg. Vergessen waren Raum und Zeit.

Mit einem Mal spürte sie das pochende Herz des Jünglings auf ihrer Brust. Sein ganzer Körper fühlte sich heiß an und all seine Beweglichkeit war erstarrt. Er ließ sich auf die Seite sinken, rollte sich zusammen wie ein Kind und schwieg. Sein Atem ging schwer. Christin streichelte durch sein Haar und flüsterte: „Hey, du kannst jetzt hier nicht einschlafen. Das ist ein Bordell, mein Junge."

Er gähnte. „Oh, Mann, das war voll schön, aber jetzt bin ich so müde."

Julia hatte eine Woche Herbstferien. Ein echt schräges Gefühl für sie, wenn auf einmal etwas wiederkehrte, das eigentlich für immer der Vergangenheit angehören sollte. Ferien. Sie kam sich vor, als wäre sie in ihre Kindheit zurückversetzt worden. Sie ordnete die Schulhefter, kaufte neues Material für den Unterricht. Dennoch, bei allem, was sie tat, spürte sie eine permanente Müdigkeit in sich. Sie schlief schlecht. Noch immer quälte sie der Kinobesuch mit Benni. Ihr war, als stünde sie vor einer Entscheidung, die sie fast irre machte: Sollte sie auf ewig weiterlügen oder ihm die Wahrheit sagen? Aber wenn sie ihm alles sagte, bestand da nicht die Gefahr, dass er sich von ihr abwandte? Wenn sie hingegen nichts sagte, würde sie das schlechte Gewissen und die Heimlichtuerei umbringen. Sie hasste es, dass es nicht möglich war, das Vergangene vergessen zu machen, es zu tilgen oder wenigstens zu korrigieren.

Benni hatte große Pläne für die Ferienabende, doch Julia erwischte sich dabei, dass sie immer wieder das Lernen vorschob, um sich nicht mit ihm treffen zu müssen, obwohl sie es eigentlich unbedingt wollte.

Denn Benni war so ganz anders. Und genau das war es, was sie so anziehend an ihm fand. Ihm war das Wanken fremd, für ihn gab es kein Hin und Her. Er ging auf die Sachen los. Das Zweifeln, das sie fast krank machte, kannte er nicht.

Eines Nachmittags stand er vor Julias Tür. Einfach so. Sie war verblüfft, doch freute sie sich sehr.

Benni schritt langsam durch die Wohnung. Seine Augen aber schienen riesig zu sein. Dann lachte er.

„Wow, so habe ich mir 'ne Weiber-WG immer vorgestellt."

Julia kicherte, blickte dabei auf ihre Hände und drehte sich leicht in der Hüfte hin und her.

„Naja, wenn ich gewusst hätte, dass du kommst, hätte ich aufgeräumt."

„Nein, nein", sagte er und blieb stehen. „Das habe ich nicht gemeint. Perfekt ordentlich ist es sicher bei niemanden zu Hause. Aber das hier, das ist schon seltsam."

Benni staunte.

„Überall diese Fummel, soweit das Auge reicht", begann er wieder.

„Und überall das Schminkzeug. In jeder freien Ecke. Dabei donnerst du dich doch gar nicht auf. Habe ich jedenfalls noch nie gesehen."

Julia starrte weiter auf ihre Hände.

„Manchmal mach' ich's halt. Wenn wir ausgehen, oder so. Vielleicht nicht ganz so doll, wie die anderen beiden."

Er nickte. „Was machen die denn so?"

„Haare."

„Wie, Haare?"

„Na, sie arbeiten in einem Studio für Haarstyling und Body Beauty. Ein typisches Frauending halt."

Benni lächelte.

„Möchtest du einen Kaffee?"

„Ja, klar."

Als er die Küche betrat, staunte er erneut.

„Eine andere Welt! Wie ein Tor raus aus dem Chaos und rein in die Ordnung. Als wäre die Küche euer heiliges Reich."

„Wie jetzt?" Julia verstand nicht, was er meinte. „Lieber Kaffee oder Tee?"

„Kaffee mit Milch", sagte er kurz und nahm auf einem Küchenstuhl Platz.

Nachdem auch sie sich gesetzt hatte, fragte sie: „Woher hast du eigentlich meine Adresse?"

Benni sah zu Boden. „Ach, ein typisches Männerding halt. Der Jäger in uns, weißt du ...“

Julia rührte die Milch in den Kaffee ein. „Hab' gar nicht bemerkt, dass du mir nachgelaufen bist.“

Er grinste.

„Ich wäre ein schlechter Jäger, wenn du was gemerkt hättest.“

Sie hielt den Löffel an. „Ah – so macht ihr das.“

Etwas Merkwürdiges stieg in ihr auf. Irgendwie wollte sie nicht verfolgt werden, und hatte doch seine Verfolgung gern.

„Darf ich?“ Benni hielt die Keksdose in seinen Händen.

Sie erstarrte. Ehe sie reagieren konnte, hatte er die Dose bereits geöffnet.

„Eh, Julia“, rief er erstaunt, „dass keine Kekse in der Dose sind, mag in Ordnung sein. Doch so viel Bargeld, das ist leichtsinnig. Seid ihr verrückt? Das gehört auf die Bank, oder wenigstens ordentlich weggeschlossen. Und überhaupt: Wo habt ihr die ganze Kohle her? Das sind ja Hunderte von Euro.“

„Eher etliche tausend“, erwiderte sie und schob ihm die Tasse Kaffee zu. „Die haben wir fleißig gesammelt, um sie irgendwann aufs Konto zu bringen.“

Benni schüttelte den Kopf. Dann lachte er laut auf. „Wenn man mit Body Beauty einen solchen Haufen Geld verdienen kann, steige ich bei euch mit ein. Soviel steht fest.“

Julia war heiß im Gesicht.

„Nein, Benni, glaube ich nicht, dass du das willst. Die Arbeit am Menschen ist eine harte, die eh keiner zu würdigen weiß. Im Gegenteil, oft wirst du noch in den Dreck getreten und das fühlt sich ganz schön brutal an. Und was das Geld angeht – hast du 'ne Ahnung. Viel ist das beileibe nicht.“

Benni sah Julia an. „Ja, ich weiß.“

In seinem Gesicht stand Betroffenheit.

„Ich weiß", begann er wieder, „das ist ungerecht. Deshalb will ich ja auch Kaufmann werden. Davor war ich in einer Fabrik für Autoteile und stand den ganzen Tag am Fließband. Das ist Ausbeutung pur. Du kommst dir wie ein Roboter vor, aber nicht wie ein Mensch. Und den Lohn kannst du vergessen. Zum Leben reicht's, aber zu mehr nicht. Nee, Julia, du brauchst so viel Geld, dass sich damit etwas verdienen lässt. Oder nein, vielleicht gar nicht mal mit dem Geld, sondern mit dem, was dahintersteht. Du musst etwas besitzen, was einen Wert hat, also ein Kapital als Trumpf in der Hand haben. Deshalb heißt das Ganze ja auch Kapitalismus."

Benni richtete sich auf, seine Augen strahlten und überzeugt fuhr er fort: „Ein Mensch gilt bei uns nicht als Kapital, nur sein Können ist von Wert. Der Mensch selber nicht, der ist beliebig austauschbar. So wird auch die Arbeit am Menschen als selbstverständlich angesehen und nicht als wertvoll, weil sich damit nicht viel verdienen lässt. Das musst du dir mal reinziehen, Julia, wir leben in einer Welt, wo das Geld einen höheren Wert hat, als der Mensch. Das ist doch vollkommen irre, oder? Dabei hat der Mensch das Geld erschaffen. Das hat ja schon masochistische Züge, ist völlig pervers. Wer macht so was, macht sich zum Sklaven seiner eigenen Schöpfung?"

Julia setzte sich zu ihm an den Tisch und nahm seine Hand.

„Mensch, Benni, ganz schön heftig, was du da sagst."

„Aber es ist die Wahrheit. Leider."

Sie sah ihm fest in die Augen und fragte: „Und man kann da gar nichts gegen tun?"

„Glaube nicht. Im Osten haben sie's doch versucht und sind mit ihrem Sozialismus gegen die Wand gefahren. Nein, Julia, es ist der Mensch selber, der sich nicht ertragen kann, deshalb hat er ja das Geld erschaffen. Damit lassen sich die Menschen wenigstens einteilen, wenn man mit ihnen schon nicht umzugehen weiß. Da gibt es

dann die Reichen und die Armen. Die Reichen sind wertvoll und die Armen wertlos. So einfach ist das."

Sie drückte seine Hand noch fester und fragte fordernd: „Aber da muss man doch was gegen machen können?"

„Nein, bestimmt nicht. Selbst, wenn du das Geld abschaffen tätest, würden die Leute was anderes finden, um ihre Mitmenschen in Böse und Gute einzuteilen, in Schlechtere und Bessere."

Julia musste lächeln.

„Oh Mann, Benni, werde bloß ein guter Kaufmann, versprich es mir!"

Wannsee-Insel Schwanenwerder. Die Luft um Gisela herum fühlte sich schwer an. Es drückte ihr förmlich auf der Brust. Dazu noch die Schwere des Duftes. Es roch nach Herbst. Das Meer aus Bäumen stand in leuchtendem Gelb des gleißenden Sonnenlichts. Aber das alles war ihr egal, sie fühlte nur eins, ihre Angst.

Sie hatte sich bestens gewappnet, hatte ihr schönstes Kleid angezogen, die Kontaktlinsen eingesetzt und feinstes Parfüm aus Paris aufgetragen.

Die Villa vor ihr war riesig. Ganz in weiß, mit Terrassen, Bögen und Säulen. Ein grüner Rasen davor, ohne ein einziges Blatt Laub. Die Wege aus weißen Kieselsteinen knirschten unter ihren Füßen. Die Tür glich mehr einem Tor aus massivem Holz, durchsichtig lackiert. Dann der Gong und schon wieder die Schwere – lang und dunkel.

Ein Butler im schwarzen Anzug öffnete ihr.

„Herr von Kaltenberg erwartet Sie schon. Bitte folgen Sie mir ins Arbeitszimmer!"

Gisela trat ein und eine Halle tat sich vor ihr auf. Unfassbar hoch. Das Parkett zu ihren Füßen knarrte leicht. Die Luft war erfüllt von Sauberkeit. Hinten mittig eine Wendeltreppe aus Stein. Die Fens-

ter an den Seiten lang und schmal. Die Treppenstufen mit rotem Stoff bespannt.

Sie folgte dem Mann in das erste Stockwerk, wo er leise an eine Tür klopfte.

„Ja, bitte", erklang es dumpf.

Er öffnete.

„Frau Heller aus Kreuzberg ist bei mir, Herr von Kaltenberg."

Von Kaltenberg stand auf, knöpfte das Jackett seines Anzugs zu und zeigte auf den Stuhl vor seinem Schreibtisch.

Gisela nickte kurz und nahm Platz. Sie stellte ihre Handtasche neben sich und legte die Hände auf die Knie.

Der Herr mochte um die sechzig Jahre alt sein. Seine Haare waren schneeweiß, aber akkurat frisiert. An seiner linken Hand hatte er einen auffallend großen Ring, golden glänzend. Auch der Stoff seines anthrazitfarbenen Anzugs glänzte. Es war ein sehr edler Stoff.

„Wissen Sie", begann von Kaltenberg, „ich verhandele gewöhnlich nicht persönlich mit meinen Mietern, das machen meine Juristen. Aber bei Ihnen hat mich dann doch die Neugierde gepackt. Ich wollte wissen, wie so jemand aussieht, die ein solches Geschäft betreibt. Wenn man es denn als Geschäft bezeichnen kann."

Er wandte sich vom Fenster ab und sah ihr direkt in die Augen.

„Ich meine, wie kann das ein Geschäft sein, was anständige Menschen als Akt der Liebe bezeichnen?"

Gisela wurde unwohl. „Wie kann es ein Geschäft sein, dass anständige Menschen ihren halben Monatsverdienst als Miete zahlen müssen, damit die Vermieter in großen Villen leben können?", fragte sie zurück.

Von Kaltenberg lächelte. „Weil es sonst keine Wohnungen für die anständigen Menschen geben würde. Wir leben nicht nur von den Mieten, wir bauen auch neue Wohnungen davon."

Er setzte sich an den Schreibtisch zurück.

„Sie mögen das vielleicht anders sehen, Frau Heller, aber für mich ist Ihr Geschäft im höchsten Maße unmoralisch. Hätte ich etwas zu sagen, dann wäre dieses Geschäft in Deutschland schon längst verboten."

Jetzt war es Gisela, die lächelte.

„Ja sicher, weil Sie sich das leisten können. Ein Mann mit Ihrem Geld, da stehen die Frauen Schlange. Aber was machen Sie mit all denen, die nicht das Geld haben, die alleine leben, die nicht zu den Schönen gehören, die sogar ein Handicap haben oder die einfach nur zu alt sind?"

„Das ist doch Quatsch", wurde er laut. „Haben Sie schon mal was von Liebe gehört? Nein, natürlich nicht. Dieses Wort ist bei solchen wie Ihnen doch völlig fremd."

„Diejenigen, die die Liebe trifft, können sich glücklich schätzen. Da hat keiner was dagegen", wurde jetzt auch Gisela laut. „Das bedeutet aber noch lange nicht, dass die anderen niemals Sex haben dürfen."

„Ach, hören Sie doch auf. Keine Frau macht freiwillig so einen Job. Und ich sage Ihnen auch, warum: Weil es kein Job ist. Ein Job hat etwas mit Berufung zu tun, mit Wollen und Können, mit Fähigkeiten. Seinen Körper Männern feilzubieten ist Ausbeutung an der eigenen Seele."

Gisela nickte und machte die Lippen dick.

„Na klar, Ausbeutung. Dieses Wort müssen gerade Sie in den Mund nehmen. Und überhaupt! Sie sind doch gar keine Frau. Wie können Sie so anmaßend sein, um über den Körper einer Frau zu entscheiden? Darüber wissen Sie doch gar nichts. Da kann Ihnen auch die Liebe nicht helfen.

Ich will überhaupt nicht abstreiten, dass es Frauen gibt, denen dieser Job aufgezwungen wird. Aber ich sage Ihnen, dass es auch ge-

nügend Frauen gibt, die diesen Job freiwillig gewählt haben. In meinem Laden arbeiten alle Frauen nur aus eigenem Willen."

Von Kaltenberg drückte seinen Rücken durch und atmete lang aus. Er knöpfte das Jackett wieder auf und schlug die Beine übereinander.

„Nun hören Sie schon auf mit Ausbeutung und mit Sozialismus! Und christlich ist das Ganze auch nicht gerade. Was glauben Sie, was die Kirche davon hält?"

Gisela schwieg.

„Sehen Sie, Frau Heller, da fällt der Groschen, nicht wahr? Sie stehen ganz alleine da, mit Ihrem verschrobenen Frauenbild."

„Verschrobenes Frauenbild, das ich nicht lache. Das Bild der Frauen ist doch von solchen Männern wie Sie gemacht. Das hat mit uns Frauen gar nichts zu tun, sondern nur mit der Vorstellung, wie wir Ihrer Meinung nach zu sein haben."

Von Kaltenberg grinste. „Na und? Eine Gesellschaft kann nur dann funktionieren, wenn wir Männer bereit sind, die Verantwortung zu tragen. Den Frauen geht es jedenfalls nicht schlecht dabei."

Gisela schüttelte den Kopf. „So, denen geht es nicht schlecht dabei. Die Frauen werden doch überhaupt nicht gefragt, wie es ihnen geht. Sie haben es einfach zu akzeptieren und die Klappe zu halten, nein, mehr noch, sie sollen euch gefälligst noch dankbar sein, dass ihr für sie entschieden habt. Eine Gesellschaft, Herr von Kaltenberg, kann nur dann funktionieren, wenn jeder mitentscheiden darf, auch die Frauen und selbst die Kinder."

Von Kaltenberg schlug mit der Hand auf den Schreibtisch. „So ein Quatsch", wurde er laut, „selbst die Kinder. Um die sollten Sie sich mal lieber kümmern, statt Unzucht zu treiben, den Rest lassen Sie unsere Sorge sein."

„Unzucht?"

Gisela richtete sich empört auf.

„Sexarbeit ist eine so anständige wie notwendige Arbeit, die wertgeschätzt gehört! Denn es ist nichts Anstößiges dabei, wenn eine Frau mit ihrem Körper das macht, was sie will, auch Sex. Viele Männer sind froh, dass es Frauen gibt, die so entscheiden. Stellen Sie sich mal vor, dass es anders wäre. Dann würden die Männer versuchen, den Sex mit Gewalt zu kriegen, gegen den Willen der Frauen. Sollte Ihnen das wirklich lieber sein? Wie schon gesagt, in meinem Hause arbeiten alle Frauen freiwillig am Mann. Das Klima ist höflich, freundlich, respektvoll. Wenn Sie das Haus schließen, wird das Ganze nur in den Untergrund geschoben. Keinen Schutz für die Frauen und keine Regeln für die Männer. Damit ist niemandem geholfen. Die Männer lassen sich ihren Sex nicht wegnehmen, glauben Sie mir das! Ich arbeite seit fünfundzwanzig Jahren auf diesem Gebiet. Sie werden weiter alles versuchen, um da ranzukommen, egal wie. Und wenn Sie die Kirche ansprechen, selbst da schaffen es viele nicht, der Triebhaftigkeit zu widerstehen. Es ist nun mal ein unumstößlicher Fakt, dass nicht jeder Mann eine Partnerin an der Seite hat, und es ist Fakt, dass auch diese Männer ihren Sex brauchen. Ich meine also, der Kauf von Sex wird sich eh nicht verhindern lassen, und wenn das so ist, dann sollte er wenigsten legal sein, finden Sie nicht auch?"

Von Kaltenberg wirkte nachdenklich und schüttelte den Kopf.

„Nein, Frau Heller, das denke ich nicht. Jeder Mann findet eine Freundin, wenn er denn will. Aber viele wollen erst gar nicht. Wozu auch? Ist ja so viel einfacher. Was bitte gehört daran wertgeschätzt?"

„Na und! Viele wollen keine Freundin, sie wollen lieber alleine und frei bleiben. Was ist schlecht daran?"

„Bitte unterbrechen Sie mich nicht", wurde er deutlich, „ich war noch nicht fertig! Wo kämen wir dahin, wenn jeder sein Ding alleine macht? Merken Sie denn nicht selber, dass damit die gesell-

schaftliche Moral untergraben wird. Die Männer sollen sich gefälligst um eine Frau bemühen, so, wie es sich gehört. Aber mit Ihrem Geschäft führen Sie sie auf die schiefe Bahn und so etwas werde ich niemals unterstützen."

Er sah Gisela direkt in die Augen.

„Ich selber war auch noch nie in einem Bordell. Ich käme nicht einmal auf die Idee, weil bei mir nichts auf schiefen Bahnen läuft."

Sie nickte. „Schon klar, das sagen sie alle."

„Na, na, Frau Heller, vergessen Sie mal nicht, wen Sie vor sich haben!"

Gisela wollte ihm nicht mehr antworten, es erschien ihr sinnlos zu sein.

Von Kaltenberg wandte sich seinen Unterlagen auf dem Schreibtisch zu.

„Meine Juristen jedenfalls haben mir versichert, dass die Kündigung rechtens sei. Alle gesetzlichen Fristen wurden eingehalten. Und Ihr Mietvertrag war ohnehin am Auslaufen."

Sie richtete sich in ihrem Stuhl auf.

„Das hat mir mein Anwalt bestätigt, aber es geht mir nicht um die Fristen. Ich habe eine Option auf weitere fünf Jahre im Vertrag stehen und die habe ich geltend gemacht."

„Sicher, eine Option. Aber auch die schützt vor den Fristen nicht. Die gelten nämlich für uns beide. Ich habe mich an die Fristen gehalten, doch Ihr Antrag auf Verlängerung kam drei Tage zu spät. Da beißt die Maus keinen Faden ab, Frau Heller, drei Tage sind drei Tage. Damit ist Ihr Optionsrecht verfallen. Jetzt liegt es an mir, ob ich Ihrem Antrag zustimme oder nicht."

Gisela wurde heiß im Gesicht.

„Ich habe viel um die Ohren. Da klappen nicht alle Dinge auf den Tag genau. Als Ihre Kündigung kam, war mein Antrag auf Verlängerung schon auf dem Weg. Sie gehören doch zu den anständigen

Menschen, Herr von Kaltenberg, da dürfte es für Sie kein Problem sein, über die drei Tage hinwegzusehen, oder?"

„Richtig, ich bin ein anständiger Mensch. Und ein anständiger Mensch duldet in seinem Haus keinen Puff."

Mit einem Augenschlag wandte er sich von Gisela ab und widmete sich wieder seinen Papieren. Beiläufig drückte er auf einen Knopf neben ihm.

Die Tür ging und der Butler trat ein.

„Frau Heller möchte gehen. Bringen Sie sie doch bitte zur Tür hinaus!"

Gisela sah zu von Kaltenberg herüber, der aber schien ganz in seinen Papieren versunken zu sein. Sie nahm ihre Handtasche, stand auf, wollte gehen und beugte sich dann doch noch einmal dem Schreibtisch entgegen.

„Herr von Kaltenberg! Das können Sie doch nicht wirklich machen. Die Frauen verlieren ihre Arbeit. Ich bitte Sie! Bitte!"

Doch der Butler griff Gisela am Oberarm, sodass ihr Kleid schmerzend in die Achselhöhle schnitt. Dann führte er sie mit kräftigen Schritten zur Tür hinaus.

Im Rosalie ging eine elend lange Nacht vorüber. Christin hasste diese Nächte, aber die Chefin war gnadenlos, denn die Sonderschichten brachten das große Geld ein.

Christin staunte immer wieder. Wie konnte jemand so viel Geld haben? Es gab Leute, die wussten gar nicht, was sie damit anfangen sollten, und mieteten das gesamte Rosalie. Alles auf einmal, alle Zimmer, die Lounge, die Bar und alle Mädchen. Und das nicht für eine Stunde, nein, für eine ganze Nacht. Bis der Morgen graute.

Was Christin daran ärgerte, war die Verschwendung. Der gewöhnliche Mann schaffte den Akt mit einem Mädchen seiner Wahl zwei

Mal pro Nacht, vielleicht noch ein weiteres Mal am frühen Morgen. Der Rest war Verschwendung an Zeit und Geld.

Manchmal, wenn die Männer zu zweit oder dritt waren, fragte sich Christin, worin sie sich überbieten, was sie eigentlich zur Schau stellen wollten. Dass sie sich leisten konnten, was immer sie wollten, selbst Frauen? Oder war es eher eine Machtdemonstration, um zu zeigen: Wer das Geld hat, hat Macht und wer die Macht hat, steht über allen anderen?

Sie nahm ihren Mantel aus dem Spint. Seine Tür schloss sich mit blechernem Widerhall. Das Vorhängeschloss rastete ein. Routine. Und doch war es anders. Draußen wurde es schon hell. Christin sah aus dem Fenster, dunkle Wolken zogen vorbei.

Nun ja, dachte sie, vielleicht stimmte das auch alles nicht. Vielleicht hatte die Macht gar nichts mit dem Geld zu tun. Denn sie kannte auch Kunden, die sehr reich waren, das aber niemals zeigen mussten. Vor ihnen hatte sie Respekt. Doch diesen Großkotzen hier gegenüber empfand sie diese Achtung nicht. Eher im Gegenteil.

Als Christin vor die Tür trat, schlug ihr ein feiner Nieselregen ins Gesicht. Es war kalt. Wieder sah sie zum Himmel hinauf. Wieder alles grau. Auch die Straßen und Häuser. Nur die Ampeln warfen bunte Leuchtpunkte in die Düsternis und spiegelten sich auf dem regennassen Asphalt. Christin hatte Kopfschmerzen vor Zorn, vor Ärger.

Aber es waren nicht die Kunden allein, die sie wütend machten. Es war auch Gisela.

Jedes der Mädchen wusste, dass sie im Geheimen Verhandlungen führte, ob und wie es mit dem Rosalie weitergehen konnte. Doch selbst wenn sie direkt darauf angesprochen wurde, sagte sie nichts. Immer nur die gleiche Leier, dass alles auf dem Weg wäre, sie sich kümmern und es laufen würde wie bisher.

Keine Frage, alle glaubten ihr. Die Chefin hatte sich schließlich immer und für alle eingesetzt. Aber das reichte Christin nicht, ging es hier doch um ihren Job, um ihre Existenz. Dabei blind auf die Chefin zu setzen, war ihr zu wenig. Sie traute dem Frieden nicht. Ihr kam es vor, als wenn etwas nicht stimmte. Weil sie aber nicht wusste, was es war, machte sie es so wütend.

Sie stand noch immer vor dem Rosalie im Regen, als plötzlich ein Mann des Weges kam, der ihr fest in die Augen sah. Er wirkte überrascht. Seine Schritte wurden langsamer. Es war der feine Herr aus dem Park. Ihr wurde mal heiß, mal kalt. Sie sah zu Boden, um sogleich zurück in seine Augen zu sehen.

Er blieb stehen und sprach sie an.

„Sie vor diesem Haus? Also hatte ich doch recht! Es ist das Geld, nicht wahr?"

Christin sah wieder zu Boden und schüttelte mit dem Kopf.

„Ist es nicht", flüsterte sie, räusperte sich und sagte lauter: „Nein, das Geld ist es nicht allein."

Der feine Herr schlug seinen Mantelkragen hoch. „Gehen wir ein Stück?", fragte er.

Sie staunte und lächelte. Wie selbstverständlich hakte sie sich bei ihm ein und ging los.

„Es fühlt sich so mächtig an", begann sie wieder, „als hätte ich endlich mal was zu sagen in meinem Leben. Ich bestimme, wohin die Reise geht. Und kein Mann der Welt kann mich daran hindern. Ich habe die Schnauze voll davon, immer nur das schöne Püppchen für die Männer zu sein."

Der Herr blieb stehen und blickte sie nachdenklich an. Doch Christin drängte ihn vorsichtig weiter.

„Es geht mir wirklich nicht um das Geld. Es geht um mich und dass ich genauso wertvoll bin wie ein Mann auch. Ich bin kein Mensch zweiter Klasse, nur weil ich keinen Pimmel zwischen den Beinen

habe. Aber seit ich ein Kind bin, behandelt man mich wie eine Puppe, die schön tanzen muss, damit sie überhaupt für voll genommen wird."

Wieder blieb der Herr stehen und wirkte, als hätte er etwas zum ersten Mal gehört. Wieder schob ihn Christin weiter.

„Mir ist das auf Dauer zu doof, Kunststücke vollbringen zu müssen, die gar nicht meine sind, die nur euch gefallen."

Nun legte er seinen Arm um ihre Schultern und drückte sie. „Oh, Mann, ist das ein kalter Wind."

„Nee, nass ist es, igitt." Christin kicherte. „Was machen Sie eigentlich so früh hier in der Gegend?"

„Ich bin auf den Weg in die Kirche. Morgenandacht. Ich bin Pfarrer."

„Pfarrer?" Jetzt war es Christin, die mit einem Ruck stehen blieb.

„Ja, Gott, Pfarrer – na und?"

Sie setzten sich langsam wieder in Bewegung.

„Gibt es denn noch Leute, die jeden Morgen in die Kirche gehen?"

„Kaum. Eine Handvoll alter Frauen. Manchmal nicht mal das. Aber ich habe auch anderes in der Kirche zu tun. Die Andachten spreche ich auch fürs Internet und fürs Radio. Die Kirche von heute ist gar nicht so altmodisch, wie viele Leute denken. Sind sie in der Kirche?"

„Ach nee, ich komme aus dem Brandenburgischen. Im Osten war und ist nichts mit Kirche."

Er nickte. „Leider. Die Kirche sollte eigentlich der Hort des Glaubens sein, aber beide entfernen sich immer weiter voneinander. Dabei ist es der Glaube, der mir hilft, der mir das Leben leichter macht, weil durch ihn alles einen Sinn ergibt. Und glauben tun wir doch alle irgendwie, oder nicht?"

Christin blieb stehen und sah den Pastor an.

„Uns Frauen nimmt die Kirche leider überhaupt nicht für voll."

Erneut blickte der Pastor nachdenklich.

„In Punkto Frauen hat sich die Kirche wahrlich nicht mit Ruhm bekleckert", sagte er schließlich, „das stimmt wohl. Aber Rache ist mit Sicherheit der falsche Weg. Es gibt bessere Wege, um sich als Frau zu beweisen."

Christin stutzte. „Rache? Ich räche mich nicht. Im Gegenteil! Ich genieße es, dass die Männer so einfach gestrickt sind, dass ihnen beim Anblick nackter Frauenhaut sofort das Gehirn in den Sack rutscht. Und ich sie nur bei den Eiern zu nehmen brauche und mit ihnen machen kann, was immer ich will."

Der Pfarrer bekam große Augen. „Wenn das keine Rache ist, was ist es dann?"

Sie musste lachen.

„Freiheit, Herr Pfarrer, die Freiheit, über meinen eigenen Körper zu bestimmen. Niemand, auch nicht die Kirche, kann mir vorschreiben, wozu ich meinen Körper zu gebrauchen habe."

Seine Augen wurden noch größer.

„Aber bitte, mein Kind, Ihr Körper ist doch keine Maschine. Das alles hat doch auch etwas mit lebendiger Nähe zu tun, die zwischen uns Menschen ist."

„Nein, Herr Pfarrer, hat es nicht. Es ist nur Sex. Ein mechanisches Rein und Raus. Nähe zwischen zwei Menschen ist etwas ganz anderes, nämlich wenn ich einem Mann nah sein kann, auch wenn er meilenweit weg ist. Wenn ein Mann auf mir liegt und mich fickt, kann es trotzdem sein, als wäre er gar nicht da."

„Und was ist mit der Liebe? Die Liebe und der Sex haben schon etwas miteinander zu tun, nicht wahr?"

„Wenn ich liebe, dann liebe ich den Mann und nicht seinen Schwanz. Meinen Vibrator liebe ich ja auch nicht."

„So sieht das eine Frau?"

„So sehe ich das und ich bin eine Frau." Sie schüttelte den Kopf. „Herr Pfarrer, in Punkto Frauen muss die Kirche wirklich noch einiges lernen. Nur weil man Internet und Radio hat, ist man noch lange nicht modern."

Christin wandte sich von ihm ab und wollte gehen, drehte sich dann doch noch mal zu ihm um und meinte: „Trotzdem danke, dass wir ein Stück weit zusammen waren, auch wenn unsere Wege entgegengesetzt laufen."

„Kommen Sie doch mal bei mir in der Kirche vorbei", rief er ihr nach.

„Ja, vielleicht", rief sie zurück.

Gisela schritt durch die gewaltigen Gewölbe aus gelben Ziegelsteinen am S-Bahnhof Savignyplatz. Der Geruch war einzigartig, es roch nach Vergangenheit. Sie liebte es, so, wie sie die ganze Bleibtreustraße liebte. Die schönste Straße von Charlottenburg, nein, von ganz Berlin, da war sie sich sicher. Vom Krieg unzerstört, zeigte sich hier ein Berlin, wie es einst für die feineren Leute der Stadt entstanden war. Jedes Haus ein wuchtiger Prachtbau früheren Reichtums, ein mondäner Ausdruck von Bürgerlichkeit, dekoriert mit einer Zierde aus Mauerwerk und Balkonen in Glas und Stahl. Die Straßenbäume inzwischen riesenhoch, die Gehsteige übervoll mit unzähligen Cafés.

Das alles lud zum Schlendern ein, aber Giselas Schritte waren mehr getrieben als gelassen. Schon wieder kam sie als Bittstellerin an diesen so schönen Ort.

Juri der Russe, wie sie ihn nannten, war einer der ganz Großen im Geschäft, einer, der sich die Bleibtreustraße leisten konnte. Der konnte ihr hoffentlich helfen. Wenn nicht Juri, wer sonst? Er arbeitete sauber, ohne Zuhälterei, ohne Zwang, das war in der ganzen Stadt bekannt. Und er hatte Freunde und Einfluss ohne Ende.

Juri bewohnte eine ganze Etage in einer noblen, vierstöckigen Jugendstilvilla. Aber er öffnete höchst selbst!

„Oh, siehe da, die Chefin persönlich. Was für ein Glanz in meiner bescheidenen Hütte", empfing er sie stilvoll.

Juri war ein kleiner Mann, irgendwie kuschelig in seiner Art. Die fette Zigarre zwischen seinen Lippen wirkte viel zu groß und angezündet war sie auch nicht. Um seinen Hals ein Seidenschal in Purpur, dazu ein weißes Hemd mit goldenen Manschettenknöpfen und eine Hose, deren Weiß glänzte.

„Leg' erst mal ab, dann gibt es ein Glas Champagner."

Auch bei ihm war alles mit dunklem Holzfurnier ausgekleidet. Kurz fühlte sie sich in die Villa des Herrn von Kaltenberg zurückversetzt. Auch das flaue Gefühl im Magen kehrte zurück.

Juri führte Gisela in das Zimmer, das zur Straße lag.

„Was für ein Ausblick", staunte sie. „So habe ich die Bleibtreustraße noch nie gesehen. Wunderschön."

Juri trat neben sie und reichte ihr das versprochene Glas Champagner.

„Zum Wohl, meine Liebste."

Sie stießen an und Giesela nippte am Glas. Alle dunklen Gedanken verflüchtigten sich.

„Was ist das für eine Musik? Die klingt so lieblich und hat doch etwas Ernstes, das Gänsehaut macht."

„Das ist Schubert. ‚Die Unvollendete', seine Sinfonie in h-Moll."

„Voll düster und doch irgendwie schön."

Juri ging zum Plattenspieler und drehte die Lautstärke runter.

„Oh ja, ich kriege auch immer Gänsehaut. Und das alles auf Platte, auf Vinyl. Nur so ist der Klang perfekt."

Juri machte eine einladende Bewegung in Richtung Sessel und Gisela versank förmlich darin. Vor ihr ein Tischchen aus bunten Fliesen. Sie stellte das Glas ab.

„Eigentlich weiß ich schon alles", begann Juri das Gespräch. „So etwas spricht sich in unseren Kreisen herum wie ein Lauffeuer. Und in der Tat, du warst zu spät, deine Option war abgelaufen. Da wirst du nichts mehr machen können. Ganz ehrlich, wenn du mich fragst, sei froh darüber! Mit von Kaltenberg wärst du nicht glücklich geworden. Ein ganz feiner Pinkel und der hat Geld wie Heu. Aber das Schlimme ist, dass er das horizontale Gewerbe nicht ausstehen kann. Der hätte dir das Leben zur Hölle gemacht."

Gisela sah Juri direkt in die Augen.

„Und wie soll es nun weitergehen?", fragte sie. „Kannst du mir helfen?"

Er zuckte mit den Schultern, drückte seinen Rücken durch und schlug die Beine übereinander.

„Was stellst du dir vor?"

„Na, ich brauche eine neue Immobilie, am besten ziemlich zentral gelegen."

Juri strahlte plötzlich, auf dass seine weißen Zähne blitzten. Er rollte die Zigarre zwischen seinen Fingern hin und her. „Eine neue Immobilie, am besten im Zentrum gelegen? Nein, Gisela, da kann ich nichts tun."

Sie erschrak.

„Du weißt doch, jeder Kunde, der nicht zu dir kommt, kommt zu mir. Was denkst du, wie ich zu alledem gekommen bin? Ich bin Geschäftsmann und keine Sozialstation."

Sein Strahlen hatte sich in eine finstere Miene verwandelt.

„Aber, Juri, du siehst doch, was los ist. Wir Anständigen werden immer mehr verdrängt. Die Luden aus dem Osten übernehmen das Kommando. Bald haben wir gar nichts mehr zu sagen. Und denke auch an die Mädchen! Zwang und Gewalt nehmen immer weiter zu. Deutschland verkommt zum Schmuddelpuff Europas, wenn wir uns weiter verdrängen lassen."

Juri atmete lang aus.

„Ja, ich weiß. Trotzdem werde ich keine Konkurrenz vor meiner eigenen Tür schaffen. Auch ich muss zusehen, wo ich bleibe. Das Geschäft ist nun mal so."

„Quatsch", drängte Gisela. „Berlin ist groß genug, da ist genügend Platz für uns beide."

Juri schüttelte mit dem Kopf. „Das ist ganz schön mutig, nein, tollkühn von dir. Kommst hierher und fragst mich, ob wir uns das Geschäft teilen wollen. Was soll das?"

Gisela schwieg. Wieder spürte sie diesen Kloß im Hals, wusste nicht, was sie sagen sollte. So war es ihr schon bei von Kaltenberg ergangen.

„Aber helfen kann ich den Mädchen schon", fuhr Juri fort. „Die, die sich um die Behinderten kümmert, übernehme ich auf der Stelle. Alle im Milieu sprechen darüber. Und die schicke Blonde mit der Traumfigur will ich auch. Du hast überhaupt schöne Frauen in deinem Laden."

„Sag mal, spinnst du?" Gisela räusperte sich. „Mir wirfst du vor, ich wolle das Geschäft teilen und in Wahrheit willst du nur meine Mädchen abwerben. Verstehe doch endlich, Juri! Hier geht es nicht mehr allein um dich und deinen Laden. Es geht um uns! Ich werde jetzt kaputtgemacht und später wirst du an der Reihe sein. Alles, was uns jetzt noch schützen kann, ist unser Zusammenhalt, kapierst du das nicht? Was nützen dir meine Mädchen, wenn auch du den Bach runtergehst?"

Juri lächelte sie an. „Eben, das sage ich doch. Die Konkurrenz wird immer härter. Deshalb brauche ich die schönsten Frauen, die ich haben kann. Nur so haben wir den Luden aus dem Osten etwas entgegenzusetzen. Aber wenn wir beide uns gegenseitig die Kunden wegschnappen, wird das nicht zu meinem Vorteil sein."

„Ach bitte, schiebe doch nicht alles auf die Konkurrenz! Was soll das?", wurde Gisela jetzt lauter. „Es gibt auch noch genug andere, die an unseren Stuhlbeinen sägen. Von Kirche und Staat will ich gar nicht erst reden. Nein, Juri, was wir in dieser Stunde brauchen, ist Verbundenheit und keine Geldgier, die uns auffrisst."

Er wirkte nachdenklich.

„Gut", fuhr sie fort, „über Olga und Christin können wir reden. Die zwei werden deinen Laden zum Kochen bringen. Du bekommst sie aber nur, wenn du mir einen neuen Standort fürs Rosalie verschaffst. Einverstanden?"

Er schüttelte den Kopf und lächelte wieder.

„Nee, nee, meine Liebe. Mit Erpressung ist nix. Die beiden bekomme ich auch so. Ich kann dir keinen neuen Standort verschaffen, tut mir leid."

Gisela konnte nichts mehr sagen. Sie spürte die Sinnlosigkeit und sprang aus dem Sessel auf, eilte zum Flur hinaus.

Er lief ihr nach.

Sie hatte schon ihren Mantel im Arm und hielt mit der anderen Hand die Eingangstür auf.

„Hey, Gisela, wir kommen bestimmt ins Geschäft. Ich kann dir einige deiner antiken Möbel abkaufen", rief er ihr noch hinterher.

Draußen auf dem Gehsteig schaute sie verloren in den Trubel. Juri spielte jetzt in einer anderen Liga, ging es ihr durch den Kopf. Sie fühlte sich wie an die Wand gestellt. Unzählige Versuche hatte sie schon hinter sich, unzählige Absagen erhalten. Überall nur Kopfschütteln. Ein solches Gewerbe wollte niemand in seinem Hause haben. Juri war ihre letzte Hoffnung auf Rettung gewesen.

Früher hatte sie diese Probleme nicht gehabt, da waren die Vermieter froh gewesen, gutverdienende Gewerbemieter zu finden. Aber jetzt war Berlin voll. Die Vermieter konnten auswählen und Gisela gehörte nicht zur Auswahl. Ja, die Luden aus Osteuropa, die

hatten das große Geld. Die brauchten sich nichts zu mieten. Die kauften sich einfach ganze Häuser und konnten darin machen, was immer sie wollten. Für sie galten die Auflagen des Staates nur zum Schein, denn ihre Mädchen waren froh, überhaupt irgendwie Geld zu verdienen, und waren dafür zu allem bereit. Schlimmer noch, sie nahmen ihre Luden sogar in Schutz, weigerten sich, gegen sie auszusagen, sollten sie erwischt werden.

Giesela war am Ende. Sie wusste nicht mehr weiter. Es blieben ihr nur noch die Versuche am Rande von Berlin. Aber, wie realistisch war das? Ein Edelbordell in Marzahn? Da gab es nicht genügend Kundschaft, die sich den Besuch in einem solchen Haus leisten konnte. Und warum sollte jemand aus dem Zentrum raus nach Marzahn fahren, wo es in der Innenstadt den Juri und die Luden gab?

Vor dem Rosalie angekommen blieb sie stehen und blickte die Fassade hinauf. Komisch! In keinem der Fenster brannte Licht. Aber dennoch. Es war schon ein schönes Haus, dieses Rosalie. Gisela hatte es gerngehabt. Nur eben, dass ein Bordell niemand haben wolle.

Was doch gar nicht stimmte, zermarterte sie sich den Kopf. Der Laden war jeden Tag zum Bersten voll. Wer waren all diese Menschen? Alles Leute, die ein Bordell nicht leiden konnten?

Gisela schloss die Tür auf und stand im Dunkeln. Nur in der Ferne flackerten ein paar Kerzen. Sie drückte den Lichtschalter, aber nichts passierte. Dazu die beängstigende Stille. Ihr wurde unwohl.

„Hallo?", rief sie in die Lounge hinein. „Ist keiner da?"

Olga eilte ihr aus dem Dunkeln entgegen.

„Was ist los?", fragte Gisela.

„Stromausfall. Die Elektriker müssen irgendwelche Reparaturen an unserer Leitung ausführen. Aber so können wir doch nicht arbeiten. Das ist ja voll gruselig."

Die beiden tasteten sich an die Bar vor.

„Und Kerzen haben wir längst nicht genug", begann Olga wieder. „Stromausfall gab es hier noch nie."

„Haben die Handwerker denn gesagt, wie lange das noch dauern soll?", wollte Gisela wissen.

„Nee, ich habe bis jetzt keinen Elektriker gesehen und Christin hat den Hausmeister nur übers Handy erreicht. Aber der wusste auch nichts Genaueres. Willst du einen Kaffee trinken?"

„Nein, nein, lass mal, ist schon gut."

„Ach, wäre auch nicht gegangen. Die Kaffeemaschine läuft ja nicht und der Herd geht auch nicht. Es gibt nicht mal Musik."

Gisela nahm ihre Brille ab.

„Warum sollte auf einmal unsere Stromleitung kaputt sein? Das ist doch Quatsch", wurde sie laut. „Das ist der von Kaltenberg, wer denn sonst."

„Keine Ahnung, wer dahintersteckt. Die meisten der Mädchen jedenfalls sind gegangen. Ein paar arbeiten im Kerzenschein."

Gisela nickte. „Ist ja super! Da wird sich unser Umsatz aber freuen."

Olga nahm auf einem Barhocker Platz.

„Sag' mal, Gisela! Hast du schon was Neues gefunden? Wird das Rosalie bald umziehen?"

Die Chefin sah Olga in die Augen und nahm ihre Hände. „Mach' dir mal keine Sorgen, mein Kind! Das Rosalie wird umziehen. Aber solange läuft alles wie bisher. Auf vollen Touren, bei gutem Umsatz und mit Strom."

S-Bahnhof Köpenick. Julia wusste nicht mehr, wo es langging. Ja, gut, Benni hatte ihr gesagt, immer die Bahnhofstraße entlang Richtung Süden, direkt bis runter an die Spree, bis zur Lindenstraße. Da könne sie überhaupt nichts falsch machen. Nur, dass die Verlockung durch das viele Grün zu groß war und nach Süden ging es

hier auch. Diese vielen Bäume um sie herum und das mitten in der Stadt. Neben ihr floss die Wuhle dahin. Total idyllisch.

Dann tat sich etwas Großes vor ihr auf, wie aus dem Nichts. Das Stadion des 1. FC Union Berlin. Ach herrje, mit Fußball hatte Julia gar nichts am Hut. Wobei, das mal in echt zu sehen, wovon Radio und Fernsehen ständig berichteten, war schon interessant. Und auf der Lindenstraße war sie plötzlich auch. Sie freute sich.

Benni wohnte in einem neu gebauten Haus mit direktem Blick auf die Spree. Schiffe fuhren vorbei und am Ufer gab es Bootsstege, an denen Yachten festgemacht hatten. Sicher, seine Wohnung war eher klein, aber absolut edel. Wie aufgeräumt hier alles war und wie sauber!

Diese Feststellung jedenfalls war positiv gemeint, doch er reagierte eingeschnappt und meinte.

„Na toll, Julia, dachtest du, alle Singles verschlampen, wenn sie männlich sind?"

„Ist ja gut, Benni, es sollte ein Lob sein."

Es gab sogar einen Balkon. Julia trat heraus.

„Oh, Mann, was für eine Aussicht, und die Luft so frisch, fast wie ein Hotel im Urlaub."

Benni stand hinter ihr und Julia schmiegte ihren Kopf an seine Brust.

„Ist das nicht schon ein bisschen zu kalt, jetzt so auf den Schiffen?"

„Ach, was denkst du. Die echt Hartgesottenen fahren bis fast in den Winter hinein."

„Wie bist du an eine solche Wohnung gekommen?"

„Durch meinen Vater. Er ist Rechtsanwalt hier in Berlin. Du weißt doch, alles nur eine Frage von Beziehungen."

Benni legte seine Hände auf ihre Schultern.

„Oh, Mann", redete Julia weiter, „da müsst ihr aber ganz schön reich sein."

„Was heißt ihr? Meine Eltern. Ich nicht."

„Und deine Mutter?"

„Notarin."

Julia drehte sich ihm zu, gab ihm einen Kuss auf die Wange und kicherte.

„Oh, oh, was hab' ich mir denn da eingefangen?"

„Hör' auf damit, Julia, ich bin nicht meine Eltern."

Sie war seinen Lippen jetzt ganz nahe und flüsterte: „Nein, das bist du nicht. Du bist ein Kaufmann und du wirst mal mehr Geld haben als deine Eltern zusammen. Und Kapital wirst du auch haben und dann wirst du einer von den Besseren sein."

Jetzt musste Benni lachen.

„Ich bin sowieso einer von den Besseren. Auch ohne Geld."

„Na klar, das bist du."

Julia küsste ihn und hielt inne. Es fühlte sich noch immer so anders an. Unsicherheit.

„Was ist?"

„Kalt ist's."

„Na, dann lass uns reingehen. Du zitterst ja richtig."

Drinnen zündete Benni die Kerzen auf dem Glastisch an.

„Oh, ja, Kerzen. Voll der Romantiker. Da bin ich aber nicht die erste Freundin, nicht wahr?"

„Weißt du, ich hab's eigentlich nicht so mit Mädchen. Mache mein Ding lieber alleine."

Julia nickte verwundert. „Warum?"

„Weiß nicht. Alleine ist doch gut. Mann und Frau vertragen sich doch gar nicht wirklich. Meine Eltern haben viel mit Scheidungen zu tun. Wenn du dir das manchmal anhörst, willst du nur noch die Tür zu machen. Das ist doch alles zum Kotzen. Warum heiraten die überhaupt?"

Julia nahm auf dem Sofa Platz.

„Nun komm' her zu mir!", sagte sie und ergriff seine Hand.

Benni legte sich auf dem Sofa lang und bettete seinen Kopf in ihren Schoss.

„Ist es so schlimm?", begann sie wieder.

„Ja, ich find' es schlimm. Meine Eltern sind auch nur am Streiten. Schon so lange, wie ich mich erinnern kann. Aber scheiden würden sie sich nie lassen. Dazu sind sie beide zu feige. Du weißt doch; der schönen Etikette wegen."

Julia streichelte ihm durchs Haar und schwieg.

„Einmal hat es meinem Vater gereicht. Er wollte seine Unabhängigkeit beweisen, denke ich, weil er immer auf der Couch schlafen musste. Da ist er dann in den Puff gegangen."

„In den Puff?", staunte Julia.

„Ja, stell dir vor, einfach so. Da war vielleicht was los zu Hause, das kannste aber wissen. Ich dachte schon, meine Mutter würde sich nun wirklich scheiden lassen. Aber Vater ist nicht wieder hingegangen und plötzlich war alles wieder gut."

Julia musste lachen.

„Was ist daran so komisch?"

„Nichts. Ist schon gut."

Auch Benni schmunzelte und meinte: „Naja, auf der Couch schlafen musste er jedenfalls nicht mehr."

Julia krümmte sich vor Lachen, hielt ihre Hand vor den Mund.

„Die Menschen sind schon voll seltsam", sagte sie kichernd.

„Ach, weißt du, meine Mutter hat halt ihre bürgerlichen Prinzipien. Da ist sie total stolz drauf, weil sie die für wichtig hält. Aber mein Vater ist eher der lockere Typ. Manchmal sogar ganz lustig in seiner Art. Dann pfeift er auf Mutters Prinzipien und sie rastet fast aus vor Empörung."

Julia massierte Bennis Kopfhaut in langsamen Zügen.

„Das sind dann immer die Momente, wo ich ihm beispringen möchte, weil er mir unendlich leidtut. Ich meine, wir können ja auch nichts dafür, dass wir immer hinter den Frauen her sind. Wir müssen das tun. Es geht nicht anders. Und meine Mutter weiß das und nutzt das für sich. Sie lässt ihn nicht an sich ran, wenn er sich nicht an ihre Prinzipien hält. Das finde ich feige, weil es gemeine Erpressung ist."

Julia beugte sich über sein Gesicht und flüsterte: „So, ihr müsst das also tun? Es geht nicht anders?"

„Ja, müssen wir", hauchte er ihr entgegen.

Sie gab ihm einen flüchtigen Kuss.

„Oh, du Ärmster. Aber dafür duftest du ganz toll. Was ist das?"

„Verbene, ein Eisenkrautgewächs aus der Provence. Die Franzosen haben in Sachen Düfte total was drauf. Ist gar nicht so leicht, da dran zu kommen. Besorge ich mir immer aus dem Internet."

„Wow, voll der coole Duft, da kann man nicht meckern."

Plötzlich spürte Julia wieder Unbehagen. Sie war es gewohnt, die Männer in ihrer unbeherrschten Lust zu zügeln. Einem Selbstschutz gleich, damit niemand sie übermannen konnte. Aber Benni lag nur da, als wisse er nicht, was er tun sollte, als wären seine Vorstellungen und Worte nur Fantasie.

Auf gar keinen Fall wollte sie, dass er etwas von ihrer Routine bemerkte, denn was anderes war es nie gewesen. Eher wie Sport, eine Leibesübung. Manchmal hatte sie sogar Muskelkater gehabt, der vielen Stellungen wegen. Jedenfalls hatte es nie etwas mit ihr zu tun gehabt. Sie war den Männern nie wirklich nahe gewesen. Eher so, als wenn sie sich von außen zugeschaut hätte.

Aber das hier war kein Außen und kein Kino. Es war real! Sogar Bennis Nähe fühlte sich real an, ohne dass er sie auch nur berührt hatte.

Manchmal hatte sie während der Arbeit geglaubt, sie könne niemals wieder zurück, weil sie sich schon zu weit von den Männern entfernt hatte. Bei jedem Mann ein kleines Stückchen mehr. Es war ihr egal gewesen, wer auf ihr gelegen hatte. Es hatte nichts mit Männern zu tun. Es war nur Arbeit gewesen und nichts weiter. Und ja, es hatte etwas von Schauspielerei gehabt, den Freiern glaubhaft zu machen, dass sich Julia wirklich für sie interessierte. Was sie aber nie getan hatte. Im Gegenteil.

Sie fand es seltsam schräg, wie leicht sich die Männer verführen ließen. Vielleicht erwarteten sie es sogar, weil es ein wichtiger Teil ihrer Fantasie war. Die gleiche Fantasie, der jetzt gerade Benni erlag. Eigentlich konnte es gar nicht anders sein, denn so viel Naivität gab es doch in Wirklichkeit überhaupt nicht.

„Naja", begann Julia, „vielleicht sind sie sich zu gleich, deine Eltern. Gleiches und Gleiches verträgt sich eben nicht. Rechtsanwalt und Notarin ist keine gute Kombination. Da will dann jeder recht haben."

Benni streckte seinen Kopf nach hinten und grinste.

„Da hast du den Nagel auf den Kopf getroffen. Beide haben sie immer recht. Es ist nicht zum Aushalten."

Julia massierte ihm die Stirn, aber irgendwelche Anstalten machte er keine. Und nun? Die Unsicherheit in ihr fühlte sich inzwischen wie ein Zerreißen an. Sie hatte schon seit Monaten mit keinem Mann mehr geschlafen, war von Lust erfüllt und wusste doch nicht, was sie machen sollte. Sie, die sie eine Hure gewesen war.

„Wovon redest du eigentlich? Was müsst ihr nun tun?", fragte sie stattdessen.

Benni öffnete die Augen, um sie sogleich wieder zu schließen, und atmete dabei genüsslich aus.

„Na, du weißt schon."

„Nein, weiß ich nicht."

Sie knöpfte ihm das Hemd auf und streichelte seine Brust. Die metallenen Knöpfe an der Hemdleiste glitzerten wie Geldmünzen.

Julia hasste das Geld! Sie hielt inne. Das Kerzenlicht flackerte und brachte das Metall zum Blitzen.

Viele der Männer waren durchaus respektvoll gewesen. Manchmal sogar schüchtern bis feige. Aber wehe, dass Geld floss, dann war aller Respekt verloren. Von einer Sekunde zur nächsten. Der Schritt vom Menschen zur Ware, mit der ein jeder machen konnte, was er wollte. Nur sehr wenige Männer waren darunter gewesen, die den Wert eines Menschen nicht am Geld festmachten.

Julia beugte sich wieder über sein Gesicht.

„Komm, zeig mir, was ich wissen sollte", hauchte sie ihm ins Ohr. Ihre Haare verhüllten dabei seinen Kopf wie ein Umhang. Es war dunkel und kein Kerzenlicht drang hindurch. „Wenn du keine Freundin hattest", flüsterte sie, „hast du's dann noch nie gemacht?"

Bennis Gesicht fühlte sich plötzlich heiß an.

„Na klar. Was denkst du denn?" Sein Gesicht wurde immer heißer.

„Nur, da war es anders gewesen."

„Wie anders?"

„Na anders eben. Es war nicht direkt eine Freundin, verstehst du?"

„Ein Quickie mit einer Bekannten? Mach' dir mal keinen Kopf, das ist doch okay."

Bennis Gesicht glühte.

„Nein, gekannt habe ich sie eigentlich gar nicht. Ich habe ihr etwas dafür gegeben. Es war ein Bezahlmädchen."

Julia richtete sich auf und warf ihr Haar zurück.

„Ach, echt?", rief sie erstaunt.

Benni erstarrte und musste schlucken.

„Naja, wenn man keine Freundin hat, ist Sex halt schwierig. Und wenn mein Vater das konnte, warum ich nicht auch? Was sollte ich denn machen?"

„Vielleicht hättest du dir eine Freundin suchen sollen."

„Vielleicht. Aber das ist gar nicht so einfach, wie du denkst."

„Nein, das ist es nicht. Aber lass mal, das geht uns Frauen nicht viel anders, das kannste glauben."

„Ihr seid ganz schön rätselhaft und oft so eigenwillig. Da traut man sich ja gar nicht", versuchte er die Sache zu erklären.

„Das haben wir von euch gelernt. Ihr seid doch genauso", konterte Julia.

„Stimmt ja gar nicht."

„Na klar stimmt das."

„Quatsch! Das ist ja so was von frech."

„Von wegen frech. Wer hier wohl frech ist", freute sie sich und drückte Benni ein Kissen aufs Gesicht.

Der machte sich frei, schnappte sich Julia und warf sie auf den Rücken.

Benni strahlte.

„Das Recht des Stärkeren. Was machst du nun?"

Sie lachte.

„Schon klar, du Starker."

Julia schob seine Locken beiseite und küsste ihn. Das war schon besser. Es fühlte sich nicht mehr so entfernt an, eher so, wie sich ein Kuss eben anfühlte.

Dann endlich. Benni wusste sehr wohl, was er tun musste, und war dabei gar nicht so unerfahren, wie sie gedacht hatte. Er war auch nicht erst ein-, zweimal beim Bezahlmädchen gewesen. Mit großer Sicherheit nicht. Nein, dafür war ihr jede seiner Bewegungen zu vertraut. Und Julia wehrte sich gegen diese Vertrautheit. Sie wollte nicht wieder in die mechanische Abwesenheit verfallen, die sie hatte nichts spüren lassen. Sie wollte ihn in sich aufnehmen, mit ihm eins werden, ihn riechen, das Salzige seines Schweißes auf

ihren Lippen schmecken, die Arbeit seiner Muskeln mit ihren Fingerkuppen ertasten.

Plötzlich hörte sie sich laut stöhnen. Ganz von allein. Nicht vorgetäuscht, sondern echt. Das hatte sie schon ewig nicht mehr erlebt. Sie freute sich. Es war wie ein Genuss, der ihr Tränen in die Augen trieb.

Bennis Kopf lag nun ruhig auf Julias Brust. Ihre Finger spielten mit seinen Locken. Sie konnte fühlen, wie zufrieden er war.

„Das war schon was anderes, so ganz anders schön", flüsterte er.

„Ja, weil es echt war und nicht künstlich erworben. Die gekauften Dinge taugen nur etwas, wenn sie nicht den Menschen betreffen. Aber treffen sie den Menschen, ist es ein Kauf ohne Leben darin, ein toter Handel, selbst wenn er aus Fleisch und Blut ist. Da ist es egal, wie schön die Menschen auch aussehen mögen."

Julia stütze sich mit ihrem Ellenbogen auf Benni ab und legte ihr Kinn in die Hand.

„Und weißt du noch was? Viele Leute hassen ihre Arbeit sogar. Aber sie machen sie trotzdem, denn sie brauchen das Geld, weil ohne Geld gar nichts geht."

Benni streichelte Julia mit dem Daumen über den Mund.

„Das kenne ich. Ich habe es gehasst, am Fließband zu stehen und habe es dennoch jeden Tag wieder gemacht."

„Stimmt nicht, du bist ausgebrochen, sonst würden wir jetzt nicht hier liegen."

„Richtig, ich bin ausgebrochen, weil ich meine Arbeit gehasst habe."

Für einen Moment Stille.

„Ich habe überhaupt nicht als Eventmanagerin gearbeitet", durchbrach sie schließlich das Schweigen. „Das war gelogen. Ich war beim Zirkus und der ist pleite gegangen, da habe ich meine Arbeit verloren. Eine neue ließ sich so schnell nicht finden. Eine Familie

zur Unterstützung habe ich keine und Geld hatte ich auch nicht. Da wollte ich mich als Bezahlmädchen versuchen. Etwas über zwei Jahre lang."

„Aber doch nicht freiwillig, oder?", fragte Benni erstaunt.

„Natürlich freiwillig, was dachtest du denn?"

„Echt! Ich hätte meinen Arsch darauf verwettet, dass so etwas kein Mädchen der Welt freiwillig macht."

„Na hör' mal", wurde sie deutlich und richtete sich auf. „Wie kommst du denn auf so 'n Quatsch, Benni?"

Julia warf sich auf den Rücken und zog die Decke über ihren Kopf. „Da sieht man's mal wieder, ihr Männer habt doch keine Ahnung von uns Frauen, lebt in eurer Fantasie aus Vorurteilen ohne jede Wirklichkeit."

„Julia, bitte! Was ist das für eine Wirklichkeit, freiwillig mit Männern zu schlafen für Geld? Das ist doch Scheiße!"

„So, das ist Scheiße, ja? Aber wenn du mit Frauen schläfst für Geld, ist das in Ordnung. Du bist ein Mann. Du darfst das natürlich. Du bist noch der Held unter deinen Freunden. Aber wenn ich das mache, bin ich eine Nutte, nicht wahr?"

Wieder Stille zwischen den zweien.

„Vielleicht ist es von beiden nicht in Ordnung", begann Benni leise, „von den Männern und den Frauen. Ich meine aber, dass du das absolut nicht nötig hast, Julia. So eine bist du nicht. Du kannst auch anders Geld verdienen. Mich macht der Gedanke rasend, dass du bereit bist, mit anderen Männern zu schlafen, wenn sie dir Geld dafür geben, verstehst du das nicht? Bei dem Gedanken könnte ich vor Eifersucht ins Kissen beißen, verdammt!"

„Bereit *warst*, Benni, unterschlage das bitte nicht: Vergangenheitsform." Julia lugte unter der Decke hervor. „Und überhaupt, was heißt hier: So eine bist du nicht?"

„Weil du so eine nicht bist, das weiß ich."

Sie war verblüfft, ja sprachlos, und setzte sich aufrecht.

„Hey, Benni, was für eine ich bin, bestimme ich und niemand anderes sonst. Ich gehöre keinem, auch dir nicht. Das Ganze hat überhaupt nichts mit dir zu tun. Ein Mann kann eine Frau nicht besitzen wie ein Auto. Wo lebst du denn?"

Sie nahm sein Gesicht in ihre Hände.

„Mensch, versteh' doch endlich! Wir leben nicht mehr im Mittelalter. Aber deine Eifersucht, die stammt noch daher. Und trotzdem, auch die hat nichts mit mir zu tun. Es ist deine Unfähigkeit, von Mama loszulassen, um deinen eigenen Weg zu gehen. Denn hättest du dieses Selbstbewusstsein, bräuchtest du die Eifersucht auf deine Mitmänner nicht. Sie wären dir scheißegal."

„Sie sind mir scheißegal, aber du bist mir nicht scheißegal", wurde er laut.

Sie lächelte und küsste seine Stirn.

„Ist ja gut, Benni. Ich bin ausgestiegen. Es ist vorbei."

Gisela befand sich im Kampfmodus! Und der war für alle Rosalie-Girls nur schwer auszuhalten. Sie kam mürrisch daher, hatte ständig schlechte Laune und das Ganze war auch noch mit Trotz gepaart. Nicht im Traum dachte sie daran, das Angebot des Herrn von Kaltenberg anzunehmen. Der hatte vorgeschlagen, eine Abfindung zu zahlen, wenn diese sich im Gegenzug einverstanden zeigen würde, das Rosalie vor Ablauf der Kündigungsfrist von sechs Monaten aufzugeben.

Sie hatte kistenweise Kerzen besorgt, weil sich die Arbeiten an den elektrischen Leitungen ewig hinzogen und es immer wieder zu Stromausfällen kam. Was aber nicht wirklich schlimm war, eher im Gegenteil, es hatte romantische Züge. Die Mädchen wie auch deren Kunden schien das alles nicht zu stören. Der befürchtete Einbruch

der Umsätze jedenfalls blieb aus. Und die fehlende Barmusik wurde einfach durch ein Kofferradio ersetzt.

Das Einzige, was störte, war die fehlende Sicht. Die Freier waren nicht richtig erkennbar. Nur einen Schritt aus dem Kerzenschein hinaus und sie verschwanden im Dunkeln. Für Lela und Maya bedeutete das echten Stress, dirigierten sie die Männer doch stets über deren Äußerlichkeit, über Mimik und Gestik.

Es mochte Zufall sein oder tatsächlich die fehlende Sicht, vielleicht auch Leichtsinn, weil Christin diesbezüglich wenig ängstlich war. Jedenfalls machte sie sich gerade an einen Freier heran, der soeben auf dem Weg an die Bar war. Sein Gesicht hatte sie nicht erkennen können. Er trug einen Hut und hatte den Mantelkragen hochgeschlagen, seinen Kopf tief gehalten. Es war ein sehr feiner Mantel, Christin gefiel das. Der Duft seines Rasierwassers kam ihr bekannt vor. Sie wusste nicht woher, aber sie hatte es schon mal gerochen.

Sie rückte sich gerade einen Barhocker zurecht, als er ihr mit seiner flachen Hand ins Gesicht schlug. Es zwiebelte fürchterlich. Sie schrie auf, riss den Hocker um und stürzte zu Boden. Kerzen fielen von der Bar, einige Gläser auch. Der Mann schnappte eines ihrer Handgelenke und schleifte Christin von der Bar weg in Richtung Eingang. Die Chefin eilte hinter dem Tresen hervor. Ein Freier packte den Mann von hinten, zerrte ihn am Mantel und schlug ihm mit der Faust ins Gesicht. Er taumelte, fing sich aber wieder und trat dem Freier gegen die Beine, woraufhin dieser hinfiel und der Mann sich auf ihn stürzte. Die Girls kreischten wild durcheinander, die Chefin brüllte.

Das Licht ging an. Der Strom war wieder da.

Die beiden Männer wälzten sich über den Boden. Barhocker krachten um. Die zwei prügelten aufeinander ein. Das Geräusch von dumpfen Schlägen erfüllte die Lounge, begleitet von gepressten Seufzern. Schließlich gewann der Freier die Oberhand, brachte den

Mann unter sich und wollte gerade zuschlagen, als Christin aus vollem Halse schrie, auf dass es allen in den Ohren wehtat.

„Nein! Sofort aufhören! Es ist mein Vater!"

Der Freier hielt inne. Totenstill war es mit einem Mal in der Lounge. Nur das Kofferradio dudelte leise vor sich hin. Der Freier setzte sich aufrecht. Blut lief von seiner Augenbraue die Wange hinunter. Schließlich gab er den Vater frei und stand auf.

Christin hielt sich die Hände vors Gesicht. Sie zitterte. Sie weinte. Sie kniete sich neben ihn.

„Mensch, Papa, was machst du denn!"

Sie nahm ein Taschentuch und tupfte ihm das Blut vom Mund, von der Nase, von den Augen. Alles voller Blut.

Zwei Männer vom Wachdienst stürmten durch den Eingang. Gisela kümmerte sich darum.

Der Vater mühte sich aufzustehen. Christin wollte ihm dabei helfen, doch er stieß sie weg, wie von ihr angewidert. Sein Mantel war zerrissen. Den Hut hatte er verloren. Die Haare zerzaust. Das Hemd hing aus der Hose.

Er blickte durch die Lounge. Keiner, der etwas sagte. Betroffenheit in den Augen der Anwesenden. Dann spuckte der Vater Blut auf den Boden aus und sagte: „Meine Tochter eine Nutte, ja!"

Christin hatte den Kopf gesenkt. Tränen liefen ihr das Gesicht entlang.

„Keinen Schritt setzt du mehr vor meine Tür. Nie wieder. Eine Tochter habe ich nicht mehr!"

Er suchte kurz, fand seinen Hut und ging zum Eingang. Die Tür fiel ins Schloss.

Die Chefin schaltete das Radio aus. Absolute Stille. Nur Christins Schluchzen war zu hören.

Olga und Janett kamen, um Christin in den Arm zu nehmen. Der Freier brachte ihr ein Glas Selters.

„Reiß' dich zusammen, Christin!", mahnte die Chefin. „Der kriegt sich wieder ein. Er ist nicht der erste Vater, der hier Terror gemacht hat. Glaube mir, mein Kind. Es dauert eine Weile, aber dann kriegt er sich wieder ein. Im ersten Moment überfordert das alle Väter. Das ist ganz normal."

S-Bahnhof Storkower Straße. Julia war auf dem Weg zum Finanzamt Prenzlauer Berg, ein weitläufiges Gelände mit einzelnen Bürogebäuden in Plattenbauweise. Dazwischen blattlose Sträucher und verkrüppelte Bäumchen, die vielleicht einmal zu Bäumen werden sollten. Die Rasenflächen ungepflegt und von kahlen Flecken gelöchert.

Berlin hat auch seine hässlichen Seiten, dachte sie und erinnerte sich daran, dass das Amt noch vor gar nicht langer Zeit in der Pappelallee am U-Bahnhof Eberswalder Straße seinen Platz gehabt hatte. Das war schon etwas anderes gewesen. Ein majestätisches Gebäude aus der Kaiserzeit. Und jetzt? Jetzt saß das Finanzamt in einem nichtssagenden Neubaukasten, der abstoßender nicht sein konnte.

Julia hatte auf einem Holzstuhl Platz genommen und starrte den langen Flur hinunter. Tür reihte sich an Tür. Der Fußboden graue Steinfliesen, die Wände hellgrün getüncht. An der Decke brummende Leuchtstoffröhren. Hinten am Ende ein Fenster mit einer vergessenen Topfpflanze davor, die um ihr Leben kämpfte.

Geld hatte sie im Rosalie nicht schlecht verdient. Wenigstens in diesem Punkt hatte Christin recht behalten. Und noch etwas war nicht schlecht gewesen. Die vielen Männer bedeuteten auch Beziehungen, in alle möglichen Richtungen, selbst zum Finanzamt. Einer von Julias ehemaligen Freiern war dort in höherer Stellung tätig. In ihrer Not hatte sie sich an ihn gewandt und saß nun vor dem Büro eines gewissen Herrn Maierling, der ihr weiterhelfen

würde. Das Ganze natürlich mit dem Versprechen verbunden, niemals zu verraten, von wem sie diese Information bekommen habe. Da war sie wieder, die Heimlichtuerei.

Maierling machte einen versoffenen Eindruck. Hautsäcke unter seinen Augen, der Teint gräulich, die Zähne gelb. Selbst sein Anzug passte in dieses Bild, er war mehr als abgetragen und schlabberte um seine hagere Gestalt herum.

„Nun, junge Frau, was verschafft mir die Ehre?", fragte er mit einem Lächeln auf seinen Lippen, das kein echtes war.

„Mein Steuerberater meinte, ich solle mal mit Ihnen sprechen, weil sich somit viele Dinge im Vorfeld aus dem Weg räumen lassen", log Julia. „Naja, ich meine, weil Sie sich doch im Finanzamt mit Steuerhinterziehungen befassen, die ich aber gar nicht gemacht habe."

„So, haben Sie nicht?"

„Nee, habe ich nicht. Außerdem bin ich aus diesem Beruf längst ausgestiegen."

Maierling prustete, als hätte er sich verschluckt.

„Beruf!", begann er zu lachen. „So kann man das auch nennen."

Julia stutzte, fühlte sich verletzt.

„Ich sage Ihnen mal was, meine Liebe. Eigentlich ist es mir ziemlich egal, was Sie da treiben, solange Sie ordentlich Ihre Steuern zahlen. Aber es ist mir nicht egal, dass Sie dort nicht nur die Männer an der Nase herumführen, sondern uns gleich mit. Was denken Sie sich eigentlich dabei? Denken Sie wir sind bescheuert?"

Julia wurde heiß im Gesicht.

„Nein, das denke ich nicht", antwortete sie leise.

„Hören Sie mal", wurde er deutlich. „Es gibt eine ganz einfache Regel, dafür braucht man nur einen Hauptschulabschluss: Sie können siebzehntausendfünfhundert Euro im Jahr verdienen, um von der Umsatzsteuer befreit zu sein. Ist es mehr, muss Steuer bezahlt

werden. Das ist doch nun wirklich eine Milchmädchenrechnung, die jeder verstehen kann, oder etwa nicht?"

Julia nickte.

„Na, sehen Sie."

Mailerling rollte seinen Stuhl etwas nach hinten und machte es sich bequem.

„Das glaube ich Ihnen sogar", begann er wieder. „Deshalb stehen auf Ihren Stundenzetteln auch nie mehr als diese Höchstsumme. Und genau an dieser Stelle beginnt die Verarschung! Diese Stundenzettel bilden doch nur die Mieten für die Zimmer ab. Ein Kunde kommt und zahlt für ein Zimmer pro Stunde hundertzwanzig Euro. Die eine Hälfte bekommt das Haus und die andere Sie. Gut, das Haus macht natürlich weit mehr als siebzehntausendfünfhundert Euro im Jahr und vom Haus bekommen wir auch die Umsatzsteuer. Das ist in Ordnung. Aber der Rest ist Quatsch! Sie wollen mir doch nicht erzählen, dass das alles ist? Wer weiß, was Sie auf den Zimmern mit den Kunden so machen und womit Sie denen das Geld aus den Taschen ziehen. Nur so wird die große Kohle gemacht, oder meinen Sie, wir sind hier alle blöde? Für sechzig Euro bekommt der Kunde doch nix!"

„Natürlich bekommt er etwas", wurde jetzt auch Julia laut, „er bekommt klassischen Sex dafür. Sie haben doch keine Ahnung, wie die Kunden drauf sind. Die zahlen nur das, was vereinbart war, und keinen Cent mehr. Die sind geizig, bis der Arzt kommt, das können Sie aber wissen."

Mailerling nickte. „Schon klar, keinen Cent mehr. Und was ist mit den Sonderwünschen, dem Blasen ohne Kondom, anale Geschichten und so weiter? Das sind doch alles besondere Dienstleistungen, für die besonderes Geld fällig wird?"

„Naja", sagte Julia leise, „es kommt schon vor, dass einige Männer eine Flasche Sekt bestellen, aber das wird alles von den Hausda-

men abgerechnet. Und bei den Sonderwünschen weiß ich es nicht. Ich habe anale Sachen immer abgelehnt und den Zwani für das Blasen habe ich auf dem Stundenzettel eingetragen."

„Jetzt reicht es aber!"

Er schlug mit der flachen Hand auf die Platte, auf dass der ganze Schreibtisch wackelte.

„Gut", beruhigte er sich schnell wieder, „wir können das gerne überprüfen. Die Herren werden doch inzwischen nicht alle an einem Herzinfarkt verstorben sein, oder? Am besten, wir fragen einfach mal nach. Manche sollen da ja ganz unerschrocken sein, die prahlen richtig damit. Es finden sich mit Sicherheit welche, die darüber reden werden. Schließlich sind wir die Steuerfahndung. Und mit der will keiner Ärger haben."

Julia wurde schlagartig rot.

„Nein, bitte nicht, Herr Maierling! Das können Sie doch nicht machen. Ich habe den Beruf heimlich betrieben, wissen Sie. Wenn Sie das jetzt tun, kann ich auffliegen. Das ist gefährlich für mich, das kann mein ganzes Leben kaputtmachen."

„Ach, sieh' mal einer an. Sie haben das alles heimlich gemacht. Und wer weiß, was Sie noch alles heimlich gemacht haben. Zum Beispiel den Staat um sein Geld beschissen."

„Nein, mein Gott, das habe ich nicht, so glauben Sie mir doch", flehte Julia.

Maierling schlug die Beine übereinander und verschränkte die Arme. Dann lächelte er, sein Blick war lüstern.

„Na, Sie sind mir ja eine. All ihre Heimlichkeiten haben Sie also brav in den Stundenzettel eingetragen? Und das soll ich Ihnen glauben?"

Julia nickte.

„Gut", sagte er wieder, „ich bin schließlich kein Unmensch, der Ihr Leben kaputtmachen will. Wenn Sie nicht wollen, dass ich die Sa-

che in die Welt hinaustrage, dann zeigen Sie mir doch, was Sie heimlich gemacht haben."

„Wie bitte?" Sie verstand nicht, was er meinte.

„Na, wir sind hier beide ganz allein. Da ist niemand, der uns dabei stören kann."

Julia wurde plötzlich unwohl, sein Blick schien noch lüsterner und er bekam feuchte Lippen. Das alles kannte sie nur zu gut.

„Was soll das?", fragte sie. „Ist das ein Test? Ich bin ausgestiegen, das habe ich Ihnen doch gesagt."

Maierling prustete erneut, auf dass seine gelben Zähne zu sehen waren.

„Ausgestiegen", freute er sich. „Das soll wohl ein Witz sein. Da kann keine aussteigen. Entweder eine Frau ist das, oder sie ist das nicht."

Julia blickte sich nach allen Seiten um. Es war nur ein einfacher Büroraum, in dem sie saß. Zwei Stühle, ein Tisch mit Schreibtischlampe, Telefon und Computer, an der Wand Schränke, ein Fenster zur Straße hin, schließlich die Tür und sonst nichts. Und die Tür war nicht verschlossen, da war sie sich sicher.

„Warum sagen Sie so was? Es ist ein Beruf wie jeder andere auch. Und wie bei jedem Beruf, kann man damit aufhören. Das hat nichts mit einer Frau zu tun."

„Nein, nein, hat es gar nicht. Wie komme ich bloß darauf", freute er sich noch mehr und hatte Lachtränen in den Augen.

„Na, hören Sie mal! Das hier ist das Finanzamt und ich habe einen offiziellen Termin." Julia war fassungslos.

Maierling zog ein Taschentuch aus seiner Hosentasche und wischte sich die Augen trocken, um dann ruhig fortzufahren: „Es war doch Ihre Bitte, die Sache nicht an die große Glocke zu hängen. Aber dazu muss ich erst mal wissen, um welche Sache es sich handelt. Meinen Sie nicht auch?"

„Nein, das meine ich nicht."

„So, das meinen Sie nicht", wurde er plötzlich ernst. „Hier ist doch niemand, nur wir zwei. Und wenn Sie sich sicherer fühlen wollen, kann ich die Tür auch abschließen. Was stellen Sie sich so an? Außerdem machen Sie nur Ihren Job. Glauben tut Ihnen doch sowieso keiner. Wer glaubt schon einer Nutte?"

Julia stand vom Stuhl auf.

„Überlegen Sie sich genau, was Sie jetzt machen! Wenn Sie gehen, kann ich gar nichts für Sie tun. Aber wenn Sie bleiben und schön lieb zu mir sind, lässt sich da bestimmt etwas regeln. Na, was meinen Sie?"

Maierling machte die Beine breit und legte die Hände in seinen Schritt.

Julia sah ihn kurz an, drehte sich um und ging zur Tür hinaus.

Christin hatte sich extra einen Tag frei genommen. Es war schon eine Ewigkeit her, dass sie sich das letzte Mal mit ihrer Schulfreundin Conni getroffen hatte. Conni stammte aus dem Nachbardorf und schon damals war das Gerücht im Umlauf gewesen, sie wäre vom anderen Ufer, also dass sie die Mädchen lieber hätte als die Jungen. Was sich natürlich niemand getraut hatte, offen anzusprechen, aber so ziemlich jeder sie hatte spüren lassen. Sie war allzu oft von der Gemeinschaft ausgeschlossen worden, hatte nicht mitmachen gedurft und war so zur Einzelgängerin geworden. Aber mit Christin hatte sie sich immer gut verstanden, waren sie doch beide im Extravaganten vereint gewesen.

Heute lebte Conni im Fliegerviertel von Tempelhof. Christin war erst einmal dort gewesen und hatte es gut in Erinnerung behalten. Die kleinen Reihenhäuschen aus dem Berlin der 1920er Jahre mit dem vielen Grün dazwischen, ganz in der Nähe vom Flughafen gelegen. Das hatte auf sie wie eine Idylle gewirkt.

Conni arbeitete in einem Fitnessstudio als Trainerin. Eigentlich kannte sie nur ein Kleidungsstück, den Trainingsanzug. Den zwar in unzähligen Variationen, aber es blieb immer noch ein Trainingsanzug. Doch irgendwie passte der zu ihr, zu ihren vielen Muskeln, dem durchtrainierten Körper, ja, sogar zu ihrem kurzen Jungenhaarschnitt.

Natürlich hatte Christin sich etwas dabei gedacht, warum sie Conni zu sich eingeladen hatte. Denn mit Julia und Olga war es eine schöne Zeit, die aber zu zerbrechen drohte. Julia redete nur noch von Benni und trug sich bereits mit dem Gedanken, ganz zu ihm zu ziehen. Das jedoch war schon aus rein finanzieller Sicht keine gute Sache, hatte sich Christin doch längst an das Dritteln der Miete gewöhnt. Und mochte Julia auch bockig sein in ihrer Art, so war sie trotzdem ein Teil von Christins Leben geworden. Was ihr viel wichtiger war, als sie gedacht hätte. Denn Freundinnen gab es im Rosalie nicht, jedenfalls keine echten. Mochten die Girls auch lieb und nett zueinander sein, manchmal auch richtig familiär, Freundinnen waren sie nicht. Dafür war das Konkurrenzgehabe um die Männer viel zu hart.

Christin war deshalb auf den Gedanken gekommen, ob Conni Julias Platz ersetzen könnte. Warum nicht? Der Prenzlauer Berg war doch hipp. Viele sehnten sich nach ihm und würden alles tun, um dort wohnen zu können. Auch wenn Christin es selbst inzwischen ganz anders sah. Den Weg zur Arbeit nach Tempelhof hielt sie für erträglich, ganz zu schweigen davon, dass sich auch für Conni die Miete senken würde. Und allein wäre sie dann auch nicht mehr. Ja, Christin fand, dass es ein guter Plan war, für alle Seiten.

Sie hatte Julia gebeten, einen Kuchen zu backen. Was dabei herausgekommen war und jetzt vor ihr stand, war ein echtes Meisterwerk. Christin war mulmig zumute, als sie den Kaffeetisch zu

decken begann. Diese Kuchen würden ihr fehlen. Julia würde ihr fehlen.

Es klingelte an der Tür.

„Hey, Conni, einen schicken Trainingsanzug, den du da anhast."

„Ja, da staunst du, meine Liebe. Die knalligen Farben sind gerade der letzte Schrei. Und der Stoff wird immer feiner. Aber frage nicht, was das kostet!"

Conni umarmte Christin.

„Oh Mensch, Christin, voll die feine Dame. Gut siehst du aus. Und wie du duftest."

Auf dem Weg in die Küche wurde Conni immer langsamer, blieb stehen, sah sich um, sah das Bad, die Zimmer.

„Du hast es also wirklich getan", stellte sie fest.

„Was getan?"

„Na, mal im Rosalie vorbeizuschauen. Das letzte Mal, als du bei mir warst, hattest du davon erzählt, weil dich die Arbeit im Haarstudio genervt hat."

Christin nickte erstaunt. „Ach, hab' ich?"

„Ja, hast du."

Sie gingen in die Küche.

„Voll schön habt ihr 's hier."

Christin lächelte, freute sich.

„Ehrlich gesagt, hatte ich das für einen Witz gehalten. Hätte nie gedacht, dass du das ernst gemeint hast."

Christin war noch immer erstaunt. „Das Ganze ist über drei Jahre her. Haben wir uns schon solange nicht mehr gesehen? Wahnsinn, wie die Zeit vergeht. Aber nun setz dich doch erst mal!"

Conni nahm Platz und starrte auf den Kuchen.

„Wow, das ist ja ein richtiges Kunstwerk. Zum Essen viel zu schade."

„Ja, den hat Julia gebacken. Sie ist Bäckerin, weißt du."

„Ach, Bäckerin?"

„Naja, sie war Bäckerin, hat dann im Rosalie gearbeitet und jetzt aufgehört, weil sie einen Freund hat. Voll die große Liebe und so. Und zu ihm ziehen will sie demnächst auch."

Conni nickte.

„Dann gibt's noch Olga", fuhr Christin fort. „Sie kommt aus Tschechien und arbeitet auch im Rosalie. Sie kümmert sich um die Männer mit Behinderung. Ich sage dir, die hätte auch voll die Krankenschwester werden können."

Conni sah Christin an. „Das ist ja ein richtiges Nest hier."

„Tja, wenn Julia auszieht, sind wir nur noch zu zweit."

Christin schnitt den Kuchen an.

„Sag' mal, Conni, sieht man mir das an?"

„Keine Angst, meine Liebe, man sieht dir nichts an. Aber der Wohnung sieht man's an."

Christin staunte erneut. „Der Wohnung?"

„Hey, in keiner Wohnung der Welt hängen so viel Fummel rum wie hier, nirgends gib es so viel Schminke."

„Ach, echt?"

„Ja, echt."

„Habe ich noch nie bemerkt. Aber jetzt, wo du es sagst."

Conni lachte mit dicken Backen.

„Kuchen machen kann Julia jedenfalls", nuschelte sie mit vollem Mund. „Mann, ist das ein geiles Zeug."

Christin schenkte ihr den Kaffee ein.

„Und, bei euch so?", fragte sie.

„Naja, der Flughafen ist seit 2009 zu. Also schon eine ganze Weile totale Ruhe. Und dazu noch die schöne Lage. Was soll ich da sagen? Alles ist voll teuer geworden. Es kommen immer feinere Leute nach Tempelhof. Die Mieten steigen und steigen. Auf der anderen

Seite gehen die feinen Leute aber auch ins Fitnessstudio und bringen ordentlich Geld mit."

„Wohnst du allein?"

„Natürlich. Du weißt doch, wir Kampflesben wohnen meist allein." Conni lachte. „Nee, nee, ich hab's mal mit einer Freundin versucht, also, das Zusammenwohnen. Aber du kennst doch meinen Starrsinn. Ich mache mein Ding lieber allein."

Christin nickte, schenkte den Kaffee nach und fragte: „Und, fährst du oft nach Hause zu deinen Eltern?"

„Ja, ziemlich oft. Sie sind nicht mehr die Jüngsten, da fühle ich mich verantwortlich, weißt du! Aber wirklich passieren tut da nichts. Die ganze Gegend wirkt wie aus dem Mittelalter gefallen, wie im Dauerschlaf. Schon wenn ein Sack Getreide umfällt, wird das zur Sensation. Einfach nur langweilig. Wobei, neulich hat man den Ortsvorsteher in flagranti erwischt, wie er ein junges Mädchen befummeln wollte. Es war ja schon ewig das Gerücht im Umlauf, dass er so etwas macht. Aber nun konnte er nichts mehr leugnen. Er wurde abgesetzt und musste seinen Hut nehmen."

Christin strahlte. „Schadet ihm gar nichts, dem fetten Schwein."

Conni nickte.

„Nun", begann Christin, „hier in PrenzlBerg ist schon mehr los. Und nebenan in Friedrichshain brummt der Bär, das kannste aber glauben."

„Oh ja, das hört man immer wieder."

„Und für uns geht die Miete durch drei. Das ist das Beste von allem", betonte Christin.

Conni hielt mit dem Kauen kurz inne.

„Stimmt. Die hohen Mieten sind echt irre."

„Wenn Julia zu ihrem Freund zieht, ist hier ein Platz für dich frei", bot Christin ihr direkt an. „Du hast dein eigenes Zimmer, die Miete ist niedrig und der Weg nach Tempelhof nicht weit."

Conni nahm einen Schluck vom Kaffee.

„Ich weiß nicht, Christin. Das Milieu ist nicht meins. Das ist doch voll exotisch.“

„Quatsch! Was soll daran exotisch sein? Es ist das älteste Gewerbe von der Welt. Ein ganz normaler Beruf.“

Aber Conni schüttelte energisch mit dem Kopf. „Nee, lass mal! Das ist doch mit Zuhältern, Gewalt und Drogen und so. Mit so was will ich nichts zu tun haben. Die ganzen Männer und der Hickhack. Um Gottes Willen, nicht mit mir.“

„Das Rosalie ist ein Edelbordell und nicht der Straßenstrich. Da gibt es weder Zuhälter noch Drogen. Und mit den Männern hast du doch gar nichts zu tun. Du wohnst bei uns und nichts weiter. Die Männer kommen hier nicht her. Im Gegenteil. Eine männerfreie Zone, sozusagen.“

Aber Conni schüttelte weiter den Kopf. „Auf keinen Fall. Ich will da nicht mit reingezogen werden.“

Christin war enttäuscht. Sie schwieg. Eigentlich hatte sie Conni immer für aufgeschlossen gehalten. Eine solche Reaktion hatte sie nicht erwartet. Conni schien ihr völlig verklemmt, ja, ängstlich zu sein.

„Und wenn du noch mal in Ruhe darüber nachdenkst“, begann Christin, „vielleicht war es etwas überraschend für dich!“

Doch Connis Mimik verneinte unaufhörlich.

„Hör' jetzt auf damit, Christin, bitte! Das ist ja alles voll gruselig. Was ist nur aus dir geworden? Ich fasse es ja nicht!“

„Wieso?“

„Mensch, Christin, du bist eine Nutte, verdammt noch mal!“

„Und du bist eine Lesbe, na und?“

Conni stieß mit lautem Geschepper die Tasse auf die Untertasse zurück und sprang vom Stuhl auf.

„Oh Mann, Christin, du hast sie ja nicht alle", wurde sie laut. Ihre Lippen zitterten.

Conni eilte zum Flur hinaus. Einen Moment später krachte die Eingangstür ins Schloss.

Christin war fassungslos. Wie konnte sie sich nur so getäuscht haben? Das war nicht mehr die Conni, die sie einst gekannt hatte. Die war nicht so kleinbürgerlich, spießig und weltfremd gewesen, als hätte sie ihr brandenburgisches Kaff nie verlassen.

Im Rosalie fühlte sich alles an, als wäre ein Schiff am Sinken. Die Chefin verzweifelte. Zwar war die Stromleitung inzwischen repariert worden, was lange genug gedauert hatte, aber nun stimmte etwas mit der Heizung nicht. Ständig fiel sie aus. Und war sie endlich warm, dauerte es nicht lange und sie wurde wieder kalt. Die Hausverwaltung hatte nur den Anrufbeantworter geschaltet und der Hausmeister war schwer erreichbar. Ließ sich endlich ein Handwerker blicken, schraubte er ein wenig herum, die Heizung lief, aber nur, um nach einer Weile wieder kalt zu sein. Und schon begann das Spielchen von vorn. Alles die reinste Schikane. Natürlich wusste Gisela, dass von Kaltenberg dahintersteckte.

Sie hatte versucht, was man nur versuchen konnte. Aber Räumlichkeiten, um das Rosalie an anderer Stelle neu entstehen zu lassen, hatte sie noch immer nicht gefunden.

Sie wusste längst, dass alles verloren war, was sie sich aber nicht eingestehen wollte. Vor sich nicht und vor den Mädchen schon gar nicht. Es war ihr wie der Glaube an ein Wunder, die Rettung in letzter Minute, die sie die Entscheidungen vor sich herschieben ließ. Ein Leben im Hier und Jetzt. Ein Morgen sollte es nicht geben. Schlimmer noch, nicht nur, dass die Chefin die tatsächliche Lage vertuschte, nein, sie fing an, sich die Welt zurechtzulügen. Selbst

vor Lela und Maya schreckte sie dabei nicht zurück, manipulierte an den Einnahmen und lenkte sie in die eigene Tasche um.

Auch traf sie sich mit Juri und begann, ihm die wertvollsten Stücke der Einrichtung zu verkaufen. Alles unter dem Vorwand, das Geld für den neuen Standort zu brauchen.

Gisela ließ sich nichts anmerken, doch in ihrem Inneren tobte der totale Rausch. Sie war wie verwandelt. Es war, als wolle sie aus dem Laden rausholen, was nur irgendwie rauszuholen war, bevor das Ganze unterging.

Und die Mädchen sollten ihren Beitrag dazu leisten und das machen, wofür sie da waren: Geld verdienen!

So herrschte eine seltsame Unruhe im Rosalie. Die Girls fingen langsam zu zweifeln an. Aber Gisela log, auf dass sich die Balken bogen. Am neuen Standort werde alles besser sein. Doch verraten würde noch nix; der Überraschung wegen. Auf gar keinen Fall durften die Mädchen den Glauben an die Zukunft verlieren, sonst drohte deren Abwanderung, war Juri doch bereits dabei, allen schöne Augen zu machen und damit zu locken, wie überaus toll es in seinem Hause sei.

Noch immer hatte er es ganz besonders auf Olga und Christin abgesehen. Die beiden wollte er unbedingt haben. Aber da war mit Olga nichts zu machen, schließlich hatte die Chefin sie aus Hamburg befreit. Auch Christin fühlte sich zur Dankbarkeit verpflichtet und wagte es nicht, Gisela in den Rücken zu fallen.

Juri wusste nicht, was er davon halten sollte. Hatte Gisela wirklich noch ein fettes As im Ärmel? Oder war das alles nur Bluff?

Im Rosalie jedenfalls wurde bis zum Umfallen gearbeitet. Der Betriebsschluss um 22 Uhr schien aufgehoben zu sein, eine Sonderschicht jagte die andere, alle bis weit in den frühen Morgen hinein.

Gisela befand sich in Feierlaune. Was völlig unpassend wirkte, denn allen anderen war eher nach Untergang zumute. Doch die

Chefin trommelte die Stammgäste zusammen und ließ die Sekt-
korken knallen.

Christin konnte schon bald nicht mehr. Das Arbeiten die ganzen
Nächte hindurch. Diese vielen Männer, die sie bereits auf ihrem
Weg nach Hause vergessen hatte und an die sie nur der Muskelkater erinnerte, bis in die letzte Faser ihres Seins hinein. Trotz alledem: So viel Geld hatte sie in ihrem Leben noch nicht verdient.

Nur bei Olga lief es etwas ruhiger. Sie behielt ihre Sonderstellung,
die selbst Gisela nicht anzutasten wagte. Sie blieb weiter nur in der
Tagschicht präsent und kümmerte sich um ihre Kunden.

Mochte der autistische Junge seine Schwierigkeiten haben, auch er
spürte, dass sich das Rosalie in Auflösung befand, dass er Olga verlieren wird. Das machte ihn traurig und doch freundlich zugleich,
denn er wurde ruhiger. Seine Blicke kreisten nicht mehr ziellos
durch den Raum. Er konnte sich immer mehr auf Olga konzentrie-
ren. Er beobachtete sie, brachte Geschenke mit. Erst Blumen, dann
Pralinen.

Selbst seine Mutter blühte auf, als sie so dasaß in der Lounge, ihr
Mineralwasser trank und wartete. Noch nie hätte sich ihr Sohn
derart auf einen anderen Menschen einlassen können, meinte sie.

Die Gerüchteküche brodelte. Die Männer von Kreuzberg schienen
in Aufruhr zu sein, obwohl keiner von ihnen dem Rosalie je seine
offizielle Aufmerksamkeit geschenkt hatte, es eher ein Ort im Geheimen war. Nun aber kamen sie zuhauf, nutzen jede kleine Ar-
beitspause, waren hektisch getrieben, als liefen sie Gefahr, etwas zu
verpassen, dass sie unbedingt noch mitnehmen wollten.

So war die morgendliche Ruhe in der Lounge trügerisch und nur
von kurzer Dauer; die Spuren der Nacht noch deutlich sichtbar.
Aber Lela und Maya behielten alles fest im Blick. Sie schliefen ab-
wechselnd im Rosalie.

Doch als es klingelte, standen zu aller Überraschung keine Kunden, sondern die AG Rotlicht vor der Tür. Der Dicke von der Steuerfahndung und sein Kollege mit dem militärischen Haarschnitt. Beide hatten ein Strahlen im Gesicht, das sie mit großer Mühe zu unterdrücken suchten, es aber nicht schafften.

„Die Chefin ist noch nicht da", sagte Lela.

„Macht nichts", meinte der Dicke und lächelte. Die zwei waren ungewöhnlich ruhig. Nichts vom üblichen Gehabe mit all dem Gepolter dazu. „Wollen wir ins Büro gehen?", fragte er höflich.

Lela nickte und ließ die beiden hinein.

Im Büro angekommen blickten sie gezielt umher, als suchten sie nach etwas Bestimmtem.

„Was wollen Sie diesmal?", wollte Lela wissen. „Sie haben doch schon jedes Blatt in diesem Büro umgedreht."

Die zwei lächelten sich an.

„Nein, meine Gute, nicht jedes", begann der Dicke. „Mir ist da nämlich nach unserem letzten Besuch ein Gedanke gekommen, der mich nicht wieder loslässt."

Lela stutzte.

„Na, wissen Sie, mir ist das hier alles zu ordentlich, zu organisiert. Ich habe schon unendlich viele Büros in meinem Leben gesehen, das können Sie mir glauben. Aber so organisiert wie dieses war keines von denen."

Lela hob die Schultern. „Naja, wir sind ein reiner Frauenbetrieb, da ist das halt so ordentlich, na und?"

„Ach, hören Sie doch auf!", wurde er laut. „Ich kriege hier nur das zu sehen, was ich sehen soll. Sogar der Papierkorb ist mit Knüllpapier gefüllt, als wäre er ein Ausstellungsstück. Das ist doch nicht echt. Das ist Verarschung!"

Der Dicke setzte sich auf eine Ecke des Schreibtisches. Die Platte knarrte.

„Doch Sie haben völlig recht", fuhr er fort, „das hier ist ein Frauenbetrieb und genau das hat mich nicht schlafen lassen. Was könnte
es also sein, wo ein Mann nicht so gerne hinguckt?"

Sie hob wieder die Schultern.

„Babykacke", freute er sich.

Der Mann mit dem militärischen Haarschnitt öffnete die kleine
Tür zum Klo am Ende des Büros.

Lela wurde schlagartig rot. Eines ihrer Augenlider, begann zu zittern.

„Auf der Toilette haben wir uns noch gar nicht umgesehen", stellte
der Dicke fest.

„Was wollen Sie auf dem Klo schon sehen? Da gibt's nichts zu sehen."

„Das stimmt", schaltete sich der andere ein, „ordentlich und sauber
wie überall. Man könnte glatt vom Fußboden essen."

Der Dicke stand vom Schreibtisch auf und ging in Richtung Toilette."

„Na hören Sie mal, meine Herren", empörte Lela sich, „das ist eine
Damen-Toilette. Das geht jetzt aber wirklich zu weit!"

Der Dicke hielt kurz inne und drehte sich zu Lela um. „Wissen Sie,
wie mich das interessiert? Wie die letzte Wasserstandsmeldung der
Spree. Vor der Steuer gibt es kein männlich oder weiblich. Vor der
Steuer sind alle gleich."

Plötzlich wurde der Dicke wieder von seinem Wühltrieb gepackt.
Allerdings nur ganz kurz. Dann machte er vor einem Klappeimer
Halt.

„Was ist das?", fragte er.

„Ein Eimer für die Damen-Hygiene, was denn sonst."

„Aha, ein Eimer für die Damen-Hygiene. Das ist ja fast so ein um-
ständliches Deutsch wie bei uns auf dem Amt."

Lelas Augenlid zuckte stärker.

„Und, was ist da drin?"

Sie schüttelte mit dem Kopf. „Dreimal dürfen Sie raten."

Der Dickte trat auf den Tritt, der Deckel klappte auf. Er wartete kurz, nahm den Einsatz heraus und eine Mappe kippte von der Seite in den Eimer ab.

„So, so, ein Schnellhefter ist da also drin."

Er nahm den Hefter heraus und blätterte. Lelas Gesichtsfarbe war dunkelrot geworden.

„Na, also, da haben wir es doch. Ordentlich und sauber, wie gewohnt. Alles schön aufgereiht. Ein Stundenzettel neben dem anderen."

„Sagen Sie jetzt besser nichts", schaltete sich der andere Mann ein. Es klang beinahe mitleidend.

„Nein, nein, Sie braucht gar nichts zu sagen. Das ist Betrug im großen Stil und damit ist alles klar", meinte der Dicke mit ruhiger Stimme, in der Befriedigung lag.

„Woher wussten Sie davon?", fragte Lela und starrte wie betäubt vor sich hin.

Der Dicke tat überrascht.

„Wieso ich? Ich wusste gar nichts. Das war Männerinstinkt. Ich habe versucht, mich in eine Weiberwirtschaft einzudenken, und habe einen Treffer gelandet, nichts weiter."

Lela nickte. „Und, was passiert jetzt mit uns?"

„Sie werden wegen Steuerbetrugs angeklagt und landen vor Gericht."

„Na, nun mal nicht so schnell", schaltete sich sein Kollege ein. „Zunächst überprüfen wir den Umfang der Sache und dann sehen wir weiter."

In diesem Moment betrat Gisela das Büro. Ihre Brille war völlig beschlagen. Sie nahm sie ab und staunte.

„Lela, was machst du mit der Steuerfahndung auf dem Klo?"

„Sag' du es mir!", antwortete sie pampig.

„Ich, warum?"

„Weil die Herren ganz genau wussten, wo die Stundenzettel versteckt waren."

„Wie bitte?", staunte Gisela.

„Stimmt ja gar nicht", schoss es aus dem Dicken heraus. „Das war reine Intuition meinerseits, Männerinstinkt, das habe ich doch schon gesagt. "

„Na, hören Sie mal ...", empörte sich die Chefin, wurde jedoch abrupt von dem Dicken unterbrochen.

„Nein, damit fangen wir gar nicht erst an. Wir haben, was wir wollen, und damit basta. Sie hören von uns."

Er schnappte seinen Kollegen am Arm und sie stürmten schnellen Schrittes aus dem Büro, dann den Flur hinunter bis vor zur Lounge.

„Ach, der Kollege Jensen. Was machen Sie denn hier? Sie sind dem Fall doch gar nicht zugeteilt", rief der Dicke überrascht.

Jensen schien verwirrt, wusste nicht, was er sagen sollte.

„Nein, bin ich nicht", stammelte er. „Nicht direkt."

Der Dicke sah kurz seinen Kollegen mit dem militärischen Haarschnitt an, drehte sich zurück und fragte: „Sagen Sie mal, Jensen! Sie sind doch nicht etwa privat hier, oder? Also, als Kunde, meine ich."

Jensen blickte zu Boden.

„Ich glaub' es ja nicht", schrie der Dicke. „Mensch Jensen, verflixt noch mal, Sie sind verheiratet und haben Kinder. Machen Sie, dass Sie auf der Stelle verschwinden, aber sofort! Das hat ein Nachspiel, mein Lieber, darauf können Sie sich verlassen!"

Die Chefin und Lela standen sich noch immer gegenüber.

„Tu' nicht so scheinheilig, Gisela! Außer uns dreien wusste niemand von dem Versteck. Und Maya hätte nichts verraten, die steckt doch selber bis zum Hals drin."

„Sag' mal, spinnst du? Warum sollte ich dem Finanzamt etwas verraten?" Die Chefin blieb ganz ruhig. „Ich werde mir doch nicht selbst mein eigenes Grab schaufeln. Da wäre ich ja bekloppt. Warum sollte ich das tun?"

„Vielleicht, weil du mit denen einen Deal gemacht hast, um deine eigene Haut zu retten?"

Giselas Stirn lag in Falten.

„Blödsinn! Was weiß ich, wie die darauf gekommen sind. Vielleicht war das Damenklo wirklich eine Art von Männerinstinkt. Würde mich nicht wundern."

„So ein Quatsch", brüllte Lela los, „als ob die Männer Instinkte hätten. Der einzige Fahrplan, den die im Kopf haben, ist der direkte Weg zu unserer Möse."

Ein schriller Schrei drang vor bis ins Büro. Christin! Die beiden schauten sich in die Augen. Lela schnappte den Türgriff und sie stürmten zum Flur hinaus.

Christin stand an der Bar, ihren Kopf gesenkt und heulte, die Schminke total verschmiert. Es krachte und schepperte.

Juri nahm sich gerade einen bärtigen Mann zur Brust, der voller Brutalität und ohne Respekt nach Christin gegriffen hatte. Sie erkannte ihn wieder, obwohl die Sache für sie schon vergessen schien, weil schon so lange her. Es war der Mann, der sie bis auf den Alexanderplatz verfolgt hatte.

Mochte der Bärtige auch jünger und zwei Köpfe größer sein, er hatte keine Chance gegen Juris Judo-Griffe. Immer wieder setzte Juri seine Attacken und der Körper des Bärtigen flog willenlos durch den Raum. Ja, er schaffte es kaum noch, wieder auf die Beine

zu kommen. Er taumelte, sein Gesicht war blutüberströmt. Schließlich ergriff er die Flucht und eilte dem Ausgang entgegen.

Juri hatte Blutflecke auf seiner glänzend weißen Hose, dem glänzend weißen Hemd. Er stützte kurz seinen Oberkörper mit den Armen auf den Knien ab und atmete einige Male kräftig durch. Dann ging er zu Christin, zog ein glänzend weißes Stofftaschentuch aus der Tasche und tupfte sich damit die Mundwinkel ab, die leicht bluteten.

„Ich weiß nicht, meine Liebe", begann er, „aber das hier ist nichts für Sie. Bei mir sind Sie in Sicherheit. Da wagt es keiner, Sie anzumachen. Ich garantiere Ihnen hundertprozentigen Schutz, versprochen."

Juri band sich das Taschentuch um die Knöchel seiner rechten Hand. Sie bluteten ebenfalls. Der Stoff färbte sich rot.

Ein Glas donnerte auf den Boden der Bar nieder, auf dass es in Tausende Stücke zerbrach.

„Hörst du endlich auf damit, Juri!", schrie Gisela aus vollem Halse.

„So etwas gehört sich unter Kollegen nicht. Du kannst doch hier nicht meine Mädchen abwerben. Spinnst du?"

Juri zog das Taschentuch enger. Der Stoff färbte sich dunkelrot.

„Und du kannst den Mädchen nicht das geben, was sie brauchen, Schutz und Sicherheit. Das, meine Liebe, gehört sich genauso wenig."

Gisela wandte sich an Christin. „Was machst du überhaupt hier? Es ist vormittags halb zwölf."

„Ich habe hier geschlafen. Nach Hause fahren lohnt sich nicht, wenn die Schichten so lang sind."

Juri nahm das Taschentuch ab und musterte seine Handknöchel.

„Und anständige Arbeitszeiten gibt es bei mir auch. Denken Sie mal darüber nach."

Dann ging er zur Garderobe, nahm seinen Mantel vom Haken und hinkte zum Ausgang.

„Juri!", rief Christin ihm nach. „Danke!"

Er nickte, schwieg aber weiter und schloss die Tür hinter sich.

Julia war in Tagträumen versunken. Sie saß auf dem Sofa in einen Bademantel gehüllt, hielt eine Tasse mit Milchkaffee in den Händen und sah durch das große Fenster auf die morgendliche Spree hinaus. Nebelverhangene Ufer mit erstem Schnee bedeckt. Ein einsamer Schwan glitt majestätisch durchs Wasser.

Köpenick war schon eine andere Welt, Kreuzberg und das Rosalie waren unendlich weit weg. Es schien, als wären sie nie da gewesen, hätten nie etwas mit dieser Welt zu tun gehabt. Das fühlte sich gut an, denn Julia wollte es so.

Benni war echt in Ordnung. Das Kapitel Prostitution war für ihn abgeschlossen. Er löcherte sie nicht mit Fragen, machte ihr keine Vorwürfe.

Auch verspürte sie überhaupt keine Lust mehr, zu ihrer Wohnung nach Prenzlauer Berg zurückzufahren. Ab und zu tat sie es, der Post wegen, dann aber immer so, dass sie sich sicher war, Christin und Olga nicht zu begegnen. Sie fürchtete die Erinnerung, hatte Angst, wieder in die Vergangenheit hineingezogen zu werden. Die klebte in jeder Ecke, war an jeden Lippenstift geheftet, sah sie durch den Spiegel an und war mit dem Gepiepse der Spatzen vom Hof her zu hören.

Auf dem Küchentisch fand sie jedes Mal die Keksdose, randvoll mit Geld. Ihr Backzeug hingegen blieb unangerührt. Erst jetzt, bei ihren Besuchen, fielen ihr die vielen Fummel auf, die überall herumhingen und -lagen, und die Christins Vater und Benni so erstaunt hatten. Die waren ihr früher nie aufgefallen. Es war merkwürdig.

Julia mochte diese Erinnerungen nicht leiden und liebte sie zu-

gleich. Sie waren ein Teil von ihr und der war nicht immer nur schlecht gewesen.

Vielleicht war das der Grund, warum sie zögerte. Benni hatte sie immer wieder gebeten, endlich ganz zu ihm zu ziehen. Aber so leicht war das nicht, denn es trug etwas von Endgültigkeit in sich, die sie nicht wollte, weil sie sie einengte. Enge jedoch hatte es im Rosalie keine gegeben. Stattdessen unendlich viele Möglichkeiten, jeden Tag aufs Neue. Die Dinge kamen und gingen. Benni war verlässlich, keine Frage, aber jeder Tag mit ihm glich dem anderen, jeder Tag war, wie Benni war: stabil!

So schob sie die Entscheidung weiter vor sich her, hatte Angst vor dem Schlussstrich, wollte etwas festhalten, das sie eigentlich hasste. War das Hurenleben auch brutal in seiner Einsamkeit gewesen, so hatte es sich dennoch frei und selbstbestimmt angefühlt.

Das Novembergrau lag über Berlin und hüllte die ganze Stadt mit Nieselregen ein. Wieder einmal lief Julia schnellen Schrittes die Schönhauser Allee entlang ihrer Wohnung entgegen. Den Mantelkragen hochgeschlagen, das Gesicht schon ganz nass. Die Eingangstür des Vorderhauses knarrte und lag schwer in ihrer Hand. Sie hielt kurz inne und atmete tief. Alles war so wuchtig, so gewaltig. Kein Vergleich zum Neubau in Köpenick. Und die Luft war erfüllt vom Geruch des alten Gemäuers. Sie mochte das.

Im Briefkasten lag ein Schreiben vom Finanzamt. Ihre Hände begannen zu zittern, aber sie hatte den Tag erwartet und sich vorgenommen, ganz ruhig zu bleiben. Hastig riss sie den Umschlag auf und überflog die Zeilen. Das Amtsdeutsch schien ihr undurchdringlich, sie verstand es nicht, konnte nur Vorwürfe erkennen.

Ihr stockte der Atem. Ihr Gesicht wurde heiß. Schnell rannte sie in die Wohnung, lief in die Küche, setzte sich an den Tisch.

Dann versuchte sie es noch einmal. Doch ihr Mund war trocken, das Herz klopfte und die Augen waren feucht. Sie konnte das

Schreiben nicht in den Händen halten, alles wackelte. Also legte sie es auf den Küchentisch und zwang sich, jeden Satz einzeln zu lesen.

Das ging schon besser. Die Auswertung der Steuerfahndung habe ergeben, dass sie laut offiziell geführtem Hausbuch des Edelbordells „Rosalie" deutlich über den Freibetrag pro Jahr verdient habe. Bei Ansetzung der richtigen Zahlen ergäbe dies eine Rückzahlung von fünfundzwanzigtausend Euro.

Die Zahlen begannen vor Julias Augen zu verschwimmen. Ihr Hals brannte. Sie hatte mit einer Nachforderung gerechnet. Aber so viel Geld? Wo sollte sie das hernehmen? Fünfundzwanzigtausend Euro hatte sie nicht. Julia fühlte sich ungerecht behandelt, vom Staat ausgebeutet, viel schlimmer noch als von den Freiern. Schließlich hatte sie ihre Einkommensteuer bezahlt. Aber das reichte dem Staat nicht! Sie begann zu weinen.

Natürlich hatte sie im Rosalie gut verdient, vom Geld für die ganzen Extras, die nicht auf den Stundenzetteln standen, mal ganz zu schweigen. Aber Julia hatte auch gut gelebt und gewusst, das Geld auszugeben, um sich ein schönes Leben zu machen. Zwar hatte sie immer etwas beiseitegelegt, jedoch nicht in dieser Größenordnung. Verzweifelt stürmte sie zum S-Bahnhof Schönhauser Allee zurück. Sie wollte zu Benni. Sofort! Sie sehnte sich nach seiner Stabilität, wollte Halt finden, aufgefangen werden.

Dort angekommen hielt er sie fest in seinen Armen und machte ihr Mut.

„Lass' uns mit meinem Vater darüber reden. Er ist Spezialist für ausweglose Situationen. Glaube mir, er findet immer eine Lösung."

Julia nickte und wischte sich die Tränen ab. Es lag Hoffnung in dem Gedanken, schließlich war Bennis Vater Rechtsanwalt und der konnte bestimmt helfen.

„Weißt du", begann Benni, „ich habe zwar keine Ahnung von Steuern, aber komisch ist das schon."

„Was denn?", fragte sie.

„Naja, du hast doch selbst gesagt, dass die noch nie von den Mädchen die Umsatzsteuer verlangt haben, sondern immer vom Rosalie als Betrieb. Warum ist das jetzt auf einmal anders?"

Gisela stand hinter der Bar und sprudelte vor Euphorie. Sie sah dem quirligen Treiben aus der Ferne zu, soweit es der Kerzenschein erlaubte, denn Strom gab es mal wieder nicht. Aber das Rosalie brummte trotzdem. Alle fünfundvierzig Frauen arbeiteten im Dauereinsatz.

Männer waren schon seltsam, ging es ihr durch den Kopf. Von außen war ihnen das Rosalie weiterhin keines Blickes wert, sie sahen ruhig seinem Untergang entgegen, ohne etwas dagegen zu tun. Doch innen fingen sie zu heulen an. Dabei hätten sie helfen und etwa ihre Beziehungen spielen lassen können, um einen neuen Standort zu finden. Aber das taten sie nicht. Sie kamen nicht einmal auf die Idee. Nicht einer hatte je auf Giselas Bitten reagiert. Alle waren sie am Abwinken, als wäre es ihnen peinlich. Und nun? Nun trauerten sie ihrem Scheinleben hinterher, als wären sie einer Ohnmacht erlegen.

Doch Gisela hatte inzwischen alle Hoffnung aufgegeben und reagierte trotzig, ja, abgestumpft. Also ließ sie es weitersprudeln, bevor alles versiegte. Dabei war es ein ungeschriebenes Gesetz, dass die Einnahmen aus Sonderleistungen, also Sekt an der Bar und so weiter, von der Chefin gesammelt und am Monatsende auf alle verteilt wurde.

Was auch der Grund dafür war, weshalb Gisela mit Lela und Maya immer öfter in Streit geriet. Nie im Leben konnte das Buch für die Sonderleistungen stimmen. Giselas Einträge waren nach unten

gefälscht, da waren sich Lela und Maya inzwischen sicher. Die Chefin behielte einen Teil der Einnahmen für sich, warfen sie ihr vor, doch Gisela schüttelte nur mit dem Kopf und versicherte, alles ordentlich abgerechnet zu haben.

Dann war da noch Kalle, in den alle ihre Hoffnung für die Zukunft setzten. Er würde bestimmt Einfluss auf die Chefin nehmen, überhaupt, Kalle war doch schon immer ein beruhigendes und verbindendes Glied zwischen den Mädchen und Gisela gewesen.

Aber auch seine aufheiternde Art schien versiegt zu sein. Er saß nur an der Bar und trank das Bier in Litern. Und er hatte keinen Blick mehr für die Frauen übrig. Spätestens jetzt wusste eine jede, dass etwas nicht in Ordnung sein konnte. Im Gegenteil. Nun war es Gisela, die ihn aufmuntern musste, ihn drängte, gegen den Niedergang anzukämpfen.

Was das Geld betraf, hatte Christin niemals daran gedacht, alle Einkünfte bei ihrer Steuererklärung anzugeben. Warum auch? Sie selbst bekam ja nur die Hälfte von dem, was ein Freier zu bezahlen hatte, die andere Hälfte steckte die Chefin ein. Sie empfand es als gerecht, dem Finanzamt einen Teil ihrer Einnahmen vorzuenthalten. Der Staat verschleudere schließlich die Steuern zu Millionen, weil er unfähig war, in Berlin einen neuen Flughafen zu bauen, kümmerte sich einen Scheißdreck um die Frauen in der Sexarbeit, die die Gewalt frustrierter Männer von den Straßen nahmen, sah hilflos zu, wie das Heer der Obdachlosen immer größer wurde. Und sie solle mit ihrem Geld dafür geradestehen? Nein, Christin dachte nicht im Traum daran. Außerdem, wer kam schon auf die Idee, die Steuererklärungen zu kontrollieren, wo es doch an allen Ecken und Kanten an Personal fehlte?

Der Dicke von der Steuerfahndung zum Beispiel. Er hatte alle Stundenzettel minutiös mit den eingereichten Steuererklärungen

der Frauen abgeglichen. Das sollte für Christin ein böses Ende nehmen. Denn mit einer Nachforderung war es in ihrem Falle nicht getan. Nein, so leicht ließ er sie nicht davonkommen. Das Finanzamt klagte sie bei Gericht wegen Steuerbetruges an.

Christin reagierte geschockt. Mit dieser Härte hatte sie nicht gerechnet, nahm sie doch die Sache mit den Steuern gar nicht für voll. Und nun das. Panik kam in ihr auf, weil sie nicht wusste, was sie tun sollte, ob es einen Weg gab, um da wieder rauszukommen. Auch wusste sie nicht, an wen sie sich wenden konnte. Alles, was ihr einfiel, war Benni. Sie hatte von Julia gehört, dass sein Vater Rechtsanwalt war. Nur traute sie sich nicht, Benni selbst zu fragen, denn sie fühlte sich schuldig. Ihr war klar, dass sie was Falsches getan hatte, und musste jetzt dafür geradestehen. Sie versuchte, sich mit Trotz zu beruhigen, da sie die vielen Steuern für überzogen hielt, um gleichzeitig zu wissen, dass ihr das nicht half. Also beschloss sie, sich erst einmal an Julia zu wenden. Ein vorsichtiges Herantasten, sozusagen.

Olga war auf dem Weg nach Charlottenburg. Sie hatte sich entschieden. Sie wollte nicht mehr nach Tschechien zurück. Mochte sie auch ihre Schwierigkeiten haben, mit der kühlen Distanz der Deutschen klarzukommen, zurück aufs Dorf wollte sie auf gar keinen Fall.

Wenn sie jedoch eine Zukunft haben wollte, musste sie nach neuen Wegen suchen, selbst mit dem schlechten Gewissen im Nacken, dass es Gisela gewesen war, die ihr erst ein Leben in Deutschland ermöglicht hatte. Aber Olga war realistisch. Im Rosalie gab es keine Zukunft mehr. Giselas Zeit war abgelaufen. So dankbar sie ihr auch sein mochte, jetzt musste Olga an sich selbst denken, das spürte sie genau.

Sie lief über den verschneiten Savignyplatz, der wirkte wie im Winterschlaf. Von da aus war es nur noch ein kleines Stück die Kantstraße entlang, dann hatte sie die Bleibtreustraße erreicht.

Juri öffnete persönlich. Schick sah er aus. Er trug einen bordeauxroten Anzug, der Kragen und die Manschetten hellblau abgesetzt, in die Jacketttasche ein hellblaues Taschentuch gesteckt.

„Schön, Olga, dass Sie hergefunden haben", begrüßte er sie freundlich.

Olga machte einen Knicks und trat ein.

Juri half ihr aus dem Mantel. Sie sah sich um und staunte. Aus dem Rosalie war sie die Noblesse gewohnt, aber die Eleganz hier war unbeschreiblich. Es roch förmlich nach Reichtum und Geld.

„Kommen Sie bitte! Wir wollen gleich in mein Büro gehen."

Zögerlich folgte sie ihm durch die Lounge. Viel dunkles Holz an den Wänden, Kronleuchter aus glitzerndem Glas, der Fußboden glänzender Marmor. Und ein Kamin, in dem das Feuer loderte und die Holzscheite knackten. Die Bar war riesig, mit schönen Frauen auf den Hockern davor. Allerdings nicht in Dessous, wie es Olga kannte, sondern in edlen Kleidern. Überall Standvasen voller Blumen. Die Sitzecken mit den hellen Ledersofas waren vom Rosalie abgeguckt, da war sie sich sicher. Und doch war alles anders, vornehmer und geschmackvoller, weil Giselas Hang zum Kitsch fehlte.

Auch Juris Büro war edel. Olga nahm auf einem samtbezogenen Stuhl Platz. Eine der Damen kam mit einem silbernen Tablett und brachte Tassen mit Tee. Ihr Kleid ging bis zum Boden und schimmerte durchsichtig. Sie roch herrlich.

„Milch oder Zitrone?", fragte Juri und schenkte ein. „Was glauben Sie, Olga, ob Ihre Chefin wirklich einen neuen Standort gefunden hat?"

„Nein, das glaube ich schon lange nicht mehr. Deshalb bin ich auch hier. Gisela kann nicht antworten, weil es gar keinen neuen Standort gibt. Da bin ich mir inzwischen sicher."

Juri machte einen nachdenklichen Eindruck. Er hielt sich die Zeigefinger vor den Mund und nickte.

Olga betrachtete ihn. Er schien von gutmütiger Art zu sein, ganz anders als die Chefin. Nicht so streng, nicht so kompromisslos.

„Da dürften Sie recht haben, Olga. Das Rosalie ist tot, auch wenn es Gisela nicht wahrhaben will."

Olga nahm einen Schluck vom Tee. Die Tasse war aus feinstem Porzellan, fast transparent, irgendwie zart.

„Ich bin ja nicht betroffen", begann sie, „weil ich noch nicht lange dort arbeite. Aber die anderen Frauen haben gerade mächtigen Ärger mit dem Finanzamt. Die denken eh alle ans Aufgeben, oder sie müssen es denken, denn sie können die Nachforderungen an Steuern nie im Leben bezahlen. Dann ist da noch der neue Vermieter, der uns nicht haben will und der uns jeden Tag das Leben schwer macht. Ja, Juri, das Rosalie ist verloren."

Juri stutzte, wirkte erschrocken. „Das Finanzamt?"

„Es will für die letzten drei Jahre die Umsatz- und Gewerbesteuer von den Frauen haben."

Er schüttelte den Kopf.

„Das ist doch Quatsch, Olga. Die Frauen sind erst umsatzsteuerpflichtig, wenn sie einen bestimmten Freibetrag im Jahr überschreiten. Und bei denen, die das tun, stellt sich immer noch die Frage, wie der Umsatz berechnet wird. Also für den ganzen Betrag, den sie gemacht haben, oder nur für den Anteil, den sie für sich behalten dürfen."

„Es ist aber so. Die Steuerfahndung war ein paar Mal bei uns und einige Zeit später hat jede eine Nachforderung in unglaublicher Höhe bekommen."

Juri schien plötzlich verärgert und verstört. Er nahm wieder die Zeigefinger vor den Mund und sagte: „Die lassen sich ständig neue Schikanen einfallen. Solange, bis sie es geschafft haben."

„Was geschafft haben?"

„Na, dem horizontalen Gewerbe in Deutschland endlich den Garaus machen zu können. Um nichts anderes geht es."

„Aber, das ist doch unlogisch", empörte Olga sich. „Die kriegen Steuern von uns."

„Ach, Olga, das ist denen egal. Deutschland ist doch reich. Viel wichtiger ist ihnen der gute Ruf, die Sittlichkeit, die sie für beschmutzt halten, wenn man Sex kaufen kann. Also drängen sie die legale Sexarbeit an den Abgrund und öffnen der illegalen aus Osteuropa Tür und Tor. Denn nur dann haben sie einen Grund, das Ganze zu verbieten, weil es kriminell ist und sie dagegen etwas machen müssen. Das hat erst in Schweden funktioniert, dann in Norwegen, Frankreich und Irland. Deutschland wird folgen."

Olga wirkte betroffen.

„Dann machen es die Frauen heimlich", sagte sie leise. „Ob die auch mal an die behinderten Männer denken?"

Juri begann zu lächeln.

„Nee, die denken da bestimmt nicht daran. Aber ich. Was eure Chefin diesbezüglich aufgebaut hat, ist erstaunlich, das muss ich ehrlich zugeben. Auch euer Anfängerservice ist eine tolle Idee, mit der sich gutes Geld verdienen lässt. Genau aus diesem Grund habe ich Sie hergebeten, Olga. Ich werde nämlich deutlich in den behindertengerechten Ausbau meines Hauses investieren und ich dachte, dass Sie mir dabei helfen könnten. Schließlich kennen Sie sich in diesen Dingen bestens aus. Zum einen können Sie mir sagen, welches die richtige Hardware ist, die wir brauchen, und zum anderen", Juri nahm die Finger vom Mund und konnte sich das Lachen nicht verkneifen, „na, sagen wir mal so, zur Hardware gehört auch die richtige Software. Und da gibt es wohl in ganz Berlin niemand besseres als Sie."

Olga blickte zu Boden. „Danke, Juri", sagte sie leise.

„Könnten Sie sich vorstellen, in meinem Hause zu arbeiten, um mir dabei zu helfen?", fragte er direkt.

„Ja, das könnte ich. Nur wissen Sie, Juri, ohne Gisela würde ich gar nicht auf diesem Stuhl sitzen. Sie ist es gewesen, die mich in Hamburg aus den Händen der Zuhälter befreit hat."

Er nickte verständnisvoll.

„Verstehe. Ich möchte nicht, dass Sie von Gewissensbissen gequält werden. Ihre grundsätzliche Bereitschaft freut mich und reicht mir völlig aus. Wir können es ja so machen, dass Sie erst hier anfangen, wenn die Sache mit dem Rosalie geklärt ist. Ich denke, das dauert ohnehin nicht mehr lange."

Olga lächelte erleichtert.

„Bis dahin würde mir Ihr Rat genügen. Ein guter Rat ist Gold wert, wissen Sie? Das Regieren von oben herab geht meist am Ziel vorbei, wenn man nicht bereit ist, sich den Rat seiner Leute anzuhören. Das habe ich von meinen Soldaten bei der Armee gelernt."

Olga stutzte und nahm einen Schluck vom Tee.

„Naja, ich komme eigentlich aus Moskau. Als junger Mensch war ich als Offizier in der DDR stationiert. Hier in Berlin, also in Ostberlin."

Sie stellte die Tasse zurück auf den Tisch.

„Wissen Sie, was die DDR war?", fragte er.

„Nein, nicht wirklich, aber meine Eltern haben mir was darüber erzählt. Deutschland bestand damals aus zwei Ländern."

Juri lachte wieder. Es war ein warmes Lachen. „Ja, so kann man das sagen. Aber die Sowjetunion hat schon ein bisschen aufgepasst, was in der DDR passierte, und was nicht. Ich selbst war beim Geheimdienst, beim KGB. Und soll ich Ihnen mal verraten, wo ich eingesetzt war? Im Rotlichtmilieu von Westberlin. Was für ein Zufall!"

„Dann sind Sie ja der totale Insider."

„Naja, das dachte ich auch. Deshalb bin ich nach dem Mauerfall nicht nach Moskau zurückgegangen, sondern habe hier weitergemacht. Aber die Zeiten haben sich geändert. Inzwischen arbeiten kaum noch Deutsche im Milieu. Es wurde fast komplett von Osteuropäern übernommen. Alles Clanstrukturen, wo kein Mensch mehr durchsieht. Ich auch nicht. Meine Beziehungen und mein Geld helfen da nicht mehr. Das ist mein Problem und es wird von Tag zu Tag größer, verstehen Sie?"

Olga nickte. „Schwierige Zeiten."

„Und nun auch noch das Finanzamt! Verdammte Scheiße", wurde er laut.

„Naja, ihr seid ja hier nicht betroffen", beschwichtigte sie.

„Ach Quatsch, Olga, wenn eines der Berliner Finanzämter damit anfängt, folgen die anderen nach, das können Sie mir glauben."

„Das ist alles Absicht, nicht wahr? Die wollen uns loswerden, so, wie uns der neue Vermieter loswerden will."

Juri schwieg, nahm wieder die Zeigefinger vor den Mund und meinte dann: „Und sie werden es schaffen. Die Mädchen werden reihenweise abspringen, wenn sie eine zusätzliche Steuer bezahlen müssen. Da lohnt sich das Geschäft nicht mehr."

Olga nickte.

Juri hob kurz die Hand, die herrlich riechende Dame kam und räumte das Tablett mit den Teetassen ab.

„Woher stammen Sie eigentlich?", fragte er Olga.

„Aus Tschechien."

„Ah, aus Tschechien."

Olga begann zu lachen und nahm die Hand vor den Mund.

„Was ist daran so komisch?"

„Naja, wir stammen beide aus dem Osten und schimpfen über die Leute aus dem Osten. Das ist schon schräg, oder?"

Juri machte es sich bequem und schlug die Beine übereinander. „Manchmal vergessen ich total, dass ich aus dem Osten bin. Dann fühle ich mich deutscher als die Deutschen selbst. Dabei konnte ich sie zum Anfang nicht mal leiden, weil sie meine Babuschka umgebracht haben, damals, im Krieg. Aber den haben wir ja gewonnen und Ostdeutschland besetzt. Wir hatten das Sagen und die Deutschen mussten gehorchen, und wehe, wenn nicht. Da kann man sich richtig dran gewöhnen. Als befehlender Offizier sowieso. Ich habe mich so sehr daran gewöhnt, dass ich hier nie wieder fort möchte und oft vergesse, dass ich Russe bin. Schon komisch: Ich setze mich für was ein, verteidige ein Land, das gar nicht meins ist."

Olga lachte nicht mehr, wirkte nachdenklich.

„Da haben Sie wohl recht. Am Anfang bin mit den kühlen Deutschen gar nicht klargekommen, aber inzwischen habe ich mich an sie gewöhnt. Eigentlich sind sie ganz in Ordnung, wenn man bereit ist, sich auf sie einzulassen."

Juri nickte. „Das war ein sehr schönes Gespräch, Olga. Ich danke Ihnen."

Er stand vom Schreibtisch auf und brachte sie zurück zum Ausgang. Sie spürte, wie die Blicke der Frauen auf den Barhockern an ihr hafteten.

Juri half ihr in den Mantel. Er verbeugte sich und küsste ihre Hand.

„Sie sind eine sehr schöne Frau, Olga."

Sie lächelte ihn an.

„Wenn das im Rosalie vorbei ist, würde es mich freuen, wenn Sie an Christin denken. Sie braucht auch eine neue Arbeitsstelle und bei mir ist Platz für Sie beide."

Er hatte wieder Mühe, sein Lachen zu verkneifen.

„Oh, oh, Juri, Sie sind ja ein richtiger Charmeur."

Christin betrachtete ihr Spiegelbild in der Scheibe des Küchenfensters. Ihr Atem machte in regelmäßigen Zügen das Glas trübe. Sie spürte die Kälte draußen auf dem Hof, eisig und dunkel.

Heiligabend 2014. Julia war bei Benni. Olga war schon Tage zuvor voll in Aufregung gewesen. Sie hatte die Heimreise nach Tschechien zu ihren Eltern kaum erwarten können.

Nein, Christin wollte nicht nach Hause. Um ihre Mutter tat es ihr leid, aber es half nichts. Christin wollte ihren Vater auf keinen Fall sehen, da spielte es auch keine Rolle, dass Weihnachten war.

Es fing zu nieseln an. Regentröpfchen im Schein der Hoflampe, wenn jemand das Treppenlicht eingeschaltet hatte, wenig später war alles wieder schwarz. Das Rotweinglas auf dem Tisch blieb halbleer. Der Wein schmeckte ihr nicht. Er war zu herbe auf der Zunge.

Dennoch lächelte Christin. Damals, in ihrem Kuhdorf, hatte es wenigstens ab und zu Schnee zu Weihnachten gegeben. Aber das war lange her. Sie hatten unter dem Weihnachtsbaum gesessen. Halbdunkel im Schein der Kerzen. Es hatte nach Tannenzapfen, Lebkuchen und Apfelsinen gerochen.

Naja, alles nur Erinnerungen, kam es ihr in den Sinn. Und der Rotwein schmeckte doch irgendwie.

Ein Weihnachtsbaum kam für sie nicht infrage. Was sollte der Quatsch, allein vor einem Weihnachtsbaum? Nicht einmal ein Gesteck stand auf dem Tisch und keine Kerze.

Sie sah sich eine Puppe in den Händen haltend. Die hatte sie geschenkt bekommen. Eigentlich hatte sie jede Weihnacht eine Puppe geschenkt bekommen. Ihre Freude darüber war echt gewesen, ihr Vater hatte recht, Christin liebte Puppen mit langen Haaren. Selbst heute noch. Die konnte sie frisieren, wie immer sie wollte. Das hatte etwas von Veränderung, von Möglichkeiten und Bewegung. Und dieser Wandel war ihr wichtig, weil darin das Leben

steckte, wie sie sich ganz sicher war. Das erklärte auch, warum sie mit den Männern keine Probleme hatte. Die kamen und gingen, zogen vorbei wie in Bewegung und das tat ihr gut. Es war keine Gewalt im Spiel, die blöde Psychologin damals hatte doch keine Ahnung gehabt!

Christin wurde unruhig, sie entschloss sich, das Haus zu verlassen. Die Straßen waren menschenleer. Der Asphalt der Schönhauser Allee glitzerte regennass im Licht der Laternen. Keine Autos weit und breit.

Auf dem U-Bahnhof Senefelderplatz herrschte bedrückende Einsamkeit. Irgendwie ungewöhnlich. Selbst die U-Bahn war ohne Menschen.

Doch Christin stieg in den Zug, wie sie es gewohnt war. Eigentlich hatte das Rosalie an Heiligabend geschlossen, aber sie hoffte, dass dort trotzdem irgendetwas los wäre. Wo sollte sie sonst hin?

Auch der Moritzplatz war menschenleer und glitzerte regennass im Licht der Laternen. Christin lief die Prinzenstraße entlang, immer weiter. Dabei hätte sie längst zum Rosalie abbiegen müssen. Dann lag sie vor ihr, die Kirche St. Simeon. Dort also waren die vielen Menschen geblieben.

Sie schaffte es, sich auf einer vorderen Bank einen Platz zu sichern und saß vor einem Weihnachtsbaum, der sie prächtig anstrahlte. Überhaupt hatte das ganze Kirchenschiff etwas Festliches. Alle Menschen um sie herum waren freundlich, ja, zuvorkommend, als würden sie Christin kennen und liebhaben.

Dennoch wirkte alles befremdlich auf sie. Wären die Leute auch so freundlich zu ihr, wenn sie wüssten, dass eine Prostituierte neben ihnen saß?

Es wurde ruhig und der Klang der Orgel ertönte. Christin bekam Gänsehaut. Die Musik erfasste ihren ganzen Körper, um plötzlich

wieder zu verschwinden, mit einem Nachklang, der sie traurig machte, weil sie dieses schöne Gefühl nicht gehen lassen wollte.

Der Pastor sah ganz anders aus, als sie ihn kannte, mit schwarzem Talar und weißem Kollar-Kragen. Er hatte Christin sofort erkannt, schien abgelenkt für eine Sekunde, lächelte kurz und begann dann seine Predigt.

Seine Stimme wirkte sanft und versöhnlich, auch das, was er sagte. Es klang schön, aber Christin merke, dass es nicht stimme. Es war zu schön, um wahr zu sein. So waren die Menschen nicht, keiner von ihnen. Die Hoffnung auf Vernunft des Menschen wurde schon seit zweitausend Jahren gepredigt, aber geholfen hatte es bisher nichts. Im Gegenteil.

Dann folgte ein unangenehmer Moment: Das Beten. Sie konnte es nicht, bewegte nur ihre Lippen, um nicht aufzufallen. Schließlich noch das Singen! Christin hatte doch keine Ahnung.

Aber die Leute schienen wirklich berührt zu sein. Sie standen von den Bänken auf, alle wirkten absolut friedlich. Ein ungewöhnlicher Moment.

Der Pfarrer kam zu ihr.

„Was für eine Freude, Christin, dass Sie hierher in die Kirche gefunden haben."

Sie lächelte den Pfarrer an. Was für ein schöner Mann!

„Und Sie haben beklagt, Ihre Kirche wäre leer. Das stimmt ja gar nicht."

„Weil heute Weihnachten ist. Es müsste immer Weihnachten sein, dann wäre die Welt in Ordnung."

Christin lachte laut auf.

„Oh ja, das müsste es. Das wäre ein Leben! Die Rede, die Sie gehalten haben, war übrigens sehr schön, Herr Pfarrer, vielleicht ein bisschen aus der Zeit gefallen, aber sehr schön."

„Wieso aus der Zeit gefallen?"

„Weil nicht immer Weihnachten ist. Die guten Menschen, von denen Sie reden, die gibt's doch gar nicht."

Er wirkte nachdenklich und sagte: „Doch, ich denke schon. Das Gute ist in jedem von uns. Es ist nur allzu oft versteckt, traut sich nicht heraus, um zu leben. Aber vorhanden ist es, da bin ich mir sicher."

Christin schüttelte mitleidig den Kopf.

„Ach, Herr Pfarrer, es hatte über zweitausend Jahre Zeit, um herauszukommen und hat es nicht geschafft. Es wird es auch in den nächsten zweitausend Jahren nicht schaffen."

Seine Stirn legte sich in Falten.

„Ich weiß nicht. Sie dürfen die Welt nicht so negativ sehen, das macht Sie ja depressiv auf Dauer."

„Ich sehe nur, was da ist, und da ist nicht viel Gutes. Ich kann nichts erkennen." Sie stellte sich auf die Zehenspitzen, gab ihm einen Kuss auf die Wange und flüsterte: „Schöne Weihnachten, Herr Pfarrer."

Dann drehte sie sich um und verschwand im Getümmel.

Julia blickte kurz durchs Fenster auf den Preußenpark hinaus. Ein toller Ausblick. Überhaupt, das ganze Büro von Bennis Vater, also Rechtsanwalt Dr. Kramer, empfand sie als äußerst nobel. An den Wänden standen die Regale bis zur Decke voll mit Büchern. Darüber Verzierungen aus Stuck. Der wuchtige Schreibtisch füllte den halben Raum aus.

„Hier spielt die Musik, junge Frau", mahnte Bennis Vater, der aussah wie Benni selbst, nur eben älter.

Julia wandte sich ihm wieder zu. Aber sie hatte Kopfschmerzen. Sie versuchte, dem Rechtsanwalt zu folgen, nur war es so schwer. Das Deutsch war so schwer. Sie hatte noch nie einen Menschen derart reden gehört.

Dr. Kramer atmete lang aus und rollte seinen Sessel nach hinten.

„Wissen Sie, Julia, mein Sohn hat mir schon einiges erzählt. Das hier ist ein interessanter Fall, und wissen Sie warum? Weil es eigentlich gar kein Fall ist. Verstehen Sie, was ich meine?"

Sie schüttelte überfordert den Kopf.

„Na, dann will ich es mal einfach erklären. In Deutschland ist jeder Fall nach den Buchstaben des Gesetzes geregelt. Das gilt auch für die Steuern.

In Ihrer Sache aber ist gar nichts geregelt. Das liegt daran, weil Sie in einem Bereich gearbeitet haben, der irgendwie gar nicht existent ist, am besten gar nicht da sein sollte. Das Dumme ist nur, dass die Prostitution alltäglich ist, und zwar viel mehr, als wir es wahrhaben wollen. Wenn so etwas nun vor Gericht landet, gibt es ein gewaltiges Problem, das können Sie mir glauben. Und das ist gut, also gut für uns, denn dann haben wir beste Chancen zu obsiegen. Es ist auch gut für die Frauen, die dort weiterhin tätig sind, denn fürderhin ist das Ganze endlich richterlich geregelt. Ja, Julia, wir werden obsiegen!"

Sie stutze. „Was machen wir?"

„Wir obsiegen, wir gewinnen, weil wir eine Chance haben, vor dem Gericht richtigzustellen, dass auch für das Rosalie die Ladenrechtsprechung, also ein Laden im Sinne eines Betriebes, gilt. Das bedeutet, dass nicht die Mädels jeweils einzeln die Umsatzsteuer zu zahlen haben, sondern die gesamte Umsatzsteuer für alle Einkünfte, auch für den Anteil, der bei den Mädels verbleibt, muss vom Laden, also vom Bordell bezahlt werden. Das heißt wiederum, ihr habt nur eure Einkünfte über die Einkommensteuer zu versteuern und mehr nicht. Der Staat kann hier nicht sein eigenes Süppchen kochen, nur weil ihm die Prostitution nicht passt und er sie loswerden will. Wo gibt es denn sowas?"

Ein Lächeln ging über Julias Lippen.

„Heißt das, ich brauche keine Umsatzsteuer nachzahlen?"

Dr. Kramer sah Benni an. „Nun mal nicht so schnell, junge Frau. Sie sind ja genauso stürmisch wie mein Junge. Der kann auch immer nicht abwarten."

Bennis Vater trommelte mit seinem Füllfederhalter auf die Schreibtischplatte.

„Zunächst einmal müssen wir Einspruch einlegen. Werden daraufhin die Bescheide nicht zurückgenommen, klagen wir dagegen vor Gericht. Und wenn wir gewonnen haben, brauchen Sie keine Steuer nachzahlen."

Jetzt lächelte Julia nicht mehr.

„Aber von solchen Sachen habe ich doch überhaupt keinen Schimmer, Dr. Kramer!"

„Brauchen Sie auch nicht. Das ist mein Job. Und in Ihrer Angelegenheit habe ich ein gutes Gefühl." Dr. Kramer atmete wieder lang aus. „Aber ich will Ihnen auch ganz ehrlich sagen, dass ich in Sachen Ihrer Freundin Christin kein gutes Gefühl habe. Bei ihr ist die Lage eindeutig: Sie hat betrogen, und das im großen Stil. Sie hat immer nur die Hälfte ihrer Einnahmen beim Finanzamt angegeben. Das ist eine Straftat, da werde ich nichts machen können. Das Ganze landet womöglich sogar beim Strafgericht und kann mit einem richtig heftigen Urteil enden."

Julia blickte betroffen. Sie erinnerte sich daran zurück, als sie mit Christin zusammen die Unterlagen fürs Finanzamt ausgefüllt hatte und Christin nicht verstanden hatte, warum Julia zu feige gewesen war, deutlich mehr Einnahmen unter den Tisch fallen zu lassen, weil das sowieso niemand kontrollieren würde. Ihr wurde heiß im Gesicht und sie war ihrer Feigheit dankbar.

„Aber Christin ist eigentlich ganz in Ordnung. Sie ist keine Straftäterin."

„Das hat damit nichts zu tun, Julia. Christin war nicht ehrlich. Darum geht es."

Julia nickte. „Muss Christin jetzt ins Gefängnis?"

„Nein, zumindest nicht gleich. Aber eine Bewährungsstrafe oder eine fette Geldstrafe wird sie wohl einstecken müssen."

Kalle rührte Milch in seinen Kaffee. Vor ihm der Blick durchs Stubenfenster in eine verschneite Weite aus Wiesen und Feldern.

„Und das hast du einfach so gekauft?", fragte er Gisela.

„Ja, hab' ich."

„Woher hast du so viel Geld?"

„Na, höre mal. Schließlich habe ich mein Leben lang für die Mädchen gearbeitet. Und so'n Häuschen hier auf dem Lande kostet doch nichts. Ein Schnäppchen."

Kalle rührte den Kaffee um und legte den Löffel beiseite.

„Nun gut, gewünscht hast du es dir ja immer: Ein kleines rotes Backsteinhäuschen im Grünen. Aber dass du das auch wirklich wahr machst? Und das alles, ohne mir etwas zu sagen. Da fühle ich mich ja wie ein Rentner. Und das so plötzlich."

Gisela nahm seine Hände.

„Kalle! Es sollte eine Überraschung sein. Und du bist ein Rentner. Zumindest fast."

Sie drückte seine Hände fester.

„Du kannst hier doch auch arbeiten. Hier gibt's eine Menge zu fotografieren. Nun ja, keine Mädchen, aber dafür Landschaft."

Er nickte. „Aber ein bisschen langweilig ist es trotzdem."

„Quatsch. Die Ruhe wird dir guttun und wir schaffen uns einen Hund an. Ja, Kalle, zu meinem Geburtstag wünsche ich mir einen Hund von dir. Einen Golden Retriever."

„Alles klar. Einen Golden Retriever", erwiderte Kalle nachdenklich.

„Mal im Ernst, Gisela. Das kannst du doch nicht machen! Du

kannst nicht einfach das Rosalie abschließen und auf immer verschwinden. Wie stellst du dir das vor?"

Sie stutzte. „Wieso geht das nicht? Du siehst doch, dass das geht."

Kalle schüttelte den Kopf. „Und was wird aus den Mädchen?"

„Ach, hör' jetzt auf! Die Mädchen sind Frauen. Sie sind alt genug, um alleine klarzukommen. Die sind schließlich nicht mein Eigentum, für das ich verantwortlich bin. Ich habe immer auf Selbständigkeit geachtet, immer, hörst du! Sie werden in anderen Häusern unterkommen."

Kalle schien das alles nicht glauben zu können.

„Naja, die feine englische Art ist das trotzdem nicht. Heute ist Sonntag. Da ist sowieso geschlossen. Spätestens morgen früh klingeln sich unsere Handys heiß."

„Gar nichts klingelt. Ich habe die Handys ausgestellt."

„Was hast du an meinem Handy zu suchen?" Kalle wurde sauer.

„Ach, krieg' dich wieder ein. Wir lassen die Handys ein paar Tage aus und alles ist gut. Lela und Maya haben noch den Hauptschlüssel. Damit kommen sie in die Lounge, das Büro und den Aufenthaltsraum. Der Flurschlüssel zu den Zimmern nützt den beiden nichts mehr. Ich hab' das Schloss ausgetauscht. Arbeiten geht also nicht mehr. Und sie wissen doch alle, dass am ersten März ohnehin Schluss ist."

Kalle wirkte sprachlos.

„Das riecht ja schon kriminell, spürst du das nicht selber?"

Gisela schlug mit der flachen Hand auf den Kaffeetisch.

„Hör' endlich auf zu jammern! Was ist bloß los mit dir?"

Sie versuchte, sich zu beruhigen.

„Kurz und schmerzlos. Das war doch schon immer unsere Devise. Auch deine, falls du dich erinnerst. Was willst du? Eine große Abschiedsfeier mit Geheule und Tränen?"

„Nein, darum geht es nicht. Du hast uns versprochen, dass an einem neuen Standort weitergearbeitet wird. Die Mädchen glauben daran. Die wissen doch gar nichts von einem Ende, weil du uns alle belogen hast."

Sie drückte den Rücken in die Sessellehne und atmete lang aus. Herablassend sagte sie: „Du bist viel zu weich für diesen Job, das habe ich schon immer gewusst. Du hast nur deine blöde Kamera und die Weiber im Kopf. Für was anderes ist da kein Platz. Ohne mich bist du ein Nichts, 'n Fliegenschiss. Denn ich bin es, die für uns beide denken muss. Meinst du etwa, es macht mir Spaß, auf dich aufzupassen? Das mit dem neuen Standort hat halt nicht geklappt. Und du, mein Lieber, hast dich einen Scheißdreck gekümmert. Von Hilfe keine Spur. Jetzt wird umorientiert und damit basta!"

Giselas Blicke waren fordernd auf Kalle gerichtet.

„Für Ende Februar habe ich einen LKW bestellt. Dann fahren wir hin und räumen das Rosalie leer. Ist sowieso nicht mehr viel drin. Die Betten, die Umkleidespinde, der Bürokram. Alle guten Stücke habe ich an Juri verkauft. Die Bar, die Sonnenbank und Sportgeräte konnte ich auch zu Geld machen. Dann bleibt nur noch Kleinzeug übrig, Teppiche, Gardinen und solch Zeug. Am ersten März ist Schlüsselübergabe und damit ist das Rosalie Geschichte. Ganz einfach, Kalle. Nun mach' endlich Schluss mit dem Theater!"

„Und wenn eines der Mädchen auftaucht, was machst du dann?"

„Da taucht keines der Mädchen mehr auf. Das Ganze ist dann über zwei Wochen her."

„Und wenn doch?"

Gisela schlug wieder mit der Hand auf den Tisch.

„Jetzt ist es aber genug, mein Lieber!", wurde sie laut.

Kalle schwieg. Er stand vom Tisch auf, ging in den Flur und verließ das Haus.

Montagmorgen, zehn Uhr. An der Eingangstür des Rosalie klebte ein großer Zettel mit der Aufschrift „Dauerhaft geschlossen". Es war Giselas Handschrift. Lela und Maya stritten darüber, ob sie ihn abnehmen sollten, trauten sich letztlich aber nicht, es zu tun.

Nach und nach versammelten sich immer mehr Mädchen in der Lounge. Alle waren sie fassungslos, wollten es nicht glauben.

Lela versuchte, die Chefin über Handy zu erreichen, oder wenigstens Kalle. Aber keine Chance, ihre Handys waren tot. Christin wollte die Internetseite des Rosalie aufrufen, doch die gab es nicht mehr. Olga schrieb eine E-Mail, die sofort als unzustellbar zurückkam, weil die Mailadresse unbekannt war.

Lela ging kurz in den Flur, kam aber sofort wieder zurück.

„Das war's, Mädels. Mein Schlüssel für den Flur passt nicht mehr. Ist ein neues Schloss. Wir kommen nicht mehr auf die Zimmer."

„Das hat die von langer Hand geplant, die doofe Kuh", platzte es aus Janett heraus.

„Na, na!", mahnte Maya.

„Ist doch wahr", begann Christin. „Ich kriege noch Geld von Gisela, und nicht wenig. Das Geld aus den Sondereinnahmen für viele Wochen."

Maya ging ins Büro, aber auch sie kam schnell wieder zurück.

„Nein, kein Geld mehr, alles weg. Selbst die Handkasse ist verschwunden."

„Na toll", begann Christin wieder, „erst verarscht sie uns auf ganzer Linie und dann klaut sie auch noch unser Geld."

Diesmal sagte Maya nichts mehr.

Olga setzte sich an die Bar und goss sich Selters in ein Glas. „Das kann nicht ihr Ernst sein", meinte sie, „das ist doch nicht die Chefin. Sie hat sich immer für uns eingesetzt. Sie hat mich aus Hamburg befreit."

„Nee, nee, lass' mal gut sein", erwiderte Janett, „du bist noch nicht lange dabei, Olga, die Chefin hatte schon immer ihre zwei Seiten."

„Aber doch nicht so. Das ist Betrug!"

„Doch, genau so, Olga."

Janett wurde plötzlich blass. Sie fing zu zittern an. „Das Rosalie ist mein Leben, meine Arbeit. Ich ernähre damit meine Familie." Sie weinte.

Olga sprang vom Hocker auf, nahm Janett in den Arm und setzte sich neben sie.

„Hey, nun mal ganz ruhig, wir finden eine Lösung."

„Welche Lösung? Erst die Scheiße mit der Steuer und nun das. Da kommen wir nie wieder raus, nein, es ist vorbei, Ladys."

In der Lounge wurde es still. Es herrschte Ratlosigkeit.

„Und was machen wir jetzt?", fragte Christin nach einer Weile.

„Zum ersten März müssen wir hier sowieso raus", sagte Maya.

„Das sind noch über zwei Wochen!", schluchzte Janett. „Da hätte ich eine Menge Geld verdient. Und ich Idiotin habe daran geglaubt, dass es nahtlos weitergeht."

„Was willst du denn dagegen machen?", meinte Lela genervt. „Du kannst ja zur Polizei gehen, besser gleich zum Arbeitsgericht. Glaubst du etwa, dass das irgendein Schwein interessiert? Wir sind Huren, verflixt noch mal!"

„Apropos Gericht", unterbrach Christin. „Das Rosalie können wir nicht mehr retten, keine von uns. Gisela ist weg. Unsere Kohle sehen wir auch nie wieder. Das sind Tatsachen. Was wir aber retten können, sind die Unsummen an Geldern, die der Staat als Umsatzsteuer von uns haben will. Denn es gibt noch Menschen, die bereit sind, uns zu helfen. Rechtsanwalt Dr. Kramer zum Beispiel, der hilft uns. Und das als Mann, wer hätte das gedacht!"

Plötzlich gespannte Stille in der Lounge.

„Und wie soll das gehen?", fragte Janett, sich die Tränen von den Wangen wischend.

Christin nahm auf einem Barhocker Platz und richtete sich an alle.

„Wir tun uns zusammen und verklagen den Staat, sprich, das Finanzamt wegen der Steuerbescheide, weil die Erhebung einer Umsatzsteuer in unserem Fall Unrecht ist."

Lela lächelte gequält. „Na klar, weil wir auch den Staat verklagen! Hast du gesoffen, Christin, oder was?"

„Ich meine es ernst. Das Finanzamt ist schließlich nicht der liebe Gott. Auch wir haben das Recht, uns zu wehren, selbst wenn wir Nutten sind!"

„Hat das schon mal eine gemacht?", fragte Maya.

Christin schüttelte den Kopf. „Soweit ich weiß, nein. Aber irgendwann müssen wir ja mal damit anfangen, also mit der Gegenwehr, meine ich."

Lela blieb skeptisch.

„Hey, Christin, du hast doch selbst ein Verfahren bei Gericht an der Backe und weißt schon jetzt, dass du es haushoch verlieren wirst."

„Ja, das konnte ich bereits alles mit Dr. Kramer besprechen. Ich habe Mist gebaut, weil ich ein falsches Einkommen angegeben habe. Da kann er mir nicht mehr raushelfen. Doch in diesem Fall ist es anders. Hier hat das Finanzamt Mist gebaut und Dr. Kramer wird das beweisen. Dann, liebe Leute, haben wir Zehntausende Euro Umsatzsteuer vom Hals. Überlegt doch mal."

„Und wenn es schiefgeht?", fragte Lela. „Dann haben wir die Steuer und die Gerichtskosten am Hals. So ein Verfahren ist schweineteuer! Nee, lass' mal, eh! Als ob das Gericht den Staat verurteilt, um ein paar Nutten rechtzugeben. Das ist doch völliger Quatsch, Träumerei."

Aber Christin ließ nicht locker. Sie setzte sich aufrecht und sprach mit kräftiger Stimme.

„Was können wir schon verlieren? Was? Wir sind alle bis über den Hals verschuldet, außer Olga. Wie wollen wir das abzahlen? Kredite aufnehmen, bei Eltern und Freunden Geld pumpen?"

„Wie würde so eine Klage denn aussehen?", fragte Janett. „Schließlich haben wir null Ahnung von diesen Dingen."

„Auch das habe ich schon mit Dr. Kramer besprochen. Eigentlich brauchen wir nicht viel zu machen, außer ordentlich die Unterlagen abzugeben. Den Rest erledigt er. Da wir eine Grundsatzentscheidung anstreben, reicht es, wenn ich die Klage führe und ihr anderen als Zeuginnen an der Verhandlung teilnehmt. Nach der Rechtsprechung des Gerichts ist dann davon auszugehen, dass die Finanzverwaltung das Urteil für alle umsetzt. Auch Julia hat schon zugesagt, dass sie da mitmacht."

„Hat sie?", staunte Maya.

„Ja, hat sie."

„Aber der Anwalt kostet doch einen Haufen Geld", gab Lela zu bedenken.

„Stimmt. Und der Gegenanwalt kostet auch Geld und das Gericht sowieso. Aber alle Kosten hat der Verlierer zu tragen. Da bleibt dann nur zu hoffen, dass wir die Gewinner sind."

„Na toll, ist ja wie beim Roulette", maulte Lela.

„Nicht ganz! Dr. Kramer versteht was von seiner Sache und er hat mir gesagt, dass er diesen Fall nicht übernehmen würde, gäbe es keine berechtigte Aussicht auf Gewinn."

„Das macht der einfach so für uns?", blieb Lela noch immer skeptisch.

„Ja, macht er."

„Wann würde das Ganze denn stattfinden?", fragte Janett.

„Nun, die Wartezeiten bei Gericht sind lang. Das Verfahren könnte in zwei Jahren sein."

„Ist ja mal gar nicht lange", maulte Lela erneut, machte die Lippen dick und kehrte den anderen den Rücken.

Das Rosalie war seit einem Jahr Geschichte. Von der Chefin hat Christin nie wieder etwas gehört und das Geld blieb auf immer verschwunden. Mehrmals hatte sie versucht, Gisela oder Kalle anzurufen, aber ihre Handys blieben unerreichbar.

Zusammen mit Olga arbeitete Christin jetzt für Juri. Das war besser als im Rosalie. Irgendwie vornehmer, edler. Die Kunden waren alles reiche Leute und bereit, für die Extras unfassbar viel Geld zu bezahlen. Aber die Konkurrenz war auch härter. So viele schöne Frauen. Das machte Christin echt zu schaffen, war sie es doch gewohnt, die alleinige Schöne zu sein, auf die alle neidisch waren.

Von Julia war nichts mehr zu hören. Sie war längst zu Benni nach Köpenick gezogen. Christin und Olga wohnten allein und der Kuchen kam nun vom Bäcker.

Für Janett lief es schwieriger. Juri meinte, sie würde nicht seinen Vorstellungen entsprechen und in einem Bordell der einfachen Klasse wollte sie nicht arbeiten, dafür war sie vom Rosalie zu sehr verwöhnt worden. Also kam sie auf die Idee, es als selbstständiges Escort Girl zu versuchen. Ihr Mann jedoch war total dagegen. Er hatte Angst um sie, weil er diese Art der Arbeit für gefährlich hielt und meinte, dass sie nie wissen könne, an wen sie geraten würde. Einen Schutz durch das Haus mit seinem Wachdienst gäbe es da keinen. Und was mache sie, wenn der Freier betrunken wäre, nicht zahlen wolle oder grob werden würde?

Aber Janett wollte es dennoch versuchen, und es lief besser als gedacht. In der Regel hatte sie es mit Geschäftskunden zu tun, die gerade in Berlin arbeiteten. Sie begleitete sie zum Abendessen, ins

Theater oder auf Cocktailpartys. Anschließend ging es ins Hotelzimmer. All diese Herrn waren gut situiert und zeigten in der Regel ein tadelloses Benehmen, was sie auf den auffallend hohen Bildungsgrad dieser Kunden zurückführte. Doch völlig unbegründet waren die Bedenken ihres Mannes nicht, das Risiko war in der Tat höher. Denn es kam vor, dass einige der Herren zu viele Cocktails getrunken hatten und anschließend im Hotelzimmer unbeherrscht wurden, da nützte auch die viele Bildung nichts. Aber Janett wusste sich zu helfen. Oft brauchte sie nur laut zu werden und das reichte. Das immer mitgeführte Pfefferspray, der Schlagring und das Springmesser blieben unbenutzt.

Nur einmal war es eng geworden. Der Chef einer ziemlich bekannten Firma hatte nicht nur zu viel getrunken, er hatte auch Kokain genommen. Als Janett mit ihm allein auf dem Zimmer war, hatte er gewollt, dass sie sich auch eine Linie reinziehen sollte. Aber so etwas war nicht ihre Sache, sie hatte es abgelehnt, und er begann, um so mehr zu schnupfen. Allerdings vertrug er das Zeug nicht. Er wurde laut, schnappte Janett bei den Haaren und wollte sie zu Boden werfen. Doch hatte sie einen Kurs in Selbstverteidigung belegt, darauf hatte ihr Mann bestanden, und trat dem Chef in sein bestes Stück. Das verschaffte ihr Zeit, und sie war von sich selbst erschrocken über die Wirkung, die sie ausgelöst hatte. Er krümmte sich vor Schmerzen auf dem Teppich, hustete und prustete. An eine Gefahr von ihm war nicht mehr zu denken. Janett konnte in aller Ruhe ihre Sachen zusammensuchen und das Zimmer verlassen.

Das Besondere aber daran war, dass ihr dieser Vorfall Sicherheit gab. Sie fühlte sich ihrer Aufgabe gewachsen. Auch Stolz schwang mit. Der Escort Service war für sie die richtige Entscheidung. Ganz abgesehen vom Verdienst, der weit über den Einnahmen im Rosalie lag.

Berlin Amtsgericht Tiergarten. Christin war aufgeregt, ihr war mulmig zumute, die Knie waren weich. Sie hatte die ganze Nacht nicht schlafen können.

Schon von Weitem erkannte sie Dr. Kramer, der auf sie wartete.

„Na, Christin, Sie sind ein bisschen blass um die Nase rum. Aber keine Angst, das schaffen wir schon!"

Christin nickte artig und gab ihm die Hand.

„Halten Sie sich an das, was wir besprochen haben. Reden Sie nur, wenn Sie vom Richter gefragt werden. Antworten Sie in kurzen Sätzen, schildern Sie die Sachen so, wie Sie sie erlebt und was Sie sich dabei gedacht haben. Bitte kein eigenmächtiges Verteidigen mit großem Redeschwall! Sollte das Ganze in die falsche Richtung gehen, werde ich eingreifen. Okay?"

Sie nickte.

„Und zeigen Sie Reue! Das Ganze tut Ihnen leid. Es war unbedacht."

Christin war nach Weglaufen zumute, als Dr. Kramer seine Aktentasche öffnete, die schwarze Robe rausholte und sie überzog. Kaum dass er damit fertig war, öffnete sich die Tür und die beiden wurden in den Gerichtssaal gebeten.

Der Saal war ein kahler Raum mit weißen Tischen, schwarzen Bürostühlen und einem türkisfarbenen Teppich. Alles sehr schlicht und doch hässlich.

Dr. Kramer und Christin setzten sich auf die Anklagebank. Auf der ihnen gegenüberliegenden Seite saß der Staatsanwalt, auch er in schwarzer Robe gekleidet, noch ziemlich jung, aber geschniegelt und adrett bis zu den Zehenspitzen. Seinem Gesichtsausdruck war jegliche Gnade fremd, Strenge schoss aus seinen Augen. Christin rückte näher an Dr. Kramer heran.

Auf einer Bank für die Zuschauer saßen Lela und Maya. Sie waren als Zeuginnen geladen. Alle anderen Bänke blieben leer.

Plötzlich standen alle Anwesenden von ihren Plätzen auf. Der Strafrichter betrat den Raum und setzte sich an den Richtertisch. Auch er war ganz in Schwarz gekleidet. Neben ihm nahm eine Justizsekretärin Platz und begann sofort mit dem Tippen. Außerdem saß ein Mann in Zivil mit am Tisch, von der Finanzverwaltung, wie Dr. Kramer flüsternd erklärte.

Der Richter, der mit Herr Vorsitzender angeredet wurde, war schon älter. Er hatte weißes Haar, machte keinen strengen Eindruck, sondern schien eher freundlich zu sein, und wirkte etwas zerstreut. Er blätterte in den Akten und sah dann zum Staatsanwalt hinüber.

Der erhob sich und begann mit kalter Stimme, die Anklage zu verlesen.

„Der Angeklagten wird zur Last gelegt, durch insgesamt sieben selbstständige Handlungen der Finanzbehörde sowohl über steuerliche Tatsachen unrichtige Angaben gemacht, als auch über steuerliche Tatsachen in Unkenntnis gelassen und dadurch die Einkommen-, Gewerbe- und Umsatzsteuer 2012 bis 2014 verkürzt zu haben."

In diesem Tonfall ging es monoton weiter. Minutiös dröselte der Staatsanwalt auf, dass und wie Christin das Finanzamt mit falschen Abrechnungen um Steuern betrogen haben sollte. Auch die fehlenden „Extras" wurden ausführlich moniert. Christin verstand kein Wort.

Irgendwann setzte sich der Staatanwalt wieder und der Vorsitzende begann, der Justizsekretärin etwas zu diktieren. Alles machte einen routinierten Eindruck, hatte etwas von Fließbandarbeit.

Entgegen dem ersten Eindruck hatte sich der Richter perfekt vorbereitet, Christin war erstaunt. Er schilderte den täglichen Ablauf in einem Bordell mit einer Genauigkeit, wie sie es einem Laien

niemals zugetraut hätte. Er wusste alles über die dortigen Bezahl-mechanismen, wusste genau, wie viel die Frauen verdient hatten. Schließlich wandte er sich an Christin und fragte, ob seine Ausführungen so richtig gewesen seien.

Sie blickte erst zu Dr. Kramer, dann zum Richter und nickte.

„Gut", begann der wieder, „wenn ich mir für die letzten Jahre Ihre Einnahmen so ansehe, komme ich auf einen durchschnittlichen Verdienst von sechzigtausend Euro im Jahr. Und das ist nur der Grundverdienst, da es bekanntlich keine Aufzeichnungen über die mit den Freiern ausgehandelten Extras gibt. Allein aus diesem Grundverdienst kämen Sie auf ein durchschnittliches Monatseinkommen von fünftausend Euro. Das ist ganz ordentlich, junge Frau, das bekommt nicht einmal ein Richter."

Er lächelte und schien Gefallen an seiner eigenen witzigen Bemerkung gefunden zu haben.

„Nun gut, wir wollen hier nicht spekulieren, sondern uns an die Fakten halten. Und wenn ich das tue und in Ihre Steuererklärungen gucke, stelle ich fest, dass dort immer nur die Hälfte der Einnahmen angegeben sind."

Der Richter sah Christin ernst an, als würde er eine Antwort von ihr erwarten, ohne etwas gefragt zu haben.

Christin nickte.

„Sie streiten also nicht ab, wissentlich falsche Angaben gemacht zu haben?"

Christin schüttelte mit dem Kopf.

„Haben Sie auch einen Mund?"

Sie räusperte sich. „Ja, meine Angaben sind niedriger. Aber mein Einkommen ist ja auch viel niedriger. Die Angaben auf den Stundenzetteln sind falsch. Sie stimmen nicht mit meinen Aufzeichnungen überein, die ich für mich selber gemacht habe."

Der Richter schmunzelte wieder. Dann bat er Lela und Maya in den Zeugenstand. Beide Aussagen waren fast identisch und Christin fragte sich, warum sie sich das Ganze zwei Mal anhören musste. Sie schilderten bis ins kleinste Detail, wie sie die Ordner geführt hatten, gaben aber auch zu, dass es hin und wieder zu Fehlern gekommen war, weil zum Beispiel die Namen der Mädchen verwechselt worden waren oder sie in den Zeilen verrutscht waren. Deshalb waren die Ordner stets mehrfach kontrolliert worden, von den beiden Hausdamen und noch einmal von der Chefin.

Der Richter bedankte sich. „Die Aussagen erscheinen mir glaubhaft und eindeutig. Auch das Gericht hat keine Zweifel an der Richtigkeit der Aufzeichnungen, die zur Berechnung der hinterzogenen Steuer geführt haben. Die Behauptung der Angeklagten, sie habe weniger eingenommen, ist eine reine Schutzbehauptung. Es gibt keine vernünftige Erklärung für die Unrichtigkeit dieser Aufzeichnungen. Im Gegenteil, es lag im Interesse der Inhaberin des Bordells, die Stundenzettel mit größter Sorgfalt zu führen. Wirtschaftlich gesehen wäre die Eintragung von fiktiven Einnahmen unsinnig."

Dr. Kramer stand von seinem Platz auf und bat ums Wort. Er meinte, dass die bei der Angeklagten festgesetzte Steuerlast viel zu hoch sei. Andere Gerichte hätten eine viel niedrige Besteuerung angesetzt. Außerdem wären die Steuern vom Finanzamt bisher nur vorläufig ermittelt worden, also noch gar nicht rechtskräftig.

Der Richter schmunzelte erneut.

„Herr Verteidiger, ich will es überhaupt nicht abstreiten, dass es bei der Besteuerung von Prostituierten zu Ungerechtigkeiten bei der Steuerlast kommt. Was sicherlich daran liegen mag, dass dieser Arbeitsbereich nicht gerade im Fous unserer Gesellschaft steht. Ich kann die Angeklagte doch nicht laufen lassen, nur weil sie bei einem anderen Gericht in Deutschland vielleicht ungeschoren da-

vongekommen wäre. Noch gilt der Grundsatz, wonach es keine Gleichheit im Unrecht gibt. Eine Strafe darf nicht deshalb entfallen, weil andere Täter dafür nicht belangt wurden. Wäre dem so, müsste der Staat ja grundsätzlich auf eine Bestrafung verzichten." Christin sah zum Staatsanwalt hinüber. Der aber sagte nichts.

Im Saal herrschte wieder völlige Ruhe. Nur das Blättern des Richters in den Akten durchbrach die Stille. Er wandte sich an die Justizsekretärin und diktierte unzählige Paragraphen, die zur Berechnung der Einkommensteuer galten, und sagte dann zu den Anwesenden: „Für die Angeklagte spricht, dass sie nicht vorbestraft ist, die Hinterziehungsbeträge nicht hoch sind und nicht längere Zeit zurückliegen."

Der Richter blickte sich um. „Gibt es noch Fragen?"

Niemand sagte etwas.

„Gut, dann erteile ich zum Abschluss der Angeklagten das Wort. Haben Sie zu den Ausführungen noch etwas zu ergänzen?"

Christin schüttelte den Kopf.

„Wie bitte?", fragte der Vorsitzende.

„Nein, habe ich nicht."

Der Richter nickte, unterbrach die Verhandlung und zog sich ins Beratungszimmer zurück.

Dr. Kramer und Christin gingen in der Flur hinaus. Das Vertreten der Beine tat ihnen gut und die Luft war hier nicht so stickig. Sie blieben vor einem Kaffeeautomaten stehen.

„Auch einen?", fragte Dr. Kramer.

Christin verneinte.

„Wie ich die Sache einschätze, werden Sie wohl mit einer Geldstrafe davonkommen. Hoffentlich!"

Dr. Kramer verzog das Gesicht. „Igitt, der Kaffee schmeckt ja widerlich."

Er stellte den vollen Becher zurück.

„Und mein Einwand über eine zu hohe Steuerlast hat ihn nachdenklich gemacht, das habe ich gemerkt. Ich hoffe deshalb, dass er milde urteilt, und milde bedeutet, die Geldstrafe liegt nicht über neunzig Tagessätzen. Denn liegt sie darüber, gelten Sie als vorbestraft, was Sie Ihr Leben lang begleiten wird. Liegt sie aber auf dieser Grenze oder gar darunter, können Sie ein polizeiliches Führungszeugnis beantragen, ohne dass das Ergebnis des Strafverfahrens dort sichtbar wird."

Eine kratzige Stimme aus einem Lautsprecher schallte durch den Flur. Die Sitzung werde fortgeführt.

Dr. Kramer und Christin nahmen wieder auf der Anklagebank Platz. Der Strafrichter kam herein und trat hinter den Richtertisch. Alle Anwesenden erhoben sich und blieben stehen.

Kurze Stille im Saal.

„Dann kommen wir jetzt zur Verkündung des Urteils. Im Namen des Volkes: Die Angeklagte wird wegen Steuerhinterziehung zu einer Geldstrafe von neunzig Tagessätzen zu je fünfundzwanzig Euro verurteilt.

Die Angeklagte trägt die Kosten des Verfahrens."

Dr. Kramer und Christin sahen sich an, sie lächelten. Dann setzten sich alle und der Richter erklärte, wie er die Rechtslage einschätzte, und begründete sein Urteil. „Das Verfahren ist hiermit geschlossen."

Er nahm seine Akten und verließ zusammen mit der Justizsekretärin und dem Mann in Zivil den Raum. Auch Dr. Kramer stand auf und führte Christin aus dem Saal in den Flur hinaus.

„Das war's?", fragte sie.

„Ja, das war's."

Christin blieb stehen und sah zu ihm auf.

„Und die unterschlagene Einkommen- und Gewerbesteuer muss ich auch zahlen?"

„Ja natürlich, was dachten Sie denn?"

„Das sind noch mal zweiundzwanzigtausend Euro!"

Dr. Kramer legte die Stirn in Falten und begann, sich die Robe auszuziehen.

„Schon klar", fuhr Christin fort, „mit der Einkommensteuer habe ich Scheiße gebaut, das muss ich ausbaden. Aber die wollen auch noch eine Umsatzsteuernachzahlung. Damit bin ich erledigt. Und die anderen Mädchen aus dem Rosalie sind es schon längst. Da können mir weder mein Aussehen noch die vielen Verehrer helfen. Ich bin am Ende, Dr. Kramer. Das ist Berufsverbot durch die Hintertür. Der Staat will uns plattmachen."

Sie sah zu Boden.

„Nun mal langsam! Ich habe euren Fall nicht aus Spaß übernommen. Das wollen wir erst einmal sehen, ob ihr wirklich Umsatzsteuer zahlen müsst."

Er legte ihr eine Hand auf die Schulter, während sie den Flur entlanggingen.

„Gehen Sie jetzt erst einmal nach Hause und überschlafen das Ganze, Christin! Morgen sieht die Welt schon wieder ganz anders aus."

Er öffnete die Tür zum Ausgang.

Christin hielt ihn am Arm fest. „Danke, dass Sie uns helfen. Welcher Mann hilft uns schon? Die wollen alle nur ihren Spaß mit uns, aber helfen tut von denen keiner."

Christin und Olga saßen an der Bar. Es war schon späte Nacht und zum Abschluss gönnten sie sich ein Glas Champagner.

„Du siehst einfach nur schick aus in deinem Kleid", sagte Christin.

„Du aber auch. Das ist schon etwas anderes als die Dessous im Rosalie. Das hat alles Juri bezahlt. Wahnsinn, was?"

Christin lächelte. „Und Geld habe ich diesen Monat gemacht, du glaubst das nicht."

„Ich auch." Olga nickte. „Das Einzige, was mir fehlt, ist Julia. Ich muss so oft an sie denken."

„Naja, war halt ihre Entscheidung. Und jetzt, wo sie einen Freund hat, kann ich's verstehen."

Olga nahm einen Schluck. „Nee, nee, der Freund ist es nicht allein. Ich verstehe den Druck, unter dem sie gestanden hat. Unsere Arbeit ist gesellschaftlich unerwünscht, wird aber gebraucht. Es ist ein Schattendasein, und das nervt auf Dauer."

Christin stutzte.

„Nun fängst du auch schon damit an. Was soll das?"

„Na, ich meine nur, dass wir nicht ewig im Schatten leben können. Eines Tages wird es auffliegen, so oder so, da hat Julia schon recht gehabt."

Christin schüttelte den Kopf. „Da fliegt nichts auf, wenn du vorsichtig bist, glaube mir!"

Olga schlug die Beine übereinander und strich ihr Kleid zurecht.

„Hey, Christin, nichts ist für die Ewigkeit gemacht und auch wir werden älter. Guck dir doch die Kerle an, die nehmen sich immer nur die jungen Frauen! Und dann? Du wirst hier an der Bar sitzen und keiner will dich mehr haben. Dann ist es vorbei mit Geld verdienen."

Ein Kunde unterbrach sie, nickte freundlich, entschied sich dann aber für eine andere Frau, die etwas entfernt von den beiden saß.

„Siehst du, da geht's schon los!" Christin lachte. „Nein, nein, mach' dir mal keine Sorgen. Auch wenn wir älter sind, gibt es Möglichkeiten. Denke nur an Lela und Maya. Selbst Gisela ist bereits siebenundvierzig."

Jetzt lachte auch Olga. Weißt du, was aus Lela geworden ist?"

„Nee, was denn?"

„Sie arbeitet als Büroleiterin eines Abgeordneten im Deutschen Bundestag."

„Ach", staunte Christin, „echt jetzt?"

„Ja, echt jetzt. Er war Kunde im Rosalie und hat das für sie möglich gemacht. Im Grundberuf ist sie wohl Tippse oder so."

„Na dann, auf Lela!" Christin erhob das Glas und die zwei stießen an.

„Nein, aber mal im Ernst, Christin. Ich habe auch schon darüber nachgedacht, das, was ich jetzt mache, legal werden zu lassen. Also, ich meine, dass ich eine Ausbildung zur Krankenschwester mache."

Christin prustete. „Sag' mal, spinnst du völlig, Olga? Krankenschwester in Deutschland? Eine beklopptere Vorstellung gibt es gar nicht. Da musst du in Schichten arbeiten, bis du umfällst, und verdienst keinen Pfennig Geld."

Olga schwieg. Sie wirkte nachdenklich.

„Wenn ich älter bin, verdiene ich hier aber auch kein Geld mehr", begann sie wieder. „Und die Ausbildung dauert schließlich ihre Zeit."

Christin schüttelte den Kopf. „Komm, hör' jetzt auf! Der Juri himmelt dich an, das ganze Milieu himmelt dich an. Du bist bekannt wie ein bunter Hund."

„Ja, fragt sich nur, wie lange noch?"

Christin setzte sich betont aufrecht und meinte kämpferisch: „Nein, ich denke nicht ans Aufhören. Selbst dann nicht, sollten wir den Prozess verlieren und ich die ganze scheiß Umsatzsteuer bezahlen muss. Die werden mich nicht kleinkriegen, niemals!"

Sie nahm einen kräftigen Schluck Champagner.

„Ach ja, den gibt es auch noch, den Prozess. Natürlich werden wir den verlieren, was dachtest du denn, Christin? Die werden sich doch nicht für uns Prostituierte und gegen den Staat entscheiden.

Nie im Leben. Das ist ja eine noch verrücktere Vorstellung, als Krankenschwester in Deutschland zu sein."

Christin nickte. „Nein, den werden wir nicht gewinnen. Aber wir haben es wenigstens versucht, Olga. Wenigstens versucht."

Ein weiteres Jahr verstrich. Christin verdiente so gut bei Juri, dass sie alle Gerichtsauflagen bezahlen konnte, die er ihr als Vorschuss gegeben hatte. Trotzdem fühlte sie sich unwohl. Zu stark war die Angst, doch noch die sechsunddreißigtausend Euro Umsatzsteuer nachzahlen zu müssen. Zwar hatte ihr Juri versprochen, auch in diesem Falle weiterzuhelfen, aber sie wollte das nicht. Nein, Christin wollte frei sein, denn das war es ja, was sie an ihrer Arbeit mochte: die Unabhängigkeit, die mit einem weiteren Kredit von Juri dahin wäre. Zwar spürte sie noch immer das innere Aufbäumen, den unbedingten Willen, sich nicht unterkriegen zu lassen, aber sie spürte gleichzeitig die Sinnlosigkeit, die darin lag.

Und noch etwas fiel ihr auf. Sie bekam zunehmend Probleme mit den anderen Frauen. War sie sich im Rosalie der Wirkung ihrer Schönheit stets sicher gewesen, wurde sie jetzt vom Zweifel geplagt. Ihr Selbstbewusstsein litt, sie empfand Neid, sobald sich ein Freier für eine andere Frau entschied. Einen Neid auf die anderen Mädchen, der sie fast wahnsinnig machte. Dabei war es doch Christin gewesen, die im Rosalie den anderen erklärt hatte, wie sich die Frauen davor schützen konnten, damit die gegenseitige Konkurrenz nicht das Geschäft zerstörte: der Glaube an sich selbst, das Vertrauen in die eigenen Fähigkeiten, verbunden mit der Gewissheit, dass gerade in dieser Vielfalt der Reiz für die Männer läge, der allen Frauen eine Chance böte. Aber nichts von dem schien mehr wahr zu sein. Christin fühlte sich verletzt, konnte nicht verstehen, warum das alles mit ihr geschah. Warum sie und ihre Arbeit verschwinden sollten. Sie gab den Männern alles, wonach sie sich

sehnten, aber Dankbarkeit bekam sie keine zurück, im Gegenteil. Sie wurde benutzt, dann weggeworfen und letztlich angegriffen, als müsse man sich ihrer schämen.

So kam auch für Christin die Zeit, dass sie immer häufiger ans Aufhören dachte. Sie fühlte sich gegenüber Staat und Gesellschaft chancenlos, meinte, nicht mehr die Kraft zu haben, dieser Übermacht standzuhalten, die gekommen war, um sie zu zerstören. Die den Schraubstock enger und enger zog, bis Christin bereit war, der Arbeit am Mann abzuschwören.

Ein herrlicher Frühlingstag lag über Cottbus. Die Sonne strahlte. Eine Gruppe schöner Frauen stand auf dem Bahnsteig.

„Wie klein hier alles ist", staunte Julia. „Hey, Christin, und du weißt wirklich, wie wir von hieraus zum Finanzgericht kommen?"

„Na klar. Am besten, ihr lauft mir alle nach."

„Oh Gott, ist das hier winzig", staunte Julia weiter, „ein zweistöckiger Neubaukasten durch Wellblechverkleidung etwas auf modern gemacht."

„Ist doch egal", sagte Janett, „auf dem Schild steht jedenfalls „Finanzgericht Berlin-Brandenburg". Also sind wir richtig."

Vor dem Eingang stand ein Mann und winkte ihnen zu.

„Hey, Christin, ist das dein Dr. Kramer?"

„Ja, ist er."

„Was für ein schicker Mann. Wo haste denn den aufgegabelt?"

„Mensch, Janett, reiß dich mal zusammen!"

„Ist schon gut. Ich mein' ja nur."

Dr. Kramer hatte ein breites Lächeln im Gesicht.

„Na, meine Damen, alle hergefunden?"

Die Frauen nickten brav.

„Christin und ich nehmen auf der Klägerbank Platz", erklärte er, „ihr anderen setzt euch bitte in den Zuschauerraum. Julia und Lela

werden im Laufe der Verhandlung in den Zeugenstand gebeten. Für alle gilt, nur zu reden, wenn sie gefragt werden. Alles andere überlassen Sie bitte mir."

Innen roch alles neu, nach frisch verarbeiteten Materialien: Holz, Beton, Eisen und Farbe. Keine Ehrfurcht, die Christin spürte, so, wie sie es im Amtsgericht Tiergarten empfunden hatte. Nein, dieser Sitzungssaal hier hatte eher den Charme einer Mensa.

Dr. Kramer und Christin setzten sich auf die Klägerbank neben dem Richtertisch. Ihnen gegenüber saßen zwei Herren ohne Robe, die von der Finanzverwaltung waren. Das alles kam Christin inzwischen bekannt vor.

Doch dann geschah etwas Überraschendes. Nicht nur der Richter mit seiner Justizsekretärin betraten den Saal, sondern der ganze Senat, bestehend aus dem Präsidenten des Finanzgerichts, zwei weiteren Richtern sowie zwei ehrenamtlichen Richterinnen. Alle in schwarzen Roben gekleidet.

Der Präsident des Finanzgerichts begann zu sprechen. Wieder überraschte es Christin, wie gut er vorbereitet war. Es wurde der Ablauf in einem Bordell mit einer Präzision beschrieben, als wäre es für ihn normal, tagtäglich einen Puff zu besuchen.

Nachdem er die Sachlage klargelegt hatte, stellte er dar, um was es eigentlich ging: Es sei die Frage zu klären, ob eine Prostituierte, die für ein Bordell arbeitet, Umsatzsteuer zahlen müsse oder nicht.

Zur Beweisaufnahme dienten die Unterlagen des Rosalie, die Steuerbescheide sowie die Zeugenaussagen von Julia und Lela. Und die beiden sagten genau das aus, was der Präsident zuvor verlesen hatte.

Das aber brachte die Herren der Finanzverwaltung auf den Plan, die plötzlich nicht mehr zu wissen schienen, womit sie beginnen sollten, waren sie doch überzeugt, dass alle im Saal Unrecht hatten. Schließlich bestand ihrer Meinung nach kein Zweifel daran, dass

ein Freier das Geschäft für die sexuelle Dienstleistung mit der Prostituierten selbst abschloss. Dafür händigte er ihr einen Gesamtbetrag aus. Somit lag eine unternehmerische Eigenständigkeit der Prostituierten vor, die für den gesamten Betrag die Umsatzsteuer zu zahlen hatte.

Dr. Kramer ließ sich davon nicht aus der Ruhe bringen und ergriff das Wort.

„Tatsache ist doch", begann er, „dass der Außenauftritt eines Betriebes entscheidend ist. Das Rosalie stellte demnach ein einheitliches Vergnügungsangebot für Männer bereit. Der Freier schließt mit dem Betrieb Rosalie einen Vertrag für die sexuelle Dienstleistung, nicht aber mit einer einzelnen Frau. Also ist für die Umsätze aus diesen Leistungen die Betreiberin des Bordells zuständig und niemand anderes sonst.

Wenn Sie in eine Bäckerei gehen, um Brötchen zu kaufen, werden Sie auch von einer Frau bedient und geben ihr treuhänderisch das gesamte Geld für die Brötchen. Den Vertrag haben Sie dennoch mit der Bäckerei geschlossen, und sollte etwas mit den Brötchen nicht in Ordnung sein, kämen Sie niemals auf die Idee, sich an die Verkäuferin zu wenden. Verantwortlich ist und bleibt die Betreiberin. Das gilt für die Qualität der Ware, wie auch für die Umsätze der Bäckerei.

Warum, so frage ich, sollte das für Prostituierte, die in einem Bordellbetrieb arbeiten, nicht gelten? Sollte das Finanzamt von den Prostituierten Umsatzsteuer verlangen, so wäre das schlicht Unrecht! Und es stellt sich die Frage, warum das Finanzamt eine solche Auffassung vertritt."

Die Richterinnen und Richter nickten gemeinschaftlich. Sie schienen gleicher Meinung mit Dr. Kramer zu sein.

Der Vorsitzende wirkte nachdenklich, blickte zu den zwei Richterinnen und ergänzte: „Zumal sämtliches Inventar für die Ausübung

der sexuellen Dienstleistungen vom Bordell zur Verfügung gestellt wurde, angefangen von den Betten, über die Bettwäsche, das Duschzeug, Kondome und alles andere – und nicht etwa von den Frauen selbst. Nicht zu vergessen die von den Zeuginnen dargestellten Verhaltensregeln. Die waren derart drastisch, dass man schon von einer regelrechten Überwachung durch die Betreiberin ausgehen muss."

Wieder ein einheitliches Nicken aller Richter.

„Sie dürfen aber nicht vergessen, dass die Frauen frei über ihre Arbeitszeiten entscheiden durften, was sehr wohl für deren Selbständigkeit spricht", warf einer der Herren von der Finanzverwaltung ein.

„Nein", meldete sich einer der Richter zu Wort. „Sie haben selbst gehört, was die Zeugin gesagt hat. Sie durften nur dann frei entscheiden, wenn dies die Personaldecke hergegeben hat. Wenn nicht, mussten sie zur Arbeit erscheinen. Sie mussten sogar Urlaub beantragen und Krankheitstage nachweisen."

Die Herren von der Finanzverwaltung verstummten. Sie schienen keine weiteren Argumente zu haben. Zu einheitlich waren die Auffassungen der Richter und die Darlegungen von Dr. Kramer.

„Nun, ich denke", der Präsident verharrte kurz und wirkte wieder nachdenklich, „die Sachlage ist dermaßen eindeutig, dass ich mich wie Dr. Kramer frage, warum das Finanzamt eine solche Ungleichbehandlung von Frauen im Bordellbetrieb vollzogen hat. Die Gründe hierfür sind für mich nicht ersichtlich, verstoßen gegen die Rechtsprechung und tragen Züge von Willkür. Wenn der Staat es wünscht, dass es hierzulande keine Prostitution gibt, muss er das mit entsprechenden Gesetzen veranlassen. Aber die Prostitution zu erlauben, um im Gegenzug durch Ungleichbehandlungen die Arbeit der Frauen unmöglich zu machen, das geht nicht!"

Stille im Saal.

Der Präsident des Finanzgerichts machte ein kurzes Zeichen und unterbrach die Verhandlung. Die Richter zogen sich zur Beratung zurück.

Nach einer fünfzehnminütigen Pause betraten alle wieder den Sitzungssaal.

„Kommen wir zur Verkündung des Urteils", begann der Präsident. „Im Namen des Volkes: Die Bescheide über Umsatzsteuer werden aufgehoben. Die Kosten des Verfahrens trägt das Finanzamt."

Welch ein Freudentaumel auf den Fluren des Gerichts. Selbst Lela hatte Tränen des Glücks in den Augen. Julia weinte vor Erleichterung. Dr. Kramer hatte ein Siegerlächeln im Gesicht, als wäre er der Gewinner eines großen Kampfes. Die Mädchen hätten ihn auf Händen tragen können. Zehntausende Euro Schuldenlast waren plötzlich von ihren Schultern genommen.

Und doch, auf dem Weg zum Bahnhof zurück mischte sich unter die Freude immer mehr Zorn und Wut. Zu schwer wog, was dahintersteckte: Man hatte sie fertigmachen wollen, ganz bewusst und mit Absicht. „Mann" hatte sich darauf verlassen, dass die dummen Nutten sowieso keine Ahnung von Steuern hätten. „Mann" war sich sicher gewesen, dass von denen kein Widerstand zu erwarten wäre. So saßen die Frauen in ihrem Zugabteil und fuhren nach Berlin zurück. Sie wussten nicht, ob sie wirklich glücklich sein sollten, weil sie fühlten, kaum einen Schritt weitergekommen zu sein. Denn auch die Richter hatten ihnen nicht sagen können, wer alle Fäden in der Hand gehalten, sich aber wie ein Feigling versteckt hatte. Ein Schauspiel in rosa und hellblau, das die Männer zu den Stärkeren machte, um sich über die Frauen stellen zu können, sie zu beherrschen, wie ein Ding, eine Ware.

Christin lief die Prinzenstraße entlang, dem Böcklerpark entgegen. Sonnenstrahlen blinzelten durch die ersten Blätter an den Zweigen

der Bäume. Ein warmer Hauch streichelte ihr die Beine. Sie blieb stehen und blickte in die Seitenstraße, das Rosalie in der Ferne liegend, nicht wissend, was aus ihm geworden war. Rote Ziegelsteine mit grünen Ornamenten durchsetzt. Die Fenster geschwungen und majestätisch groß. Die Scheiben blitzten.

Irgendwie sah alles so unschuldig aus. Nur ein Bürogebäude aus alter Zeit. Niemand, der erahnen konnte, was sich hinter diesen Mauern abgespielt hatte. Das nicht enden wollende Theater zwischen Frau und Mann, dieses Versteckspiel um die Lust, von dem auch Christin nicht lassen konnte, weil sie Gefallen daran gefunden hatte.

Sie wandte sich vom Rosalie ab und lief die Prinzenstraße weiter. Wieder ein warmes Streicheln an ihren Beinen, die Wassertorstraße. In ihrer Mitte der hohe Turm Sankt Simeon, von nichtssagenden Neubauten umgeben. Sie zögerte kurz. Eine U-Bahn hoch oben auf dem Viadukt kreuzte die Straße. Christin bog in den Böcklerpark ein, eine Oase grüner Ruhe mitten in der Stadt. Es roch nach frischem Gras und nach Wasser roch es auch. Kühl war es mit einem Mal. Eine Trauerweide am Ufer riesengroß.

Sie setzte sich auf die steinerne Uferkante des Landwehrkanals, zwei Schwäne zogen vorbei und sahen sie an. Sie lächelte und doch zeichnete Traurigkeit ihr Gesicht, denn Christin verstand nicht, was sie Falsches tat. Warum schien die ganze Welt gegen sie zu sein?

Eine so komische Männerwelt, die nach Christin verlangte, um das eigene Verlangen verstecken zu können.

* * *

Epilog

Christin arbeitet weiterhin in einem Berliner Edelbordell.

Julia & Benni sind heute Kaufleute, leben zusammen und haben einen gemeinsamen Sohn.

Olga arbeitet als Krankenschwester in einem Berliner Pflegeheim.

Janett ist Escort-Girl für Geschäftskunden in Berlin.

Lela ist Büroleiterin eines MdB im Deutschen Bundestag. Die ehemaligen Kunden dieses hohen Hauses grüßen sie freundlich.

Maya arbeitet als Hausdame in einem Berliner Edelbordell.

Gisela & Kalle leben im Brandenburgischen. Kalle arbeitet als Landschaftsfotograf.

Juri ist noch immer Betreiber eines Edelbordells in Berlin.

Dr. Kramer hat sich auf den Rechtsbeistand von Prostituierten spezialisiert.

Der feine Herr ist weiterhin Pfarrer in Berlin.

Der Boxer arbeitet heute als leitender Beamter im LKA Berlin.

Frau Schmitt engagiert sich als Psychologin im „Verband der Trauma-TherapeutInnen gegen Prostitution".

Conni betreibt nach wie vor ihr Fitnessstudio und hat eine Polizistin geheiratet. Sie haben zwei Töchter adoptiert.